青山如黛

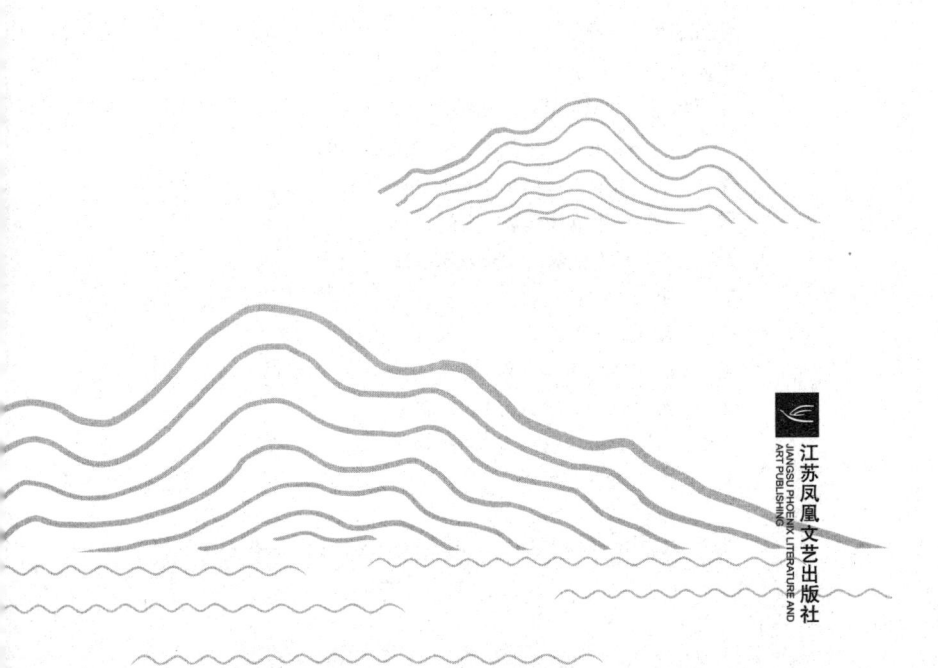

徐云峰 著

江苏凤凰文艺出版社

图书在版编目（CIP）数据

青山如黛 / 徐云峰著 . -- 南京 : 江苏凤凰文艺出版社，2024.4
ISBN 978-7-5594-8234-1

Ⅰ.①青… Ⅱ.①徐… Ⅲ.①长篇小说 – 中国 – 当代 Ⅳ.① I247.5

中国国家版本馆 CIP 数据核字（2024）第 008393 号

青山如黛

徐云峰 著

出 版 人	张在健
责任编辑	孙建兵
特约编辑	王晓彤
责任印制	杨 丹
出版发行	江苏凤凰文艺出版社
	南京市中央路 165 号，邮编：210009
网 址	http://www.jswenyi.com
印 刷	江苏凤凰通达印刷有限公司
开 本	880 毫米 ×1230 毫米 1/32
印 张	10.25
字 数	245 千字
版 次	2024 年 4 月第 1 版
印 次	2024 年 4 月第 1 次印刷
书 号	ISBN 978-7-5594-8234-1
定 价	88.00 元

江苏凤凰文艺版图书凡印刷、装订错误，可向出版社调换，联系电话 025 - 83280257

题记：

我站在高高的山冈上，

回望群山和远处的河流。

谨以此书献给我的祖辈和父辈，

以及所有在这片土地上抗争和为之奋斗过的人们。

目 录

序言 一 ·· 001
序言 二 ·· 005

开 篇 ·· 001

第一篇 沉 浮
上 ·· 004
下 ·· 037

第二篇 守 望
上 ·· 078
下 ·· 113

第三篇 创 业
上 ·· 152
下 ·· 187

第四篇 图 新
上 ·· 236

下 …………………………………… 277

尾 声 …………………………………… 307
后 记 …………………………………… 309

序言 一

李怀中

长篇小说《青山如黛》在中国共产党的百年历史和中华民族共同体的恢宏背景之中叙事。故事主要以举善之地戴埠镇南山村为背景，描写几个家庭三四代人经历新旧社会的变迁和在此过程中遭遇的不同命运。就此反映从封建时代至新民主主义革命时期，一九四九年以来至改革开放以后南山村所发生的天翻地覆的变化，特别是党的十八大以来戴埠镇以南山村为代表在建设美丽乡村、全面推进乡村振兴战略方面取得的重要成就。

小说共分四个篇章。第一篇描写新民主主义革命时期个人和家族的命运。第二篇描写社会主义革命和建设时期南山村的生活和环境的改变。第三篇描写改革开放和社会主义现代化建设新时期给南山村的个人和集体带来了新的机遇。第四篇描写党的十八大以来，中国特色社会主义进入新时代，尤其是在美意田园乡村建设过程中南山村个人和集体的天翻地覆的变化。

长篇小说《青山如黛》的创作手法新颖，采用三爷对选调生"村干部"胡一凡讲家族故事的方式展开叙事。作者通过故事中的故事，乡土风貌、乡土风情的叙事，完成了一种精神构建。小说中的戴埠镇南山村也远远超越了它的地域意义，它不再是某个具体的特定地理概念，而是故土根的力量，是生生不息的生命所在，是乡愁，是对故土和乡村的怀旧之情。

这是一部吸引人的长篇小说。小说之所以吸引人，是因为在这部小说中，读者可以多多少少了解到我们的父辈和祖辈曾经有过的生活状态和生活方式；小说中所展现的生活，其实就是我们父辈和祖辈曾经的真实经历。小说通过三爷的故事所展现的几代人在不同的社会阶段遭遇的不同命运，把不同人物放在时代社会的变迁中，去观察，去思考，去刻画，去表达……

为了更好地宣传推介戴埠这个美丽山乡、千年古镇，增加该镇部分特色乡村的辨识度，作者徐云峰采用虚中有实的方式描写南山村、牛场、鸣桐里、沸水塘、南山小镇、金山里、蛀竹棵、同官、松岭、马地……显然，小说中依次出场的众多人物和呈现的故事同样是虚构的——小说中的南山村是戴埠镇众多美丽田园乡村的缩影。就在这样一个戴埠镇大背景之下的南山村，一代代追求美好幸福生活的南山村人不屈服于命运的安排。他们在这片土地上努力奋斗过、拼命抗争过，其中有苦难也有美好，有坎坷也有顺畅，有哭泣也有欢笑……

长篇小说《青山如黛》集中深入地描写了苏南溧阳戴埠镇一个僻静的山乡南山村万姓和林姓两个家庭近百年的家族史。老一辈人经历了许多艰难困苦终于获得了新生。后来，他们自力更生、发愤图强，兴修水库、连通村路，抗击瘟疫（血吸虫病）、努力建设家乡的同时含辛茹苦养儿育女。面对大山和脚下土地，他们在守望未来。改革开放后，他们利用村子里的自然资源，开始带头种茶、开矿、办厂，开展多种经营；村委一班人顶着压力，把金山里这个小村整体搬迁，打造南山村鸣桐里加应子花海景区、金山里温泉度假村和5A级田园综合体，在创业和变的过程中，他们还要面对来自各方面的困扰和诱惑。

光阴荏苒，新一代的南山村人在成长，特别是党的十八大以来南山村又引起的异常深广的变化：家族、社会习俗、家庭生活，以及人和人的关系等，都在经历着天翻地覆的变化。他们心目中的美好幸福生活也由"吃得饱穿得暖，老婆孩子热被窝"，过渡到了有更高标准、更美好的追求。

作者徐云峰在农村长大，祖辈都是农民，和溧阳许多家族一样，当年都是逃难来到这里，直把异乡当作故乡，面对贫穷和苦难，他们从未屈服。一个家族的兴盛，是一代一代的努力，是一代一代的传承，他们的家族奋斗史，故事中几代南山村人的不同命运，正是我们中华民族百年奋斗史的一个缩影。

长篇小说《青山如黛》不但是作者对自己故乡一草一木原有事物的追寻，而且是对自己心灵故乡的一次重构。从中我们可以窥视出作者徐云峰扎根大地，深情回望家乡父老的乡土情结。是他目睹社会喧嚣城市崛起对历史和传统生活、文化心灵的洗礼、磨难后，对外面世界有了阅历后的回归；是他对自己走出家乡"初心"的再确认。

毫无疑问，徐云峰在《青山如黛》这个长篇中倾注了许多心血，不只是因为小说中人物和故事多少有他自己祖辈和父辈的影子。虽然时代不同，生活环境巨变，但情感的表达的方式与对生活的渴望与追求是相通的，因而具有共同的情感基础，容易使普通读者产生心灵深处的共鸣。

作者徐云峰是深情的。他对脚下这块生他养他的土地充满眷恋。站在高高的山冈上，回望群山和远处的河流。他看到过饥饿贫穷，看到过波涛汹涌，看到过生生不息的拼搏，看到过创造的甘甜、开拓的苦乐和收获的花朵。这就是他深爱的土地，和母亲一样多情的土地。《青山如黛》是作者徐云峰献给他的祖辈和父辈，以及所有在这块土地上抗争和为之奋斗过的人们的一首赞美诗。

青山如黛。永远蔓延着诗的情怀，茶的清香。

2023年9月10日

（李怀中系常州市作家协会主席，中国作家协会会员）

序言 二
沈福新

《青山如黛》这部既是虚构又并非完全虚构的长篇小说，是作者徐云峰呕心沥血"倾注了一定的感情"的又一力作。我先睹为快地逐章逐篇逐页地用心把它读完，享受着故乡与故事的情节与情愫，触摸着长篇小说的主线与主曲，咀嚼着其中的内容与内涵，琢磨着变化与不变的永恒哲理，感悟着青山就是江山的深刻底蕴，欣赏着作家用功与成功的因果轨迹，期望与期待着云峰再接再厉，胸怀青山风云，再攀文学高峰。

故事与故乡。小说以故乡戴埠镇南山村为蓝本，用别开生面的讲故事的形式拉开了序幕。先是饱经沧桑的三爷"这个活着的传奇"打开话匣子，"生命中的记忆已经刻在骨头上了，要想彻底遗忘，却总也不易"。老一辈的恩恩怨怨、小一辈的情情仇仇、旧社会的苦难灾难、新社会的变化变迁。"故事还没有开头，结局就已经在那里了"，三爷讲得复杂繁杂，讲得悲凉悲壮，讲得深切深沉。从第三篇章中间开始，是村助理蒋传庭接着讲故事，他讲得清楚清晰，讲得传情传神，讲得精彩出彩。一老一少所讲的故事，其乡土味、人情味、良心味浸染其中。听故事的挂职干部胡一凡，从中汲取了营养，受到了熏染，得到了教益，深化了他的认识与认知，拓宽了他的眼界与境界，坚定了他的磨炼与历练。一凡不凡，"这片我曾经用脚丈量过的土地，我还想用心再去丈量一次"。续讲故事的蒋传庭，名字中的这个"传"字让人深思，令人传神。我们的事业传承后继有人,乡村振兴的伟业还在持续,追求幸福的梦想还在赓续,故乡一代又一代的人的故事还会不断延续……

主线与主曲。故乡戴埠镇南山村的故事,是我国从新民主主义革命和社会主义革命及改革开放,走进新时代的一个模板及缩影;是中国共产党带领人民闹革命、求解放、抓建设、搞开放,新时代新变迁的一个鲜明例证;是走进新时代乡村振兴的一个生动典型。这是顺着这条主线演唱的主曲。青山就是江山的寓意深刻:没有中国共产党,就没有人民翻身得解放;没有中国共产党,就没有社会主义的"艳阳天";没有中国共产党,就没有如今的"青山如黛,江山如画"。作家以南山村为背景,描绘了一幅跌宕起伏、精彩纷呈的壮丽画卷。这是中国革命峥嵘岁月的缩写图,这是中国共产党领导人民翻身求解放的斗争图,这是因地制宜乡村振兴的愿景图,这是新时代党带领人民大众"富起来、强起来"的幸福图,更是深刻领会习近平总书记"青山绿水就是金山银山"理念的诠释图。

内容与内涵。小说穿越了时光的隧道,从一个家庭一个家族的演变,从一个山村、一个山寨的变迁,看一个民族、一个国家的变化与变迁,看一个时期、一个时代的嬗变与蝶变。综观全书,第一篇章"沉浮",沉浮中有泪水血水,有灾难灾害;第二篇章"守望",守望中有彷徨疑惶,有坚守坚持;第三篇章"创业",创业中有摸索求索,有艰辛艰难;第四篇章"图新",图新中有突围突破,有欣喜欣慰。在小说叙事中,那日寇凶残的暴行、蒋军欺压的场景、汉奸卖国的嘴脸、天灾厄运的遭遇,是劳苦大众的深仇大恨;那抗日战争的烽火、解放战争的炮声、抗美援朝的岁月、剿匪肃匪的斗争、土地改革的运动、改革开放的春风、乡村振兴的图景、基层干部的执着,是人民大众追随中国共产党的坚强决心与铿锵步伐。从盘根错节的家族关系到根深蒂固的小农意识,从沉渣泛起的赌博陋习，到坑蒙拐骗的罪恶行径，从盲从迷信的愚昧无知到自私自利的狭隘纠缠……那兽性与奴性、暴行与恶行、丑恶与丑陋、愚昧与愚蠢，作家笔下把一个个人物刻画得入木三分、淋漓尽致；那改变命运的奋力抗争、顾全大局的家国情怀，艰苦奋斗的创业精神、大公无私的乡村干部、乡村振兴的壮美画卷、听党话跟党走的坚强信念……构建了南山村人的精神图腾，更构建了中华民族的精神家园。

变化与不变。南山村变了，变得那样的熟悉与陌生；南山村变了，变得那样开明与开阔；南山村变了，变得那样的新奇与神奇。南山村的千变万化，最根本的是南山村人思想观念的演变，挣脱了传统陋习的束缚，抛弃了自私狭隘的短见，适应了时代变化的潮流，追随了时代前进的步伐。是的，一切都在发生着变化。《易经》言之："穷则变，变则通，通则久。"变与不变，是永恒的话题。变是绝对的，不变是相对的，即使万事万物都在变，但有些基本的法则和规律却是永恒的。尽管青山环绕的南山村纵有千变万化，但"万变不离其宗"，那大山的挺拔与挺姿、大山的胸襟与胸怀、大山的宽厚与宽阔、大山的眼界与境界、大山的坚毅与坚守，是固成不变的。因此，辩证地看待变与不变，用坚持、恪守、笃定去点燃生命的火炬，为信仰、信念、信条标注出不朽的刻度。以"不变"应"万变"，用"万变"固"不变"，我们就能在不变的坚守中不彷徨、不疑惧，坐看花开花落、云卷云舒。这正是《青山如黛》给我们的又一深刻启示。

期望与期待。云峰是厚道朴实之人，寡言低调之人，勤奋刻苦之人，才思敏捷之人，前年成为国家级作协会员。这在80万人口的小县城是有，但不多见。在中学教师岗位上的他，这要付出多少艰辛与汗水。这部约25万字的《青山如黛》是他的第五部长篇小说，前四部分别是：二〇一〇年由作家出版社出版了三十二万字的《青色》（获常州市"五个一"工程奖）；二〇一四年由江苏凤凰文艺出版社出版了二十三万字的《玉雕师》；二〇一八年由团结出版社出版了十六万字的《溧阳知县》；二〇二〇年由江苏凤凰文艺出版社出版了十七万字的《梅岭玉的传说》。此外，还于二〇一二年由作家出版社出版了二十三万字的散文集《禅的午后》。今年年初，省级著名刊物《飞天》杂志第一期又刊登了他的一组小说。共计二百万字左右的作品，凝聚了他的心思与心血，彰显了他的才华与才情，昭示了他的执着与执著。他为溧阳的乡土文化创作做出了积极的贡献与奉献，这是值得令人称道和敬仰的。诚如他在《青山如黛》后记中所说，对这部小说"怀有特殊的情感"，"是献给我的祖辈和父辈，以及所有在这片土地上抗争和为之奋斗的人们的一曲赞歌"，"我确实是对这部长篇倾注了一定的感情，因为写作的过程有痛苦，有愉悦，其中又夹杂着一种隐秘的忧伤。特别是一旦进入了写作状态，人就会变得沉浸其中，变得痴迷"。青山如黛，青山不老。期望与期待"沉浸其中，变得痴迷"的云峰，"站在高高的山岗上"，在文学创作的道路上走得更高更远。

2024年3月1日于龙泉山庄

（沈福新系原溧阳市委常委、市委宣传部部长，市人大常委会副主任，市作家协会名誉主席、市民间艺术家协会名誉主席；现任溧阳市文联名誉主席）

开 篇

和时间一样，世界上所有东西其实是可以循环往复的，比如村前那条山路，弯弯曲曲，从金山里过去到牛场、宥里岗、蛙竹棵、河洛港、同官、松岭，再绕过马地、杨树头、南山小镇、古街、鸣桐里，到沸水塘，兜兜转转，最后还是回到了金山里。

酒是粮食精，越喝越年轻。茶是树中魂，越品越精神。三爷笑着端起酒杯，吱地呷了一小口，对坐在一边的胡一凡说，我长寿并没有什么秘诀，除了我们南山村的好山好水，还有这酒和我们南山出的白茶。

胡一凡系省委组织部选调生，是组织上调配到戴埠镇南山村的驻村干部，任南山村党委副书记，参与村务管理以及村里重大问题的讨论和具体问题的解决。不过半年，他便成了南山村党总支部书记万家浩的左膀右臂。

南山村地处戴南，和南山竹海景区的李家园村毗邻，是全国知名的长寿之乡。在南山村硕果仅存的几位百岁老人中，三爷是个活着的传奇。不像四爷和村里其他百岁老人，他们大都暮景残光。只有他白须萧散，耳聪目明。

我们南山村的那些陈年往事还得从头说起！

三爷挤成一堆的褶皱和斑点像花儿一般在脸上绽开，他喜欢和年轻的胡一凡这样面对面地彼此陪伴。

所谓万事万物皆有度，度满谓之盈，盈盈谓之亏。此盈则彼亏，彼亏则此盈。一个家族也同样。

万家兴了，林家就开始败了……

第一篇
沉　浮

上

金张渚，银骡埠，折了本，归戴埠。

折了本，归戴埠，是因为娘舅家在戴埠吗？

不是，是因为戴埠人良心好。

老万头也不回地对儿子说，从骡埠翻过牛头山一直往西，过茗岭到八里庙，向上到戴埠牛场这条路，翻过几道岭，蹚过几架岕，绕过几条河，我闭着眼睛也能数得出来。和你一样，我九岁第一次跟着你太爷和爷爷出门贩牛，如今这条道不知走过多少遍了。

我想娘了！

你娘在家好好的呢！

爹爹，我实在走不动了，不如就让我坐会儿牛背吧！

小银早就走乏了，他跟在后面紧紧拽住牛尾巴才能勉强赶上父亲的步子。

老万有些不耐烦，他转头对小银说，前面就是老虎岭，翻过这座山，山下到戴埠牛场的路就一马平川了，到时把牛卖了，我们马上就回家。

牯牛很温驯，也不用老万甩鞭，只是迈着不紧不慢的步子沿着盘曲的山路稳稳地向前走。

本钱是从东家那儿借的，这头牛也就相当于东家的了，就怕东家不答应呢！

爹爹就说自己心疼牛会掉膘，所以不让骑！小银懂得父亲的心思，爹爹这是担心老牛的卖相不好呢！

到了快活岭我们再歇息吧！那边有熟悉的店家，晚上让店家给牛添点草料，草料里加两斤黄豆。这些天一直赶路，不消说人，就连牛也会吃不消的。

路长林深，山风飒飒的，路边的雏菊已经开了，细细的茎秆顶着一簇簇洁白的花盘在风中摇曳。时令已是初冬，山上竹林间一片榔榆呈带状，山风过来便摇下满山红艳。

等榔榆的叶片落光了，雪也该下了，雪一封山，就出不了门，我们一定要赶在大雪封路前把买卖做成。老万手牵牛绳一边赶路一边回头看跟在牛屁股后面的儿子，今年一路顺利，我们争取在腊月前赶回家。

到了腊月就等于过年了。

是的呀！我们不这么辛苦跑一趟，你过年哪有新衣穿，明年春二三月青黄不接的时候哪有饱饭吃？

我真的想娘了！出门的时候我看到娘在石臼里捣乌饭草，说是要给新纺的棉布上色，到家后我的新棉衣也该做好了。

棉衣备着给你过年穿的，你娘也肯定在家天天倚着门算计呢！她知道我们什么时候才能回到家。说来话长，我家做牵牛这一行当的，老祖宗规定一年最多只能做两趟生意。一趟春耕前，还有一趟秋收农闲后。牛虽然是畜生，但它肯吃苦，和狗一样对主人忠诚，有良心。

天色开始黯淡下来，山顶上偶尔有落单的惊鸟飞过，发出呱的一声尖叫。风过林梢，山岚腾起，不远的山坳处有一个小小的村落时隐时现，惝恍迷离，一如秘境。

前面就是罗家店，那是我们今晚要打尖的地方。老万向前指了指，接着扬手甩了个响鞭。

折了本，到底为什么要归戴埠？良心好就有用吗？我看到好良心的大多是穷人家呀！闷头赶路的小银又冷不丁地冒出了一句，不昧着良心怎么才能赚到钱呢？

是买卖就有好有坏。好的买卖是有钱赚，不管赚多赚少。坏的买卖就是没钱赚要亏本，比如估重的时候主家明明刚把牛喂得饱饱的，却骗我们说已经禁食两天了，这就是坏了良心。如果是新手看不出里面的门道，就会上当。这一出一进就有一二百斤的分量，买进就是亏了。要是买到病牛或者遇到山胡子劫道，那就更是血本无归。

那没赚到钱亏了怎么办？

亏了怎么办？就连本钱也是七拼八凑加上向东家那儿借的。做我们这行的有规矩，从骡埠付钱牵了牛带到戴埠牛场转手卖出，赚了钱就向南翻过南山抄近路回家过年。一头牛出手就可以换三十块大洋，可以买几亩地了。如果生意黄了没赚到钱，在戴埠还有扳本的机会。南山那边山多，茅柴多，只要你有力气，砍了茅柴挑到戴埠街上就能换钱。有人嫌这样来钱慢，就到有山的地主家做长工，帮他们剖大篾，然后挑到张渚卖。有人心黑了贪了，换了钱就自顾自走了，东家那边一般也没多少人会计较。

为什么不计较啦？小银好奇，都卷钱走人了东家还不计较？

因为那边人良心好，不然的话人们怎么称戴埠是举善之地呢？毕竟做好事也是一种福报。积善之家必有余庆，积不善之家必有余殃。好多人在骡埠败家了，到戴埠之后又慢慢起家了。为了表示感激，他们都要学做善人，去戴埠修桥铺路甚至办洋学堂呢！

我们这一趟肯定不会亏。小银轻轻用手拍了拍牯牛的屁股，嘴里喊道，老牛呀老牛，你要保佑我爹这趟能赚钱，最好能赚到大钱，我们回去就可以过个开心年了。

如果这趟赚了钱，我们也去溧阳城边的凤凰墩上买块地，和你二大爷和三大爷他们住一起。我们这边穷山恶水，大爷那边可是鱼米之乡。大家忙时种种地，闲时可以背纤打鱼，实在不行还可以去码头街干苦力替船主卸货。

那敢情好！到了夏天，我也可以和木生、火生哥他们下河玩水，顺带抓鱼摸虾了。

怎么会不好？现在兵荒马乱的，贩牛成了刀尖子上舔血的营生。到时把你娘也接过去，我们也在凤凰埂下买几亩地盖几间屋。隔河的蒋家欺生，不允许我们万家新房的屋脊高过他们蒋家的，我们搬去后多少也能壮壮大爷们的生气。

我无所谓，我只想和娘在一起。我真的想娘了。小银嘴里嘟囔着，他闷头赶路，理会不了老万的那些好愿景。

可话说回来，赚不赚钱还不定呢！要看今年的牛市行情，过了这道岭就是八里庙。再有三两天就可以到戴埠牛场，到时钱货两清，便可知晓了。

有水的地方就有埠，骡埠和戴埠一样都因水陆码头而出名。骡埠的原名叫湖汶，紧靠太湖和浙江长兴相邻，每天有成百上千头骡马驮运的南货北货要从这里下埠然后集散到各地，骡埠因而得名。老万这一趟生意就是把骡埠收的牛贩运到戴埠牛场，从中赚个差价。

万一真的亏了，那我们连回家的盘缠也没有了。小银有些担心。

可以沿路讨饭回家的！老万逗儿子玩。

回去了也没用呀！家里田没了，东家和乡邻上门讨债，那该怎么办呀？小银嘟起了嘴。

怎么办？照旧去戴埠呗，同官那可是你娘舅家哈！老万指了指西边雾灰蒙蒙的群山，哈哈一笑。

我才不去呢！娘说过的，嫁出去的女儿泼出去的水，我们这一去，舅舅们就知道我们要去沾他们的光了。

外甥是舅家的狗，吃饱了就走，好没道理的一句话！老万嘟囔了一句，随手打了一个响鞭，驾！

正在闲庭信步的牛儿一惊，哞的一声便往前窜。

父子俩加快脚步跟紧了牯牛，一路向离山坳不远处的罗家店赶去。

罗家店说是一个店，以前其实是山岕之间的一个平地上的几间茅房。主人姓罗，从河南光山逃荒到本地，平素依靠开荒种点山芋和烟草之类谋生，此处前不着村后不着店，但主人发现经常有路过的客商前来求宿，于是便腾了几间草房做起了旅店。

老万一家祖孙几代每年都要从骡埠到戴埠牛场这条线路过几次，因而和罗家便是熟客加交好了，就像割韭菜一般，一代人马没了之后，新一代人马又冒了出来，但两家的感情却随着岁月的积淀变得更加密切了。

所谓世交便是这样形成的吧。

老万家在广德下寺，那里地处苏浙皖交界，每次贩牛走的都是自古以来的一条商道，过浙江长兴到骡埠。骡埠那边有专门的牛市、马市、驴市和骡市。天南海北，每天交易的牲畜数量有成百上千头。看中货品谈好交易，钱货两清之后便牵上牛一路送到戴埠牛场交易。在那里一出一进，到手的便是白花花的银洋。

戴埠位于骡埠的西边，中间有条戴埠河由南向下。和骡埠一样，戴埠水陆交通便捷，自古以来就是南北货的集散交易地。说是个堆金积银的地方一点也不夸张。万家生意兴盛的时候，一次能贩十头牛到戴埠牛场。到了老万这辈，恰逢乱世，兵匪横行加上人心不古，贩牛也成了一个风险行当。有的牛贩子途中不幸遇到土匪山胡子劫道，不但牛被抢了，就连人也没了。

老万家从宜兴骤埠买了牛,一路向西牵到戴埠牛场。等贩牛赚了钱,便顺道到戴埠集镇购置部分年货。然后再翻过南山继续向南,最后取道广德下寺。一趟生意下来,兜兜转转,需有几百里的行程。再者所经之处属浙苏皖交界,山高林密之处颇多,一路下来自是凶险不少。

戴埠同官的林家就是看中老万一家人勤勉有胆识,两家遂结成秦晋之好,只是近年万家家道中落。林家势利,虽说田产较丰,但嗜财如命。其人悭吝节俭却在周遭出了名,故而一直不待见万家。好在老万识趣,人穷却不失志,即便顺道路过同官也不多去叨扰舅家,一心指望着能混个出人头地给舅家看看。

不知不觉之间,老万父子已经到了罗家店。

罗家店说是店,其实只是罗家的一处合院私宅。从门廊进去劈面就是马头山墙,转身穿过左边的圆形券门便进入了合院内廊。进入内院就见井台边的一棵柿树枝梢上头挂着一串灯笼样的橘色柿子。南边是主家住房兼客厅,北边是厨房加饭堂,东西两边厢房供客人居住。厢房尽头一边是柴房,另一边修了个畜棚。

店家见来了熟客,也非常开心,互相寒暄之后便吩咐伙计把牛儿牵到了后面的畜棚并备好草料。

老万觉得还不够,又让伙计在新鲜的草料里裹了今年新收的黄豆,这才带着小银去客房小憩。

未过多久,店家便过来邀万家父子去饭堂用餐。父子俩去饭堂一看,餐桌饭食已经齐备,主食是米饭,菜品也家常,是附近一带常见的山笋、毛豆腐加上一碟稻草肉。

小银这一路下来,又累又饿,闻得饭菜香味,捧起饭碗便大快朵颐。山笋和毛豆腐且不消说,那个稻草肉倒是周边一带山民的特产,就是用新收割完的稻草斩去头尾,然后裹上五花肉放在锅内蒸透再红烧，这样的肉做好之后肥而不腻且带有稻草的清香，使人欲罢不能。

店家看到小银吃得香，便笑呵呵地对老万说，时无重至，华不再阳，转眼之间贤侄也可以出门接收家业了，这份肉就当我做大的给侄儿的一份见面礼吧，让他尽管吃，不收钱！

老万一听，连忙起身作揖表示感谢。

小银却不闻不管，只顾挥箸如雨，吃了个满嘴冒油。

店家见小银吃得很欢，心里也是开心，笑着对老万说，我看侄儿眼神清澈，五官精致，劈面三相，我敢断定他今后不是普通人。

老万谦逊，连忙应道，穷人家的孩子，书也没念到多少，不会有多少名堂。

万兄过谦，罗某自从接手祖业开了这个客栈以来，经历过的事万万千千，见过的人多如牛毛，断不会看错人来。

谢谢罗兄吉言，承谢，承谢。老万转头看了一眼正埋头干饭的小儿，心底多少有点自得，但嘴里却仍是一迭声地道谢。

饭毕。屋外渐见夜色。店内伙计把合院两边厢房檐下带有罗家店字样的灯笼点亮。那是个葫芦状的灯笼，下面系有一束红色的丝绸飘带作为幌子。夜风过来，灯笼里的烛火随着飘带在轻轻摆动。

老万不放心，他赶去查看了畜棚里正在安然进食的牯牛，便去厢房安顿儿子歇息。

等一切安排完毕，老万回到客房便坐在床前盘算行程，恰逢伙计前来敲门，说是店家邀请老万去客厅喝茶叙旧。

老万随着伙计穿过内廊来到合院南边的客厅廊下，见里面靠墙案几烛台上一根粗大的蜡烛烧得正旺，四方桌上茶水已经备好，店家神色严峻，正端坐在一边。

老万见此情状，不觉头皮一紧，心里隐隐生出一丝不安。他进门便拜。

店家见状心惊，慌忙收了脸色用双手去扶。

两人坐下喝茶聊天，谈家常叙友情，不觉夜色已浓。老万原本以为店家有什么不好的消息或要紧事情告知，但从店家谈吐中却没有听出任何端倪，于是便起身告辞准备去客房好好休整一下，明天一早便可继续赶路。

店家见时辰不早，也不挽留，末了之际，他一脸严肃地告知老万，最近时局比较动荡，这一路下去要注意安全。

回到客房，老万觉得店家话中有话，似有难言之隐，便唤来店里伙计亲自询问。

伙计倒也实在，他一五一十把原委细细地告知了老万。

老万听了，心中不禁一凛，他知道了店家的用心所在。但开弓没有回头的箭，前面纵然有刀山火海也不得不硬着头皮去走一遭。

店里伙计告诉老万，最近这一段时间青龙山过来的土匪和部分溃兵相互勾结在附近这一带打家劫舍，宜兴和同官的保安队联合起来清剿多次结果都无功而返。这些山匪和溃兵不但劫道抢货而且要把路过的客商绑了勒索赎金，遇到身上没什么油水，榨不出赎金的便撕票了事。

原来这里方圆百八十里内皆属于苏浙皖三省交界地带，山地多，平原少，地势相当险要。自古以来，穷山恶水出刁民。个别山民苦于生计，他们纠集成群，白天是良民，夜晚月黑风高之际便向外地路过的客商收买路钱。

客商们敢怒不敢言，只得花钱消灾。因而这些山匪变得越发猖獗。再加上当前时局动荡，一些手头有兵的军阀整天你打我，我打你，东征西讨，南征北伐，而且美其名曰为国为民。一些被打残的溃兵躲进大山里，他们和当地的土匪相互勾结，开始做些打家劫舍的勾当。

第二天，老万辞别了店家，牵好牯牛带着小银继续往戴埠牛场方向赶路。空山鸟鸣，山路弯弯绕绕，清晨干冽的空气中夹杂着草木的清香。

昨晚伙计的一席话多少给老万心底留下了阴影。这一老一少打着包袱，牵了头肥大的牯牛，一路下来肯定惹人注目。

大凡山地多以山脊为界，过了罗家店前面有两道山梁分别是大小杨岭。此处因山上长满了黄杨树而得名。

老万盘算着能早点翻过大小杨岭就到张渚，再往西翻过几道山岭便可进入戴埠境内。那里是平原水乡，人烟稠密，相对安全一些。

太阳升起来，先是在左边的山梁上挂着，然后一点一点地向上爬，过了一段时间就照到在山道上行走的老万他们了。

肩背褡裢的老万右手持鞭，左手牵着一头肥壮的牯牛，虎头虎脑的小银紧紧跟在牛屁股后面。

爹爹，我看到牛的肚子越来越胀，会不会是得了臌胀病呀？小银觉得好奇，他边走边摸着牯牛滚圆如鼓一样的肚皮。

牛不会说话，人会说话，人的肚子开始变得越来越大是什么原因呀？老万看着旁边的牯牛，虽则连日奔波，但也不见得有多少掉膘，由于一路上照料得好，反而长得油光水滑，腹胀如鼓。看来看去，只是心生喜欢。

那是因为肚里有了牛宝宝。

猫三、狗四、猪五、牛九、人十。和人一样，小牛长到三月就该出怀了。只要一出怀，小牛就见风长了，一天比一天要大。

爹爹是说牛肚子里真的还有一头小牛？小银高兴地说，那我们就是买一得二，赚大钱了！

赚肯定是赚了！当时我就看到这头牛比较特别。我们贩牛有个规矩，主家出牛之前要禁食两到三天，这样估出的牛才是净重。有的主家心贪，卖牛之前把牛喂得饱饱的肚皮滚圆，这样估出来的是毛重。一头牛吃饱草料和禁食之后的体重有百八十斤的差距。刚开始做这一行的没经验，往往就会上主家的当。

爹爹眼睛毒的。能看出牛肚子里有宝宝而不是喂的草料。

不是爹爹的眼睛毒，纯粹是我们的运气好！老万笑着说。

在骡埠牛市，老万看到这头牛有问题，就对牛主人说，牛肚这么鼓，这是刚喂饱了的牛。牛主当然否认。老万说这不合常理哈，禁食后肚子还这么鼓，莫非有什么肠气之类的？

牛主人是个新手，他也觉得这头牛不正常，看上去有点萎靡病态，担心真的有问题，就打算赶紧出手。

老万猜中了主家的心思，拼命压价，最后以二十八块银洋的价格成交。

山长路迢，为了消弭旅途寂寞，老万边走边和儿子聊起了牛经。

隔行如同隔山，做生意，特别是我们这行的要懂牛经。首先第一个要概不赊账，牛钱两清。一头牛价值二三十块银洋相当于普通人家的全部家当了，不管与人家熟不熟悉一定要做到钱货两清。

是的呀，牛可比人还金贵，我们整个下寺村，方圆几十里，也只是财主东家有两头牛。

牛是金贵，牛长一斤相当于几角洋钱，所以买牛一定要学会估重。有的主家卖牛的时候把牛喂得很饱，这样的牛毛重就大了，如果盲目买进，出手就会亏本，到时连辛苦钱也赚不到。

在骡埠牛市买牛的时候，我看到爹爹用尺子量牛了，量完就能报出牛的重量，看来里面还是有窍门的。

就是的呀！给牛估重也有很多门道，要用尺去量牛的身高、体长、胸围和管骨的长度。如何量也是一门学问，没有十年八年的经验是出不了师的。不过熟能生巧，只要你平时多留点心就好了。

用尺量完牛之后，我还看到爹爹数牛的牙齿了。

你几岁开始换牙的呀？老万明知故问。

七岁！小银感到好奇，难不成牛也和人一样会换牙齿？

牛五岁前就开始换牙了，一直换到五岁成年，换一对牙是两岁，换两对牙是三岁，换三对牙是四岁，换四对牙是五岁，换完牙就代表牛成年了。

那么五岁以后的牛怎么看呢？

牛成年后看牛磨牙的形状。钳齿在六岁时呈方形，七岁呈三角形，八岁呈四边形，十岁呈圆形，出现齿星；十二岁后圆形变小；十三岁时呈纵卵圆形。

我刚看了看我家的牛，看到它的牙齿还是方的，说明它现在已经六岁了。

猫一岁相当于人十五岁，狗一岁相当于人七岁，牛一岁相当于人四岁。说明这头牛正年轻，相当于二十多岁的大姑娘。

村西的大毛嫂二十没到就有两个娃了，小银边走边嘟囔。

二十多除非是嫁不出去的老姑娘，不过也只有这种年龄的牛最能卖个好价钱。老万笑得很开心，看没出怀的牛肚子里有没有小牛那是要有一定的本事的。另外圈养的牛吃的是饲草，牙齿磨损慢；放养的牛吃杂草，牙齿磨损就快，所以还要多看多问，不能一概而论，不然的话就会吃亏。

这趟生意我们肯定是撞大运了！娘要知道我们捡了个便宜肯定不知要多开心哩！小银一想到娘，心里也暗生喜欢起来。可是我们赚了别人的钱，别人肯定要亏了，麦子还没长熟的时候家里人要挨饿了。

田鸡要命蛇要饱。大家都为了有口吃的在奔命。我们不偷不抢，赚的也是辛苦钱。如果不赚这个钱，你过年就吃不起肉没新衣穿。青黄不接的时候家里没米，你和人家一样也要挨饿。

父子俩正在唠叨，突然，山路对面慌慌张张跑过几位路人，冲着父子俩说，不得了，前头老虎岭出人命了，赶快回头！

老万听说前面出了人命，顿时大惊失色，他慌忙拉住一位急急往后赶的汉子询问原委。

汉子说他们看到前面一个血肉模糊的人横卧路边，上前伸手一摸早已没了气息，从现场看就知道这是山胡子杀人劫货了。

这一行人中有老有少，有男有女，他们原本打算月半赶到八里庙礼佛。

八里庙供奉的是地藏王菩萨。传说，地藏王菩萨前几世一直是个善良、孝顺的人。他多次救过自己的生母，还把已经做坏事而进了地狱里的母亲救到了天上。

这些礼佛的居士不巧看到路边惨象，他们担心前面会有不测，打算回程了。

老万赶紧拽住一位看似领头的人，一边说道，地藏王菩萨为了普度众生，超度地狱里的冤魂，他宁可不能成为佛。我们为什么不向菩萨学习，好生安葬了那个可怜的路倒鬼，到了八里庙我们再为他一起做个超度。

众人一听有理，再加上添了万家父子，人多势众，顿时胆气也大了许多。

不一会儿，牵着牛的老万就跟着那些善男信女来到那具不幸罹难的尸体前。众人畏葸不前。只有老万胆大，他唤过儿子，把牛绳和驱牛的牛鞭子塞在他手心，然后就去路边细验那具尸体。

只见那具俯卧在地的尸体，身子下面是早已凝固的一摊黑血，前胸后背有明显的贯穿伤口，看情势已经倒毙多时。

老万试着把尸体翻了个身，却见死者是四十岁左右的一个汉子，白面有须，看穿着不像干苦活的乡下人，倒像一个路过的行商。

死者全身血淋淋的，看来生前没有少遭罪。

这是被胡子撕票了！老万断言，胡子不甘心只抢现货，看到苦主身上有油水可捞往往还要绑了肉票叫家人花钱来赎，实在榨不出什么油水来，恼羞成怒的胡子便会撕了肉票以儆效尤，看来这位客官不知什么原因家里没能付出赎金被撕了票。

一行人侧目不敢正视。信佛的人大多心善，平素见不得血腥的场面。

小银见过村上不止一次死人，但没见过死状如此恐怖的，他双手握紧牛绳簌簌发抖。

老万赶紧过去安慰小银，他看到苦主死状凄惨，动了恻隐之心，便对那几位准备去礼佛的居士说，我看到那位高个的居士身上带着开路的山锄，不如我们做做好事把这屈死鬼埋了，免得豺狼野猪等物糟蹋，然后再去报官。

众人都说好！于是一伙人在山坡上选了块空地，老万和一位胆大一点的香客居士，他俩分别在身上背的竹筒瓦罐里取了点水，替无名尸体一番擦脸净身埋了之后，继续结伙朝戴埠方向赶路。

从山路一直下去，接着又翻过几道南北向的山梁，这里的山以杨梅树居多，就是所谓的大小杨岭了。

下了乌山岕，翻过宥里岗，不久地势越来越平坦。一眼望去，天广地宽，人烟辐辏。老万知道，他们这是快要接近戴埠牛场了。

牛场位于骡埠的西面，戴埠集镇的东边。两边群山绵延，东边以茗岭为界和骡埠相连，西边以南山为界和戴埠相通。牛场又谓牛渚。所谓渚，是指水中的小块陆地。千百年前，牛场地处山间聚水的盆地，后来水位退去露出小块陆地。又因人们习惯于把牛羊运到此地进行交易，牛渚因而得名。

有渚就有水，牛场西面围绕集市还有一条两岸长满桃树的溪流与戴埠河相连。每到春花烂漫之际，小小的牛场集市恍若人间仙境。后来到此处参与交易的人越来越多，最后竟成了一个富庶之地。一传十，十传百。牛场又因桃溪而得名。

再说，老万牵牛伴着上香礼佛的居士一路前行，走了三两个时辰，最后终于到了八里庙。八里庙的得名是因此庙距牛场集市只有八里之遥。到了庙里，众人告知当家和尚一路经历，请求替那位冤死的路倒鬼做个超度，来日好让他早点超生做人。

和尚应允了，一边告诉众人，最近这一带土匪比较猖獗，不但劫货，而且要把人绑到山上向家属索要赎金，要不到赎金就把人给做了。上月这里刚埋了一位金主，就是因为家里不愿拿钱来赎，结果土匪恼了，把人杀了暴尸野外。庙里的师父们看着苦主行状可悯，就帮着收了尸，埋在了后山。

有人问，怎么不报官呀？

和尚说，报官有何用？这里是三不管地带，几个月前附近几个县的保安队联合起来在这一带剿过一次匪，结果被山胡子在他们路过的地方打了个埋伏，匪没剿到，戴埠那边的保安队却抬了具尸体回去，死者听说是同官野毛山那边人，姓钱。

眼看天色渐暗，老万向同行香客道别并感谢菩萨慈悲。众人极力挽留，就连庙里和尚也邀请其斋饭后留宿。

小银走累了，也想留下歇息，于是便用乞求的眼神去望老万。

老万主意已定,他婉拒众人好意后牵牛带着小银继续上路。

小银一脸不情愿地跟在老万后面,但却敢怒不敢言。

老万回头看出儿子心里不快,教训道,乱世人心不古,即便是寺庙也不一定是清净之地,里面的和尚也不见得全都是好人,有时看到有钱的香客就会谋财害命,有的干脆就是胡子放在那里的眼线,只要一有什么动静,就去胡子那里通风报信。

小银人小不禁吓,立马不吭声了。

那些山胡子其实就是普普通通的山民,只是世道一变,他们良心就坏了,平日里一切正常,该干什么就干什么,一到晚上就三五结伙,干些打家劫舍的勾当。

离开八里庙天色就完全暗了。

天寒夜凉,月亮像银盆一样高挂在天空。远远望去,自有两处灯火交映。远处灯火密集处想必是戴埠集镇,近处灯火相对暗淡些的应该就是桃溪牛场了。

老万估算着还有三四里地就可到达目的地了,他不由得打了一个响鞭,催促着牛儿加快步子。

小银胆小没习惯走夜路,生怕自己一不小心没跟上就落了单,他只好贴紧牯牛紧紧跟在后面。

就在这时,头顶有只惊鸟呱的一声飞过。

爹爹,我怕!小银吓得哇的一声叫了出来。

老万一心赶路,听到后面儿子带着哭音的一句喊声,不禁气不打一处来,连忙教训道,男人就要顶天立地,看远一点,不应该像娘儿们一样畏畏缩缩,脚下的路是黑的,路边的树木影影绰绰确实怕人,只要抬头看着前面集镇上的灯火,胆气就上来了。

小银听父亲这么一说,抬起头看到前面集市的灯火,心情顿时平复了许多。他很快懂得了一个道理,原来埋头赶路很重要,必要的时候还是要抬头看看前面的景致，这样才不至于迷失心智。

父子俩紧赶慢赶，终于在午夜时分摸到老万熟悉的悦来客栈。这家客栈老板姓武，祖籍河南商丘，原来是贩牛的，后来看到牛市兴旺，南来北往的行商较多，人满为患，便抓住了这个商机，办了一家专门招待牛贩的旅社，不承想生意特别好。店主既没了贩牛的辛劳和风险，而且收入也高了许多，又因为自己做过贩牛这种行当，牛贩们遂引以为同人，也便乐于过来住店，因而生意越做越好。

武老板告诉老万，每年的八月初八和十二月初八是牛渚节场日。明天正好是十二月初十，他们还好赶上了戴埠桃溪牛场的节场。

节场也称庙会，每逢这个时候街上城隍庙的城隍老爷便会出巡游街，寓意风调雨顺、国泰民安，然后在庙前的戏台连演三天大戏。

这三天里，十里八乡的百姓纷纷前来赶集交易。八月份这次节场以竹木农具、家具交易为主。十二月初八那场，秋收已过，则以牛马驴骡等大牲畜交易为主。

小银一听顿时大失所望，他们来迟两日，已经错过城隍爷巡游等精彩好戏。

老万也有些沮丧。为了筹足本钱，结果出门时晚了几天。一路紧赶慢赶，还是误了时辰。要知道三天节场交易，最火的是头两天，到了第三天就已经是末市了，大部分买主已经交钱拿货只等天亮就回程了。

店家是个活泛人，见状便安慰老万，不见得所有的人都已做好了买卖，刚才天黑之前我也接待了一批和你一样晚到的客商。另外，还有一些客商节场头一二天只看不交易，一直要等到第三天休市才出手捡便宜，这样的人也不是没有。做买卖和我们开店一样，都是机缘巧合命中注定的事。机缘要是来了银洋钱照样哐当哐当直往你身上砸的！"

老万闻听情绪略略有些平复，他吩咐店家照料好畜棚里的牸牛，并准备一些简单的饭食，父子两人用过之后好开始歇息，打算明天一早就牵牛去牛市交易。

第二天卯时未到，老万起身去牛栏查看。回到客房，老万唤醒依然在酣睡的儿子。两人洗漱完毕，叫来简单的饭食，用毕便整理好行囊，在掌柜那边付完费用就牵牛去赶早市。

卖牛的集市就在桃溪边的一处河滩上。父子两人来到那里，发现这里已经是非常热闹了。河滩上人来人往，一排排用竹竿架起的横杆上拴着各色各样的牛。有黄牛、水牛、花白奶牛，大牛小牛都有。另外还有一些骡马、驴子和山羊等牲畜夹杂其中。

牛场本来就是个夹山盆地，桃溪河把整个集市环抱其中并一直向北蜿蜒和戴埠河相连，最后通向太湖。河滩上这些用来交易的牛马牲畜除了一部分是从周边山地过来，相当多一部分是通过水陆船运到这里，到了码头搭根跳板，牵到河滩地便可以开始交易，相当便捷。

老万牵着自己的牸牛在河滩上一路走去，很快他的牸牛旁边就聚拢了一群前来看牛的人。这些人当中有掌盘的牛经纪，有本地贩牛的同行叫作里码人的，也有外码人。他们只要看到哪里的牛好，便一拥而上。

相牛经说，一头好牛的标准是"三宽""三平""九子"。三宽是指鼻宽、天平宽、肛门宽；三平即脑壳平、背盖平、秋板（屁股）平；九子是指身如甑子、腰如杠子、眼如桐子、耳如扇子、角如矛子、膝如芋子、蹄如木碗子、尾如刷子；水牛毛如毯子、黄牛毛如缎子。

相书归相书，一个好的牛掌盘自然有一套自己积累下来的相牛规律，像上看一张皮，下看四只蹄；前看龙关广，后看屁股齐。

老万这头牛是带崽出怀的母牛，鼻镜湿润，口角周正，双眼明亮，毛白乳红，性情温顺，明眼人稍一端详就知道这是头好牛。

俗话讲得好，内行看门道，外行看热闹。集市上人来人往，买牛的人但凡相中了某头牛，便开始和牛主人一番讨价还价。这个讨价还价还有点技巧。毕竟买卖不成仁义在，避免伤了和气。

掌盘的牛主人和顾客是通过彼此捏手来询价谈价，也就是把手塞进袖筒里或者衣服下相互捏手来谈判价格，此谓袖里吞金。

陆续有人上前和老万捏手谈价，都被老万一笑置之了。老万知道，这些不管是里码人还是外码人，他们都和老万自己一样想捡漏拾个便宜。

天上掉馅饼的事情有，但绝对不多。那需要机缘巧合，还有天时地利人和。

老万原先这头牛是当病牛买进的，但也花了近三十块大洋，十天半月过后如今出怀了就相当于一大一小两头牛了。再看这头牛前高后低，相貌清秀，毛发清洁光亮，眼神清亮，绝对是条好牛。

老万胸有成竹，他的心理价位是卖到六十块大洋。

这时又过来一位牛掌盘，老万看他前前后后、上上下下、来来去去已经绕着他的牛转了好几圈，心里顿时就明白他这是看中自己的牛了，只见他走近牛的一侧，一手贴紧牛腰用力往下一按，牛腰顿时往下一软，牯牛吃痛，不由得回头哞地叫了一声。

牛掌盘走向老万，把手笼在袖子里让老万去摸。老万只摸到四根伸长的手指，当即就连连摇头，掌盘见状又把手缩回了袖管让老万去摸，这次除了四根伸长的手指老万还摸到了大拇指。

老万还是摇头。

牛掌盘急了,示意老万开价。

老万把袖子往下一拉,把手缩进袖子里让他摸。

牛掌盘伸手进去一摸知道了价格,他笑着看了看老万,说道,成交。

老万刚才把手缩回衣袖里,收起食指中指和无名指,整个手掌只剩张开的拇指和小指,牛掌盘伸手过去一摸就知道这牛主人开价是六十块大洋,不过他看好老万这头牯牛,当即决定成交。

牛市的规矩,买卖双方一番讨价还价,如果谈得拢就一手交钱一手交货,交钱牵牛走人,然后皆大欢喜互不相干。

数着手头叮当作响的六十块现洋,老万的心怦怦直跳,他取出一块闪亮的银圆递给儿子,说,你赶快认认,这个背面有只鹰的是鹰洋,是从墨西哥来的。那种背面有老人头像的就是袁大头,这块钱你先收着玩玩,这下咱们都是有钱人了!他兴奋地对着儿子说道。

小银张开手把钱捧在手心,一手细捏揣摩一番,然后小心地把它放进贴身口袋。老万也留出一块钱零用,他把余钱藏进了褡裢口袋,在没人处又细心用针缝好。

这趟生意除了二十八块的本钱,他赚了整整三十二块大洋!有了这三十二块大洋老万回家可以买三亩好田,整修下房屋,再过个好年。

银生,我们现在就去戴埠舅舅家!老万收拾好行李,转头对儿子说。

爹爹!不是说折了本才归戴埠,我们明明赚了钱怎么还归戴埠?小银有些不解,我想娘了,我要早点回家!

傻小子,不管赚没赚钱,我们回家总要从戴埠走的,但这趟生意我们赚到了钱，戴埠集镇就不去了，路过南山村的时候我们当然要到舅舅家去一趟！

人活一口气，佛争一炷香。我要让你家几个势利舅舅知道我家也有钱了。我老万如今也出人头地了。往后白米饭一大碗一大碗，尽可能敞开肚皮吃。

真过上这种日子，恐怕睡着了也要笑醒人哩！可娘不是说财不外露，有了钱难道不应该藏着、掖着不让人知道吗？小银还是不解。

财不外露后面不是还有一句叫贵不独行？我们这趟赚到了钱，也算是衣锦还乡了，我们去你舅舅家就是为了给你娘长脸呀！我家穷，连着你娘也被他们看不起，生怕她要沾娘家光哩！

我就想早点回家的，我右眼皮一直跳呢，肯定是娘在念叨我们。

今天我们争取中午走到十里亭，晚上到大亩岕过夜，第二天中午到深溪岕，晚上到金鸡岭，第三天上午就可以赶到南山村舅舅家了，然后在舅舅家小住一日，那里离宣城近，过了松岭头就是广德境内，然后到吴家墩，只要一天多的路程就可以到下寺家了。

小银一听虽然心有不愿但也无可奈何，便说道，好吧，反正我也认不得回家的路，你去哪里我都跟着。

老万主意甫定，他挎上褡裢牵着儿子的手就往十里亭方向过去。我们这一趟你要认好路，不定以后还要经常走呢！哪一年我老了，走不动了，就要你一个人牵着牛走这些路了。老万心情好，兴致高，话头也多了起来。

父子俩一路走，不觉就已到十里亭。十里亭顾名思义就是距戴埠集镇有十里之遥。古人讲究仁义，如果有朋友或者官员从戴埠这边出境到溧阳，必迎出十里在长亭备好水酒接风。久而久之，这里便集聚成一座村落。十里亭故而得名。

到了十里亭，老万到村头熟悉的店家处补充了食物，又在水囊里灌满了饮水，稍作歇息之后就往大庙岕方向走去。

大庙岕本是一处山间凹地，此处土地肥沃，中间低处有一条洞溪流过，因产岕茶而闻名。岕茶色白、金石性、乳香、鲜嫩，较之绿茶有过之而无不及，其制作工艺世代相传秘不示人。此为茶中极品，从大明到清一直作为宫廷贡茶。

老万一家贩牛有时顺带捎些茶叶等干货，故一路都有熟识的朋友，而今又是第一趟带儿子出门，故而受到各处欢迎。到了大庙岕，自然有人好吃好喝地招待。

第二天一早，老万父子收拾好行囊就急匆匆往深溪岕方向过去。这一带竹林密布，山地葱郁，并排有大小九列山峰，其中最高的那座就是太华山，过了松岭向西就到了戴埠南山境内。

俗话说看山跑死马，那是因为山在面前看着很近，其实距离很远。爬山也一样，看着两座连在一起的山，要翻山而过却当真要累死人。

老万父子俩中午离开了深溪岕继续向西，一路过去，翻过石门、大岕，来到老虎山。

这个时候天就要黑了，老万的打算原本是要在鸡鸣村过夜，然后第二天一早到南山村妻舅家，但算计远不及变化快。

老虎山，顾名思义即山上有老虎出没，其中一石壁险要之处有一个深深的洞穴，那曾是老虎的洞穴，所以唤作老虎洞。有猎人从洞壁仰头看去，头顶只见一线天空，顿时惊为人间奇迹。

夜风簌簌，林涛汹涌，远处传来野狼的一两声号叫。

爹爹我怕！小银闻声紧紧拽住老万的手！

有爹在，你怕啥呢！你看到前面山头的灯火没有？那就是金鸡岭，今晚我们最迟也要赶到那里过夜，沿着官路穿过竹海，从石门尖往下就到南山村娘舅家了。老万紧紧拉住儿子的手，不停地安慰他，一面加快了脚步。

金鸡岭一带地势险峻，周围大小山峰林立，因为地处溧阳城区最南，所以统称南山。远处望去，整个南山就像一只展翅向北而飞的凤凰，凤凰的头背和展开的羽翼就是凸起的山脊，鸡鸣村就坐落在凤凰的羽冠上。这一带山上长满了竹子，人称竹海。

要是山路上遇到人就好了，那样人多一起走山路就不用担惊受怕。小银心里希望遇到同样赶路的人。

天晚了些，山路又难走，一不小心就会跌到路边的涧沟了，涧沟里有大小石头，搞不好就跌个头破血流，所以走夜路的人还是少，不容易遇到。况且他们山里人也是很少走夜路的，老万心里虽然有些忐忑，但他还是耐心向儿子解释。

爹爹，我们遇见人了！就在这时，小银惊喜地喊了出来！

哪里？老万连忙追问。小儿视力、听力往往比大人要好，老万年龄大了，听力和视觉在一天天衰退，这很正常，所以他相信小银的话。

就在前面，刚才明明听到有人说话，怎么现在一点声音也没有了？小银觉得有些奇怪。

哪里？我怎么没听到？听小银这么一说，老万心里也是七上八下的。

来了！我们在这里等待客官和贵公子多时了！话音刚落，从山路边树丛里呼啦啦窜出五六个大汉，一下子就把父子俩团团围住。

糟了！这是遇到山胡子劫道了！老万心里顿时一凉。

几个大汉上前抢过老万肩上的褡裢，又从上到下细细搜刮了他身上的零碎，然后把吓得战战兢兢的父子俩带到了他们的临时营地。

老万一手护着簌簌发抖的儿子哀求道，各位好汉，各位爷，大家行行好，我是规规矩矩的平头百姓，好不容易东挪西借凑了点钱出来做点买卖，不承想和各位英雄狭路相逢。这一切都是命数，我认了。但我这孩子，第一趟出远门，胆很小，只恳求各位好汉高抬贵手，放我们一马。

放心，只要你们乖乖听话就行了。兄弟们看山望水，这一路来得也不容易。我们求财不害命，除非你贪财舍命。

山胡子绑票并不是胡乱绑架，首先要物色对象。这里面很有讲究，要先望水。水为财，望水就是看谁家有钱。此外还要预测，一旦绑了票，票主是送赎金，还是送鸦片。若这两样都送不来，会不会拿粮食来抵。

此后，还要选准关键人物。这样，他的家人才肯下大本钱来赎人。优选对象一是独生子，为了血脉延续，家人肯定交出赎金。二是待嫁的新娘，勒令当天来赎，不然一过夜就危险了。这种快票，娘家不赎，婆家会来赎，要不就是两家凑钱合赎。三是如果当家的是个大孝子，就绑架他的长辈，他必尽力来赎。四是经商的掌柜，一来是家里的顶梁柱，二来生意上全靠他，也是非赎不可的。

如此看来，老万父子俩这一路上早就被人盯上了。

一个头目模样的土匪说，大路朝天，各走一边，我们只为求财，不害命。从牛场那边我们就一直踩盘子跟到这里，知道你妻舅就在山后，姓林。他们有山有田，是当地为数不多的富户。我们不等天亮就飞票过去，叫他们用两千大洋过来领票。

老万一听就知道麻烦了，我的妻舅嫌贫爱富，素来与我家不和，偏偏又生性吝啬，恐怕会拂了各位大爷的兴致，再说空口无凭。这样吧，各位好汉传票的时候把我家小子带去作为信证，看在他们妹子的面上多少会花钱来领票赎人。

众匪一听哈哈大笑，把个老万羞得满脸通红，不过他们也没多为难老万父子，只等天亮就好派人去南山村林家传票，让他们准备赎金赎人。

土匪绑到肉票后，勒索的价码并没有标准，一般视票主的家庭状况而定。过去没有电话，为了让被绑架者家人知道赎金数目，他们会把通知单隔墙扔进庭院，或用飞镖扎住字条下飞票；而在大多数情况下，是托中间人传帖。这种中间人，叫作花舌子。

到了第二天，山匪中的说客花舌子揣着老万签字画押的一张凭条，翻过金鸡岭，往下绕过石门尖，穿过竹海，从官道辗转来到南山村，到了村上一打听，老万的几位妻舅家都住在金山里。

金山里处在三座小山的包裹之中，村前开阔处有一小路蜿蜒而入，村民垒石为屋，结庐而居。村中有一条涧溪穿村而过，终年不息，前有照后有靠，左右两边分别有小山作为回护，因而是一处风水极佳之地。

金山里没有金姓，原先只有陈姓人家。传说金山里陈家曾经是皇帝的女婿，那年高宗为了躲避金兵不得已南渡江南。岳飞、韩世忠在南山一带抗金，阻止金兵继续南下。金山里陈家因为护驾有功，皇帝陪嫁了一座金山给那位陈姓驸马。金山里因此而得名。

花舌子天生一根三寸不烂之舌，他对老万妻舅们说，你家摊上事儿了，我也挺同情。不过你家也要想开，把人赎回来是大事。有了人，不怕没有钱，好歹是两条人命。再说了，这是你们妹夫和外甥，可不能不去赎呀！

赎人是最无奈的事情，大户人家得破财，中等人家得破产，小户人家得卖房子，反正都要大伤元气，好多年翻不过来身。更为糟糕的是，赎金搭进去了，赎回的亲人也已被土匪折磨成残废了。

老万的妻舅们你看看我，我看看你，在一旁商量了一通，然后对花舌子说，不瞒这位好汉爷，两千大洋也不是一个小数，且开恩容我们宽限几日，凑齐之后一定过去把票领回来。然后客客气气地把花舌子送走了之。

过了几天，土匪见赎金送不来，就不耐烦了，开始埋怨老万，你妻舅不把你们父子当家里人，人命关天的节骨眼上却不来赎你们，你们吃喝拉撒，难道不用花销呀？于是就开始捋叶子，用手段不让老万好过，好让他妻舅们痛痛快快送来赎金。

土匪捋叶子的方法千奇百怪，怎么缺德损人就怎么干。比如看金鱼，就是把票主头按着凑近粪便不许闭眼长时间观看；比如骑墙，把墙壁打个齐腰深的洞，让票主一只脚伸到墙壁另一边，用木锁锁牢；又如用胶水把眼睛胶住，谓之戴眼镜；如此等等。倘若是女性花票，那下场更叫一个凄惨。

捋了一天叶子，老万熬不过，他更担心土匪们会把主意打到儿子身上，便请求众匪再宽限时日，他咬破手指签字画押修书妻舅，请他们花钱来赎人。

土匪预判金山里林家一下子捧出两千现大洋似乎也有难度，再者已经到手了部分现洋，再和老万叫票时减去一千现洋以表诚意。然后，便令一腿脚快的小匪连夜下山去南山村金山里林家飞镖传票。

安全起见，双方约定，赎金就放在三棵品字松下面涧溪里的石头缝里，用水草覆盖，到时自然有人来取。

匪首扬言耐心有限，这次传票过去隔天还不见来人赎票，一天砍下老万一节手指送到金山里林家，砍完五节手指还不见人来赎，就在第二天拂晓前撕票，第一天撕大人，下一天撕小人。

为什么选在拂晓前撕票？因为一行有一行的规矩，票主不愿花钱来赎票，这是对土匪们极大的侮辱。为了杀一儆百，必须让肉票看不到第二天的太阳。

天黑时分,传票的小匪带了回话,说是第二天一早,老万的妻舅会派人来赎。

众匪一听,马上松了老万和小银的绑,赶紧好吃好喝伺候着,只等第二天金山里林家拿钱来赎人。

第二天巳时,太阳斜斜地照在头顶,果然见山路上有人背着一副重重的褡裢朝三棵松的方向过来。

众匪们趴在山间隐蔽处伸出长枪短炮,死死盯住山下涧沟。

来人到了三棵松所在,四处细细观看一番,然后翻身下到树下涧沟巨石处,取下肩上褡裢,开始交付赎金。

山上土匪中管理财务的白扇见状便带着一名小匪下山取钱,山上的土匪炮手用枪顶着老万,只等白扇一个手势便准备放人下山。

就在这时,只听一声枪响,两边响起缴枪不杀的喊声,一群身着黑色制服的官兵围了过来。

为了维护地方治安,民国政府也在各地成立了保安队,这次参与剿匪的还是戴埠镇同官乡驻扎在野毛山的安保中队。

日他娘的,同官野毛山的保安队摸上来了!有人惊叫道,土匪们见状乱作一团。

情急之中,土匪炮手扣动扳机当头一枪打在老万脑门上,老万应声仆地。一边的小银心胆俱裂,他一下就扑倒在父亲身上死命哭喊。

土匪本就是乌合之众,许多就是附近一带山民,农忙时忙于耕作,秋收后农闲时就开始打家劫舍,做些收买路财或绑票的勾当。他们听到枪响,又见出了人命,便一哄而散。

自古官匪本来就是一家,这些安保队队员和土匪都是当地人,有的是村上人和发小，自小就熟悉的；有的安保队员就是土匪的眼线，平日里安保队有什么动向土匪早就知道了。双方对垒，犯不着真刀真枪拼命，很多是放放空枪了事。

这次绑架老万父子的是盘踞在青龙山和善卷洞一带的罗大锅子，他们也不恋战，一声呼哨翻过山头向东往宜兴方向过去了。

同官安保队受金山里林家委托，从山匪手里成功抢到了票，任务自然也就完成了。

气喘吁吁的林家兄弟从后面赶了上来，他们拨开围观的人群，看到眼前的一幅惨状不由得倒吸了口凉气。

林家为了省下赎金报官从土匪手里抢票，这就坏了道上规矩，土匪恼羞成怒，即便是拼了性命也要撕票的。偶尔侥幸逃票成功了，土匪也会寻机报复。票主在明，土匪在暗，所以一般主家都是自认倒霉，最后花钱消灾，两不相欠，甚至有的主家因此而和土匪交好，主家一旦有什么凶险之事，土匪们也会仗义相助。

老万因为林家妻舅惜财白白枉送了一条性命。

林家妻舅把老万抬到涧溪边擦去血污净了个身，然后撕下一块白布覆在亡人脸面上，同时央求安保队砍了根毛竹扎成一副担架把妹夫的尸体抬回金山里。

父亲死了，小银的天也就塌了。他手扶担架，一路护着父亲到了南山村。

担架一路经过河洛港、蚌竹棵、深溪岕和鸣桐里，最后到了金山里路口却被林家族长拦了下来。金山里居民以林姓较多，许家、王家等只占少数，村里大多事务还是由林家说了算。

林家族长说，历朝历代都有这样的规矩，客死他乡还有少年夭亡的属于凶死，所以煞气特别重，这种人要是进了村不光要折长辈们的阳寿，就连全村人也要跟着倒霉。他们外姓还好，不说横死他乡，我们林家也都有这样的规矩，少亡横死者一律不能进祖坟山，只能直接丢神山那边的乱葬冈。

林家兄弟在村上势单，他们拗不过林家族长，便吩咐停了担架。眼看着一个孤儿苦苦守着一具白布覆了面的尸体，兄弟俩便在一边商量怎么办。

老大说，妹夫这趟生意虽说赚到了钱，但命薄福浅没命去花，当初他为了凑足本钱肯定也是砸锅卖铁硬着头皮才凑成的，要是我们把他抬了去安徽老家，恐要债的要排队的，那些债主搞不好还要追着到金山里，害我们也跟着受累。

林家族长说，不管你们怎么打算，我话就留在这里，这个横死亡人绝对不许进村，只能在村外搭灵棚挺尸，超度超度，化点纸，然后找个地方埋掉了事。

林家兄弟在金山里虽然有点田产，但那些都是平日里省吃俭用一点点积攒起来的，他们在南山村上却以悭吝出名，用乡邻们的话来说，平时一粒酱油豆都要下两碗饭的。

村上人传林家老大的一个笑话，说是有一天看他老婆下泡饭的时候吃了一整粒酱油豆，顿时心疼得不行，便骂道，你个死婆娘，败家精，不想着过日子，你不过我也不想过了！说罢便也一口吞了一粒酱油豆。

虽说这是笑话，也不知是如何传出来的，但林家兄弟的吝啬从中也可见一斑。

那边林家兄弟接着商量，老大说，既然上不了村，那也只有抬神山乱葬冈去埋了。老二说，也只有这样了，人死如灯灭，一了百了，至于死后形式就不必太过拘泥。

旁边的小银一听就急了，他扑通一下双膝跪地，我不答应送爹去乱葬冈的，那种地方，今天把人埋下去隔天就被野狗刨出来了，我这里还有一块鹰洋，望两位舅舅看在我爹可怜的分上，帮我替爹买块地，再定个薄皮棺材，也好让他入土为安！说罢不禁痛哭失声。

林家老大和老二你看看我，我看看你，还是觉得为难。老大说，难为外甥对你爹的一片孝心，舅舅们都看在眼里，可刚才你也看到了，即使花钱再多也没人愿意出地让你葬亲。因为你爹是外地人，横死他乡，按规矩不许上村。

外人不行自己家里人总归可以的，两位舅舅看在我娘的面上帮外甥这个忙，我懂牛经，安葬完父亲我再帮两位舅舅去山上看牛抵债，只要给我两个麻袋片子，我就睡在牛棚里。

俗话讲，听话听音，响鼓听声，这个外甥看来倒也一点不憨，一副机灵相，长大后不定会是人中龙凤，我们不如按照他的意思把他留着替我们看牛吧，我家村头西边不是还有块菜地，不如择日把死鬼妹夫埋那里。

林家老二和老大这样商量着。

妹夫妹妹总归夫妻一场，算起来我们还是血亲，妹夫的葬礼该有的就都有吧。林家老大听小银说得哀戚，不觉也动了恻隐之心。

小银一听赶紧磕头，谢谢舅舅们，等安葬了爹爹我第二天就上山去帮舅舅们看牛，我一定会把它们料理得肥肥的，壮壮的！

丧事当日，小银身穿白布孝服，头上裹白布孝巾，腰间扎了麻绳，脚上套了双钉了白布的鞋，手里拄着根柳树砍成的哭丧棒，三步一跪，五步一拜，七步一磕头为父亲送葬。

一切都是命，生逢乱世本来就是一种不幸。

林家兄弟平素在村里悭吝，故而前来帮忙的人不多，在一旁看热闹的却不少，他们见到小银楚楚可怜的样子无不侧目动容，连连摇头叹息。

除了看热闹的，也有趁着丧事来主家混吃混喝的叫花子，他们嘴里念叨着一些吉利话来向主家讨彩头，就像生不留名，死不留声，愿你踏入天门，宁可做仙不做人；上盖金，下铺银，儿孙抱着聚宝盆。如此等等。

林家丧事办得极简。这些花子好话说尽，最后却连白面馒头也没讨得一只。无辜白跑了一趟，有的就心里颇为不满，嘴里骂骂咧咧地走开了。

其中一位相貌清奇的花子绕着老万的坟山转了几圈，口中念念有词，你来我往，好事多磨，一败一兴，天道轮回，好事多磨，来日方长。接着又摇了摇手里的黄铜法钟念出一句七言谶语：祖德流芳思木本，宗功浩大归万家。说罢便飘然而去。

一旁看热闹不嫌事多的人见状马上说，不得了，不得了，林家的龙兴地被人占了。从此要林家败，万家兴了。

林家败，万家兴。

有好事者马上把这话传开了。

金山里位于南山脚下，这里属于苏浙皖交界地带，素有一脚踏三省之称。村里原先的陈姓人家不但被皇帝招过驸马，此处早先还和唐朝大诗人李白家族有渊源。

当年，李白有好几位族人在这一带为官。时任宣州长史的李昭是他族弟，另一族弟李济在溧阳任县尉，族叔李阳冰在安徽当涂任县令。

天宝年间，李白受到排挤被迫离开长安到安徽、溧阳一带投亲游历。其间，他除了饱览溧阳山水人文，还和本地文人士大夫交友，众人宴饮唱和，不亦乐乎。

李白死后，他的儿子李伯禽就在安徽定居下来。李伯禽后来生下一子两女，其子喜好游历，看到本地山水极佳便在此隐居，从此休养生息，可如今的金山里早就没有姓李的人家了。

由于地处三省交界，地势相当险要，南山村一带历来都是兵家必争之地。长毛造反那阵子，太平军和清军在这里反复交锋厮杀，结果导致原本富庶的江南地区生灵涂炭，十室九空。

不只是金山里，整个南山村的百姓几乎都被长毛杀光了，后来才陆续有顾家、杨家、林家、郑家、吴家、徐家、蒋家等从河南、安徽、苏北等地搬迁到此处定居，然后形成一处处小村落。

原来那些无主的山和地按照谁先开荒种粮、种树谁先得的规矩，早到南山村的林家和郑家等插草为标，指手为界，他们也就成了本地的地主。

晚到一些的人家只能靠开荒或者租种田主的土地和做长工养活家人。也有些人家生活很节俭，平常攒点钱，舍不得花，总想着购置点田地或耕牛，慢慢积累一点家产，过点安稳日子。林家就是这样起家的。

林家兄弟的祖籍在安徽安庆，他们家原是长江边上的渔户，当年安庆恰逢战乱，太平军和清军在那里反复厮杀，他们的太爷年幼时一路逃荒讨饭，最后来到戴埠南山村，及至长大成年，老太爷入赘到了本地人家，一气生了七个儿子二个女儿，由此林家便在南山村开枝散叶。

林家父子在南山村除了在南山脚下垦荒耕种，农闲时还利用自身所长，做自己在安庆老家时的本行替人背夫拉纤，凭借自己的辛劳，在南山村置了些田产山林，还到金山里对面的鸣桐里盖起了几间土房，生活一时安顿了下来。

鸣桐里村名的来历和四大名琴的焦尾琴有关。

传说汉代的蔡邕为了躲避战乱,带着女儿蔡文姬辗转来到溧阳南山一带隐居。一天,他访友来到这里的一家农户,恰逢女主人正在做炊饮,只听得炉灶内熊熊烈火中传出噼噼啪啪的乐音。他连忙跑上前去,从炉膛内抢出一截烧焦的桐木,并用此木制成一把古琴,名曰焦尾。

鸣桐里遂因此而得名。

除了与焦尾琴的传说相关,鸣桐里还因加应子树而闻名。由于地处南山的南坡,鸣桐里周边山谷长满了连片的加应子树。每到春天,这里就成了白色的加应子花海,美不胜收。

当然,有关金山里和鸣桐里村的来历,胡一凡也不用三爷太多介绍,他来到南山村村委不久之后就已经知道了。

时间就像屋前的那条涧河,有枯有荣,任谁也奈何不了。

三爷喝了口茶,感慨了一下,然后继续给胡一凡讲故事。

小银葬完父亲,便留在了林家,除了放牛还兼做些杂活。

林家生活虽然简约,但对子女教学却颇为上心。除了家中女孩,林家三个兄弟有弥、有济和有衡都进了学堂读书。

小银虽然心生羡慕却也无可奈何,联想到自己的身世再加上思念老家的母亲,只能黯然伤神。

南山村南边山多,山上长满了竹子,小银放牛一般是去周边地势稍微平坦的地方,从金山里、田舍里到佛水堂。农闲时也到稍远一些的河洛港、蛀竹稞和神山一带去放牛。

小银有时会采些山里的野果躺在山坡上边独自享用,边看牛在身旁吃草。高天流云,阳光从林梢上斜射下来,光影在旋转。小银眯着眼睛,他很享受这样闲暇的时光。

佛水堂是小银最喜欢去的地方。那边曾经是李姓人家的祠堂,据说兴盛的时候有房间九十九间半,可惜由于反复的战乱,昔日的祠堂已经湮没在岁月的烟尘中,只剩下一片残垣废墟,然后陆续有吕家、蒋家、段家、陈家、王家、孙家等从山东、河南、安徽、苏北等地一路逃荒陆续到这里定居。

这些都是穷得叮当响的人家,他们只得靠开荒种些山芋或者帮有山有田的人家打工维持一家的生活。

大自然真的很神奇,生存条件越是艰难险恶,生物的自我复制和繁殖的能力越强,人类更是如此。

那些从各地搬迁到南山村定居下来的各户人家很快就在这里生根开花,只要得空他们的小孩子就像一群小马驹一样跑遍了整个山坡,他们很快就和小银熟识了并且成了好朋友。

牛儿在山坡静静吃草,山坡下是一群快乐嬉戏的孩子。

时间就像一条汹涌向前的河流,它能冲刷世间的一切东西,无论是有形的还是无形的,时间冲淡了记忆,时间消弭了伤痕。

这是小银在南山村度过的一段快乐时光。

冬天夜长昼短。三爷的故事讲到这里,天色已经不早了。

胡一凡还是觉得意犹未尽,他好奇地问三爷,我知道这林家和万家都是我们南山村的大姓,您老和我们国良村主任都是林姓,我们家浩书记姓万。三爷您讲的故事该不会和您的家族有关吧?

三爷满脸的皱纹像春风般漾起。他端起茶碗,呷了一口,说道,在我们南山村,万、林、周、许、蒋、徐、汪和陈几大姓氏都像前边竹林里蔓生的葛藤,盘根错节。各家非亲即故,彼此都有分不开的关系。

胡一凡听了点了点头。他和三爷约定,以后他还会抽空再来听他讲老辈人过去的故事。

三爷爽快地答应了。

下

根据工作安排，胡一凡完成了村民医保登记审核，又拟好禁止露天焚烧秸秆的通知下发到各村民小组张贴公告。眼看一天的工作已经完成，他便去村委三楼东边办公室找万家浩请个假。

三爷的故事确实精彩，他想接着听下去。

万家浩的办公室门关着，胡一凡敲了敲门见没有回应，便下楼去二楼东边的办公室找村委主任林国良。不巧门同样关着。隔壁办公室的村委主任助理蒋传庭告诉胡一凡，万书记接了镇里领导的电话后就和国良主任匆匆走了。胡一凡就和蒋传庭打了个招呼，然后信步往金山里三爷家的方向走去。

南山村在新一轮美意田园乡村建设中为了方便六十岁以上的村民用餐，办起了村级如意小食堂。六十到七十岁老人就餐半价，七十一岁到八十九岁老人就餐免费。九十岁以上，包括几位百岁老人的一日三餐除了可以定制，还有专门的食堂工作人员提供上门送餐服务。

午餐过后，三爷正躺在轮椅里闭目养神，阳光透过屋檐直直地射在三爷身上，在一呼一吸之间，搅起一串串细细的尘埃在光影中四散飘浮。

听到外面熟悉的脚步声，三爷微闭的眼睑颤了一颤。

胡一凡赶紧上前和三爷打了个招呼。

此时，身材高高大大的四奶奶已经帮三爷烧好水，她正在替三爷沏茶，见到胡一凡到了，便高兴地和他打了个招呼就离开了。

胡一凡知道，四奶奶家里还有生活几乎不能自理的四爷要照料，老哥俩虽然都已过期颐之年，作为哥哥的三爷，身体却比弟弟四爷硬朗得多。

三爷桌边的茶碗边上水汽缭绕，白茶的香气从印有几瓣细枝莲花的青花盖碗边沿氤氲，很快便挤满了整个屋子。

胡一凡先往三爷的茶碗里续了水，又用开水烫了下自己用的茶杯，接着便从印有"南山天叶"字样的银白色铝罐中小心地抖出些许茶叶，倒进自己茶杯中，然后往里面注入开水。

暗绿色的茶条在沸水中旋转翻腾，随着水流的慢慢沉淀，茶条脆嫩的叶片开始舒展，嫩绿的叶柄上面顶着枪尖一样的细叶，就像一枝枝刚露出尖角的小荷。

水是荷塘，是流动的风，茶杯里舒展的叶片成了一道风景。

香！真香！胡一凡嗅了嗅茶香，不由得赞叹道。这就是四奶奶从院子前的松林里采的野生茶吧？

三爷点了点头。

阳光快快的，竹林深处鸟雀在聒噪和鸣。

胡一凡知道，三爷和四爷是同房兄弟。助理蒋传庭向他透露过，老早前，四奶奶本来应该是三奶奶的身份，结果天意弄人，三奶奶阴错阳差成了今天的四奶奶。

今天就不讲我们南山村的故事了。那个留着下回再说。今天我要讲的故事也和你们村书记万家浩有关。我说了，在我们整个南山村，不管什么姓氏，大家都是沾亲带故的。

胡一凡欣喜地说，听说溧阳城北三十亩那边万家墩的万家和家浩书记有关系。每年清明时节，万书记他们还去那边上坟祭奠呢！我也想知道，这里边到底有什么故事。

这个说来话长！三爷眯起眼睛笑了笑，他取过盖碗，一手拿着碗盖，一手托起茶碗惬意地喝了一口。一老一少接着开始摆起了龙门阵。

民国三十年，也就是一九四一年，是个很特别的年份。霜降过后立冬，节气刚进入小雪，小雪果真来了。薄薄的、细细的雪，落在地上，被风一吹瞬间便遁了土里不见。

出门前，木生关照小龙，这趟货要进城送出下水关的，卸完货估计就要天亮了，细丫胆小怕黑，不要吓她。

小龙没出声，他用拨火棍猛地捣了下火塘。堂屋里顿时腾起了一股烟灰，里面炽热的余烬溅得到处都是。

坐在火塘边的细丫呀的一声惊跳起来。

木生冲小龙喊，小龙、小龙，你听到没？

小龙挤挤眼，他抬头望了望木生，转过身去用手中的棍子在细丫背上嘭地敲了一下。

细丫哇地一声哭了出来。

木生生气了，他叫道，小龙，细丫可是你老婆呢！你看上房里的乌伢，他和你一样，人家待老婆多好，哪像你？

小龙瞪了一眼瑟缩在一边的细丫，腾地站起身，甩门而出。

一阵冷风穿堂而过，木生哆嗦了一下。他怔怔地盯着河埂上小龙一晃一晃的后影，摇摇头。

要是他娘在就好了！木生叹了口气，他从火塘里抽出一根烤得焦黄的山芋递给了还在抽抽噎噎的细丫。

天色灰雾蒙蒙的，河岸对面的张家村笼在一片灰白的幕布中。胥溪河一直往东经过凤凰墩在双桥处和东边的北河、南北向的漕河合并一处，横穿码头街，在宝塔湾出夏桥水关一路向东流去。

咦？落雪了！出了屋门，阿兴仰望着天，好奇地喊了一声。

真的落雪了！跟在阿兴后面的木生嘴里嘟囔着，他手里拎着两只黑油油的纤板。纤板是用榆木疙瘩打制而成的，由于常年在胸前摩擦，已经磨得油润透亮。

　　小龙一个人正坐在河沿码头边的长条青石上对着水面发愣。远处的双桥就像凤凰展开的两只翅膀。一边连着凤凰墩，一边连着北河。

　　小龙，小龙！你不着家天天往凤凰墩上爬，当心老婆被过路佬拐了！阿兴看到了坐在码头上的小龙，笑着冲他喊。

　　小龙扭过头，朝阿兴挤了挤眼睛。

　　让木生伯重新替你寻个娘吧，阿兴继续逗小龙，你爹和你娘去了上海，他们早就不要你了，你眼睛望瞎了也没用。到时不要除了不会讲话，还是瞎子一个，就连走路也要细丫牵。

　　小龙狠狠地瞪了一眼嬉皮笑脸的阿兴，他张了张嘴，想要表示不满，但是嗓子里却没有发出任何声音。

　　小龙，早点回家去哈。河边凉，火塘里还有煨好的山芋。听话，回家我给你们带黄壳烧饼！

　　木生边赶路边叮嘱小龙。

　　小龙这才点了点头。

　　小龙不止一次跟纤到过宝塔湾。宝塔湾的洋桥下是老三头烧饼铺，木生从兜里摸出一个铜板。左肩上纹着一条青龙的老三头用火钳在炉膛里鼓捣半天，挑出一块最大的烧饼，装进用黄表纸折成的纸袋中，咧着嘴递到小龙手里。

　　小龙好久没吃到香喷喷的黄壳烧饼了。

　　小龙，别再装哑巴了！要是真嫌你老婆丑，叫伯伯让隔河的张家领回去就行了！叔这些天拉货要路过戴埠街的，到时从安徽过来的要饭佬中替你挑个更漂亮的！

　　木生听了，转头对阿兴说，油嘴滑舌的东西，你是他叔，大就要有做大的样子，以后不要再开他老婆的玩笑了！这孩子鬼精着呢,他把我们的每一句话都听得很清楚!

细细的碎雪中夹杂着一两片大的雪花,飘呀飘的,在空中转了几个圈一下钻进脖颈里,木生感觉胸口一凉,雪花便在倏忽之间消失了。

小龙倔,脾气跟他老子火生一模一样。火生要是稍稍忍一下,兴许就没事了。可话说回来,这种事情谁能忍呀!

不提那伤心事了。要是日本人不认错路,火生哥嫂俩就不会死了。

日本人狼心狗肺,是鬼,是恶魔!

日本人坏的,杀人后还在村上发糖,好多小孩都吃到他们发的糖了。

阿兴懂木生说的话。那些糖一粒一粒,用漂亮花纸裹着,看着就诱人。他也忍不住舔过一口,觉得那是天底下最好吃的东西。

只有小龙不吃,他一直躲着日本人!可怜的细娃,他还在等他娘的!可他等不来的!他不知道自己爹娘已经没了。

木生叹了口气。

他不相信他娘已经死了,所以天天要爬到凤凰墩上去看下水关那边的宝塔湾,看他娘有没有从上海坐火轮回万家墩。

阿兴点了点头。

小龙聪明得很。其实他自己心中有数,只是还心存侥幸,情愿不相信这个事实。这样也好,心底有个念想总比没有要好,这样的日子多少还有点盼头。

木生转头看了看阿兴,你以后不许再和他开这样的玩笑了。这些天,河沿边还经常有不明不白的陌生人在转悠。他警告阿兴,你讲得对,日本人是吃人的狼,是虎,是魔鬼!以后你离他们远点!

小龙爹娘出事,就是因为两个日本兵从城里出来找花姑娘,在后庄被大家用锄头、钉耙砸死后，日本军队才过来报复的。

　　本来这些日本人是要去后庄寻仇的，领路的人故意带着日本人走错了路，他们沿着圩堤走，河道弯弯曲曲，最后就杀到我们凤凰埂来了。

　　我们在这边活得好好的，并没有招惹他们什么。他们却大老远漂洋过海来用飞机大炮打我们。

　　阿兴接着愤愤地说。

　　这世道没有什么公平不公平的事情。他们强，我们弱。所以我们只有挨打的份。

　　火生和火生婆走了，留下了这细伢，看着也可怜的。

　　我担心他中了风邪脑子变坏了。上次请了关公，让隔壁的乌伢娘替他在初一和十五上香，结果倒好，他偷偷跑去在香炉里撒了泡尿。

　　我知道，这个锅还是让乌伢背的，结果被他娘拿竹鞭撵着沿河跑了几里地。阿兴咧了咧嘴。

　　前阵子你去山里看朋友，我又请了城隍庙的空空道人到家做法事，路过凤凰墩的时候却被人用竹筒灌了粪水从头到脚浇了个透心凉。

　　木生说着叹了口气。

　　肯定还是小兔崽子干的好事！阿兴乐了。还是算了吧！这小崽子，心里的鬼点子多着呢，他只是不愿意开口说话而已！

　　可不是！老道说，这一定是厉鬼上身了！他自觉道行不深，结果被粪水破了符，知难而退，要我再请个道行更深的仙家来镇邪！

　　木生跨了一步，他赶上阿兴问，这趟纤拉完你还要进山吗？

　　是的呀！我还要替山里的朋友采购一批紧俏货，货到后估计会在那里待几天。这不，眼看着就要大雪封山了，镇上各大商铺都在备货。

顺便再去那边找找银生吧！老家那边传来消息说，大伯带着银生从骡埠贩牛到戴埠牛场，结果在山里遇到土匪了！

大伯估计人是不会有了！到了那边我再四处打听打听呢。

大伯也是倔，舍不下祖业，他要是肯迁到凤凰墩和我们一起住就好了！

还不是一样！火生一家好好的，他们又招谁惹谁了？还不是被日本人杀了！

阿兴嘴里嘟囔着。

木生听了，他扭头看了看阿兴，叮嘱道，你也得小心。你上次带来的两位朋友看着不像生意人，特别是那个大个子，弓背出门的时候我看到他腰间硬邦邦的别着家伙。

哥，你只当没看到就好了。他们可不是坏人。生意人出门在外，弄个家伙防防身也是正常的。再说我也是跟在人家屁股后面混点苦钱，犯不着把自己性命也搭上。

木生哼了哼，继续说，现在兵荒马乱的，小小的溧阳城，就有和平军、日本人、国民政府挺进军，还有新四军游击队，可乱着呢！

我们要赶快一点了。阿兴抬头朝码头那边看了看说道，货船候在码头上已经有一会儿了，船头的老大和张家兄弟一定等急了。说完，他领着木生急匆匆地向河沿的码头奔去。

青石板铺就的码头边泊着一艘木壳乌篷船，舱里已经满载着货物，上面只用一层薄薄的稻草遮盖着，从轮船吃水线可以看出货物载重较大。

这趟纤应该不是件轻松活！

这船木炭是宝塔湾后面的兴义隆要的，生意人精明，都赶着大雪下来之前把货备足呢！船头的老大见到木生和阿兴，向哥俩打了个招呼，又指了指船舱里稻草下面如煤精般黑亮的木炭说。

　　阿兴觉得自己让大家等久了，多少有点不好意思，他从木生肩上牵过绳头，大步跨上货船，三下两下就爬到了桅杆顶部，把绳结扣紧。

　　岸上的木生和张家兄弟背起了纤板把纤绳拉直，阿兴赶上来从木生手里取过剩下的那块纤板背在肩上。

　　起帆啰！船老大扯满了帆。

　　一声吆喝之后，满载木炭的船便沿着漕河向城边宝塔湾方向过去。雾灰蒙蒙的河沿上洒下了一路纤歌——

　　　　哟——嗬

　　　　哟——嗬哟嗬

　　　　从胥河到北河哟

　　　　再从漕河到南河

　　　　脚蹬石头呦嗬

　　　　手来抓把沙

　　　　挣几个钱来哟

　　　　养娃儿他娘

　　　　三江合流哟

　　　　夜半到水关

　　　　结完身钱换小面

　　　　哟——嗬

　　　　哟——嗬哟嗬

　　　　哟——嗬

哟——嗬哟嗬

从北河到漕河哟

再从南河到胥河

手把岩石呦嗬

脚蹬一地沙

为儿为女把船拉

脸朝黄土背朝天哟

赤脚光膀心发慌

纤过宝塔湾哟

结好身钱换烧饼

哟——嗬

哟——嗬哟嗬

这边歌声落地，前头的张家兄弟又吆喝起来。

哟——嗬

哟——嗬哟——嗬

栽下膀子探下腰

背紧纤绳放平脚

哟——嗬

哟——嗬哟——嗬

来一程来又一程噢

背紧纤绳莫放松

好比文王拉太公

文王拉他八百步

太公保周八百冬

哟——嗬
哟——嗬哟——嗬

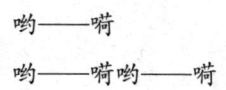

胥溪河从西南方向一路向东,在一个叫老鹳嘴的地方分为两条支流。一条直接向东,一条往东南方向延伸过去。向东这条河名字叫中江或者濑江,往东南方向这条河依然叫胥溪河。

除了胥溪河,万家墩东边还有两条河。一条是从北山过来的北河;另一条是南北走向的漕河。胥溪河、北河和漕河到了凤凰墩这个地方合并到一起,三江合流,进入溧阳城,从北门的上水关,一直到东门的宝塔湾下水关穿城而过,最后注入太湖。这也是戴埠经过太湖连结苏州、扬州、无锡和上海的唯一一条水上通道。

万家墩位于胥溪河与北河之间的三角形台地上,人称凤凰埂。明弘治年间,邑人于此分别修建两座桥梁,人称双桥。桥成之后,处于河流之间的这处三角形台地,远远望去就像一只展翅低飞的凤凰在啜饮江水,所以双桥也称凤凰桥。

历经三四百年的风雨后,到了清嘉庆年间,凤凰桥又先后进行了四次重建。重建后的凤凰桥通体由长麻条石砌成,四个桥墩分别用上等青石块高高垒起,跨度近百米。桥面木栏杆上分别有精钢制成的铁狮子。

凤凰埂的最高处就是凤凰墩,凤凰墩上建有凤凰阁。长二十米的歇脚亭内左右墙边有供来往行人小憩的青石条凳。凤凰阁边上还有一座贞女祠。祠内庭院幽深,阑槛辉映。祠前立有宋高宗皇帝赐给本邑抗金名将赵葵的写有"高静"字样的太湖石和翰林李白手书的贞义碑。

自古至今，溧阳人一直是有血性的。

贞女祠的来历跟春秋时鞭尸楚王的伍子胥有关。当年为了逃避楚王追杀，伍子胥一路向吴地而去。当来到现在的胥溪河边，他遇上了在溪边浣纱的史贞女。饥渴难耐的伍子胥便乞讨史贞女身边用来浆纱的面糊充饥。

伍子胥临走时再三叮嘱史贞女，不要讲出他到过这里，以免追兵知道他的去向。

史贞女为了使伍子胥放心并保全自己的贞节，立即抱起一块大石头，投水身亡。

伍子胥后悔不已，他对着滔滔的胥溪河发誓道："尔浣纱，我行乞；我腹饱，尔身溺。十年之后，千金报德！"几年后，伍子胥伐楚大胜，吴国拜相，专程到溧阳濑江边，携千金来谢，可浣纱女家已无一人。伍子胥遂命人在史姑娘投水之处撒下三斗三升金瓜子。

这个也是"千金小姐"的来历。

再说史贞女旁边的两个侍女，她们原是抗金名将赵淮的两个妾室翠莲、绿云。

赵淮原是本邑名人南宋重臣赵葵的侄子。青年时曾随叔父赵葵一起平定过金朝山东红袄军首领李全之叛，屡立战功。

因为理宗皇帝赐第赵葵于溧阳城，故赵淮也就随赵葵搬迁到了溧阳。溧阳县志记载当时赵葵府邸位于城南曰"南府"，赵淮府邸位于城北曰"北府"。时人号称"南北二府"。

宋恭帝德祐元年春，元军大举伐宋，一路势如破竹，沿长江各州各县将领或降或逃。危难之际朝廷将已经休致溧阳的赵淮重新起用，任命为太府寺丞，在南山一带设防抵御元军。

赵淮受命召集溧阳义军，在长湖制造兵船，并倚靠山势居高临下，囤积粮草，设置营寨，以阻挡由建康（南京）方向前来进犯的敌军。不久赵淮又被授予淮东转运使，并设衙于溧阳。

德祐二年春，赵淮不幸兵败被俘并被押解至瓜洲。至瓜洲见到元军元帅阿术，赵淮傲然挺立不跪。阿术爱惜他是个人才，意欲收他在帐下，遂取来调兵虎符。赵淮坚决不受。阿术顿时恼羞成怒，立刻下令斩杀赵淮，并将他的尸体抛在江边。

赵淮死后，翠莲和绿云分别取出怀中所藏黄金分给元军军校和左右士兵，并对元军军校说，我们一直跟随侍奉赵运使，如今他死了却不能安葬。我们实在不能忘记和他的感情，如果大人能下令将他掩埋，我们将终身侍奉大人。

元军军校想想也是，就令手下用船将她们送到江边去给赵淮殓尸。

翠莲、绿云聚齐柴火将赵淮尸体给火化了，并将骨灰装在瓦罐里，然后抱着瓦罐，划小船到江心急流处，仰天恸哭，跳入江中而死。这就是一贞二烈的由头，后人就在凤凰墩上为她们建立了祠堂来纪念她们。

胥溪河、北河与漕河汇合，进入上水关，流经码头街，进入溧阳城便成了城中河。明清期间，凤凰埂和码头街一带已成为溧阳城四方八乡村民入城的主要通道和外埠货物出入的黄金水运码头。

许多商贸窗户便纷纷沿河建房落户，两边店铺林立，是铜匠、铁匠等各种小手工业者的聚集区。街道中间一条青石板铺就的马路被南来北往的车辙碾压后留下一道道深深的勒痕。除了临街交易的山货，城郊的农民也把时新的菜蔬摆在街头随意交易，一时间车水马龙、人头攒动，一片兴旺。

民国时期，码头街较大的商号就有汪德隆酱园、义隆顺南货店、振昌老油坊、大德堂药材号、铁匠店、木材行（拉纤）、米行、老虎灶（茶馆）、墩头店（肉铺）、炒货行、伞店、制笔店、裁缝店、铜匠摊、洗染店、豆腐店等，还有几家棺材行和一所"洋龙会"（消防会）。

码头街和三阳泰巷头是集市中心，两旁南货、水果、饭馆、小饺摊密集。街上行人接踵摩肩，小商小贩吆喝声不断，煞是热闹。

下水关在东门宝塔湾。宝塔湾边上就是轮船码头。码头街的轮船码头也是个红红火火的地方。上去丹阳、上海，下去苏州、无锡都要来此打轮船票，搭轮船。乘客们排队检票上船后，带有乌棚的小火轮在呜呜的轮笛声中冒出一股黑烟轰隆而去。天气晴好或者顺风的时候，站在凤凰墩上就能看到或听到火轮靠岸或离开码头。

虽说是火轮，但船行的速度却慢，单说从溧阳城到丹阳也要开上半天的时间，更不用说要开到苏州、上海了。幸亏船上人多热闹，除了唱滩簧、锡剧的，有扛着渔鼓唱道情的、拎着铴锣唱小热昏的，说书的、相面的，更有卖各种小吃的，船上倒也热腾腾、闹哄哄，一路下去倒也不算太过寂寞难耐。

宝塔湾对面有座文庙。文庙大成殿飞檐翘角，龙脊鱼尾，四周有回廊。大成殿后面是崇圣殿，属于硬山顶式建筑，隔扇雕窗，别具一格。宝塔湾的名称来历就是文庙中鲁仙宫里的文昌阁。

民国二十三年（公元一九三四年），戴埠一带遭遇了一场史无前例的特大旱灾。自春至冬，老天滴雨未落。境内田地一片荒芜，年终颗粒无收。百姓食不果腹，颠沛流离，怨声载道。面对灾情，县府联合社会团体及地方人士共同发起组织了"溧阳旱灾赈济委员会"，并推举一位陈姓县长为主席委员。

委员会成员分赴北平、上海等大都市，竭力奔走呼吁劝募救灾。幸蒙世界红十字会、华洋义赈会、中华义赈会、济生会、公教进行会、佛化祇园法会和溥仁慈善会七团体的鼎力相助，先后来到戴埠施放冬春两赈。施钱、米、豆、麦、饼饵等，折合银币二十余万元。

劝募赈灾期间，地方社会各界积极响应，上至达官贵人，下至黎民百姓，纷纷捐款捐物。其中，溧阳旅沪同乡报业巨人狄姓、史姓两位大善士的善款最多。来自四面八方的爱心钱粮，使灾区数十万濒临饥亡的灾民逃过了鬼门关。

为了纪念这段历史，乡绅们筹钱于第二年在宝塔湾边上的城墙处修建了一座高4.4米，边宽0.36米，四面均为竖式篆书的南山地区旱灾赈济纪念塔。

民国二十六年的冬天，日本人第一次进攻溧阳城。凤凰墩上的凤凰阁和贞女庙被炸成了一片废墟，只剩下一棵孤零零的老榆树。接着日本人攻进了上水关，一把火烧光了整个码头街。

当时负责阻击日本人的是国军第40师，他们都是穿草鞋的川军，但作战却非常勇猛，一番激烈抵抗之后退到了宝塔湾，他们拆了通向文庙的文功和武德桥，在文昌阁的东西两边制高点架了两挺机枪封住了道口。

日本人架起小钢炮，轰塌了文昌阁，他们坐着从周边老百姓家里抢来的脚盆，渡过了宝塔湾，溧阳城就这样落到了日本人手里。宝塔湾边的文昌阁，最后只剩下几根依然冒着青烟的铁烈木高高地竖在那里。

小龙闲不住，还是一有空就往外面跑。他用嘴呵着冻得通红的小手，像只猴子一样哧溜哧溜往屋前那棵老柿子树上爬。一时，雪块噗噗地往下落，很快就在树底砸出一圈雪坑。

木生看到了，冲着树上的小龙喊，细伢，赶紧下来，树顶上的柿子是留给老鸹、白头翁和麻雀过冬吃的。大雪后天地就要封冻了，到时这些鸹鸟就不容易找到吃食，只有这些柿子才能救命哩！

小龙坐在树杈上，在刮头顶树干上冻结的雪，他低头看着木生仰着瓢葫芦一样的脑袋，冲他挤了挤眼睛。

树底下的木生嘴里呵着热气，嘴角杂乱的髭须上还沾着两片显眼的雪渣。

木生恼了，他昂起头吼道，下来！猴崽子，再不下来，我就要用竹篙捅了！

小龙没办法，他极不情愿地从树上滑了下来，然后搓了搓冻僵的手，头也不回地朝高高的凤凰墩走去。

没有风，河水静谧。凤凰墩西边的北河流量小，河岸已经结了一层薄冰。雪落在河面上，远远望去就同水面铺了一层厚粥。

雪停后有阳光的日子，小龙喜欢一个人躺在凤凰墩上看蓝天白云。光影流转，透过老榆树疏朗的枝丫，自己身底下的雪地就像缓缓流动的河流一样。

小龙张开嘴品尝着自然赐予的清洌味道，像一位在河道中迷失已久的纤夫，试图寻找河岸以及岸边任何可以落脚的土地。

好好的一个细伢，不知怎么地就成了哑巴！这个木生也不管不顾，真是急死人了！

木生闻声推开门，却没有发现人。他抬头看了看灰蒙蒙的天，屋外茅草覆盖的屋顶上已经有蜡烛粗细的冰凌从屋檐上垂挂下来。

不远处的凤凰墩就像一只白色的凤凰，中间高高的土墩就是凤凰灰白的羽冠，小龙在上面留下了一行弯弯曲曲的足迹。

北风呼呼地灌进了屋子。木生反身关上大门，往火塘中添了干柴，然后挂上吊锅开始烧水。

火光快快的，映着木生古铜色的脸。他掏出用竹根削成的烟敲棒，填上自家种的土烟，滋滋地抽了几口。

木生哥、木生哥，在家的哇？开开门！木生听到这声音伴着急促的笃笃的敲门声，就知道是阿兴从山里回来了，便喊道，嚷嚷个啥，在家的，进来吧！

听到你咋呼，什么惹恼你啦？还是小龙吧！阿兴进屋后直搓手。刚才我看到乌伢娘擎着扫把在河埂上赶小龙。那小东西撒腿像马驹一样，她哪里能追得上！

除了他还能有谁呀！没爹没娘的孩子，都是一房里的人，大家都从心底疼呢，即使赶上了也舍不得打，最多吓唬他一下！看你高兴的，有好消息就说吧！木生瞄了瞄阿兴。

好事情，好事情，绝对是好事情！阿兴一脸的兴奋，前几天挺进军摸进了溧阳城，姓詹的司令在老县衙的大白果树下用铡刀铡了几个帮日本人做事的汉奸，其中就有维持会的齐会长。

齐会长就是宝塔湾旁边的齐泰丰木行的齐老板吧？今年也替他拉过几趟货的。

赚钱归赚钱，但中国人替日本人做事就不应该！前段日子我们拉木炭经过南河的时候，不是看到驻扎在北河南边普福庵里的和平军吗？数数有百来号人！

是的呀，他们在河中间修了个碉堡，上面还架了机枪，白天黑夜都有哨兵守着，纤过普福庵的时候他们还强征了木炭！

前天半夜里，新四军过来把普福庵的和平军给一窝端了。当时，一位新四军副连长泅水过去炸碉堡，结果肚肠也被机枪打出来了。听说还死了三个二十岁上下的小伙子，可惜呀！

日本人吃了亏肯定不甘心的，说不定就有什么坏心思。木生有些心不在焉，他边说边往火塘里添了块柴。

好事情还没说完呢！阿兴贴近木生耳朵神秘兮兮地说，你要老婆不？我送你个老婆，开过怀但没能结下果，条长看上去就像大姑娘！

听到这里，胡一凡忙问，三爷，这个条长到底什么意思呀？

条长么，就是我们这里的方言，本地话，就是身材的意思，没生过孩子的大姑娘身材都很苗条。

胡一凡脸一红，忙说道，哦，我懂了。然后替三爷的盖碗里续上热水。

三爷端起盖碗喝茶润了润嗓子继续往下讲。

木生听到阿兴说要替他讲个老婆，便骂道，阿兴，你个寿头，没脱落的东西！你木生嫂死了不出一年，算得上尸骨未寒，你倒要帮我介绍老婆？存心牙戏我呀？

胡一凡又问，这没脱落和牙戏又是指什么呀？

三爷回道，没脱落和牙戏也是方言，没脱落有不知分寸、不分是非的意思，至于牙戏就是开玩笑的意思。

胡一凡听了说，哦，我懂了。

三爷继续自己的故事。

那边阿兴责备道，木生哥呀！你这人真是顽固。俗话讲，不孝有三，无后为大。你和根嫂虽然恩爱，但根嫂人命寡薄，走早了，留下个丫头，也早已许配人家到了瀛阳沈家，这就是人家人了，等于没子息。

阿兴夺过木生手里的烟龙头，顺手从火塘边拈起一撮旱烟在烟锅里压实，然后凑近火塘，猛地吸了一口。

这兵荒马乱的，雪又这么大，就连树枝上都结冰了，自己能熬过这个冬天就算很幸运了，还要再往家里添人口？木生叹了口气。

不就是一个冬天吗？哪像民国六年，那年的雪也不比今年小，北河和胥溪河都已经封冻了，只剩下漕河中间还有一条缝，如果雪再继续落下去，恐怕漕河上也可以走路了。你还记得凤凰墩上那棵老榆树不？那年我们实在饿得不行，鱼干和山芋吃完了，只能把榆树皮割下来放在火上烤着吃，后来我们不也是一起挺过来了吗？只要雪停了，漕河或者胥溪河一解封，那些货船就可以过来了，我们只要背块纤板出去一趟，全家人一天的吃用就来了。

木生取过挂在墙上的斧子，把木柴劈了对开，加在火塘里，说，榆木硬，可是比松柴耐火，这雪再落下去，我就要把屋后那棵榆树砍了，等开春过来再补种两棵侧柏，长大了乡里乡亲红白喜事来讨柏枝，也可换包红糖喜果哩！那侧柏叶，放锅里炒炒，泡茶喝也喷香的！

阿兴听了赶紧附和道，是呀，新鲜的树皮烤着闻起来也香，不像松枝，香味太浓，熏人脑壳的。

你个滑头，别弄个人来害了你哥！女子是哪里人？清白不？现在到哪里都要良民证的，要是来路不明，恐怕要招人命的！木生望着头上升起一团烟雾的阿兴。

你答应了？阿兴很高兴，说，人我也带过来了，你先看看，除了条长好，面盘子还不错的！胯婆子、胯婆子，你快进屋吧！他朝门外喊！

木生抬头看去，门边闪进一个秀气的小媳妇，人看上去干干净净的，不知是羞怯还是有点害怕，只是低头不吭声。

胯婆子，你就别忸怩了，这边木生哥也在，我就打开天窗说亮话，木生哥你听着，这是我家姨妹，妹夫没了，只好重新跨个门头寻条活路。

木生盯着小媳妇问道，妹夫咋就会没了的？有没有小孩？婆家同意不？

妹夫咋就没了的？还不就是读了几年书，偷偷跑到南山那边参加了新四军，北撤的时候死在安徽那边的大山里了。姨娘一家怕被牵连到，委托我替姨妹重新找个好人家！

这样我就放心了！阿兴你是知道的，我家这一房弟兄三个，老三火生不在了，只有老二水生没成家。我看这小媳妇人也不错，不如就把她许配给水生吧！我把这三间草屋用芦扉隔出一间，就当他们的婚房。我木生年纪大了，也不想祸害人家女子。水生你也是知根知底的，模样俊，能干手面好，不亏人家！

就等你木生哥这句话了！阿兴如释重负，木生哥你人好，知道你会有这一出，这最好不过了！我事先也不是没想到过，水生属龙，姨妹属兔，比水生长一岁，还怕委屈水生要讨个二婚头，讨你木生哥骂所以才没敢提这茬！

木生看了看女子，说道，水生在北门外替周家打长工，腊月初九就能回家了，你带着细丫就住水生屋里，我把这三间草屋用芦扉隔出一间，稍稍修葺一下，就当你和水生的婚房。

长兄为父，由你木生哥做主我就放心了！胯婆子到这里可以避避风头呢！到处都是汉奸，万一被日本人宪兵队知道了底细可是不得了的事情！

阿兴转头又对女子说，这不妹子呀，你就安安心心住在这里吧，回去我好跟姨娘有一个交代。木生哥一家都是实在人，热灶水长，一定不会饿着你的。

女子听了乖巧地点点头。

现在这里就是你的家了。妹子你放心，只要熬过了这个冬天，日子就会好过起来的。我让水生准备准备，争取在腊月十八就把你们的婚事给办了。

木生喜滋滋地对女子说。

胯婆子放下肩上的褡裢，里面是几件换洗的衣服和一只盛放针线的木盒。木生做主，胯婆子就这样成了水生的未婚妻。

这里又是水生、木生和火生，对了还有个银生，他们都把我搞糊涂了！听到这里，胡一凡有些不解，他忙问三爷。

三爷呵呵一乐，说，你当然不知道，万家原籍安徽，祖上是靠贩牛起家的，也就是从宜兴那边的骡埠买了牛，再牵到戴埠的牛场交易。后来遇到乱世，家就开始败了，接着兄弟们开始分家各自谋生。除了大房留在安徽老家继承祖业，其他几房都搬迁到凤凰墩了。听老辈人说，他们万家祖上出过进士，辈分是按照"文章华国生铭远，忠厚传家世代长"这些字来排的。木生他们属于生字辈，大房金生、银生，二房木生、水生、火生，三房的阿兴是小名，大名叫土生。

原来如此！胡一凡恍然大悟，他听三爷这样一解释，心底的疑惑这才解开了。

三爷的故事很长，也很沉重。胡一凡听得很认真，他完全沉浸在了三爷的故事里。

雪大了起来，一夜工夫，高高的凤凰墩就被雪埋了。远远望去，整个凤凰墩就像一座白雪堆成的坟冢。只剩下那株被炸弹炸断一半的老榆树兀自在雪地里静默，如同一支复仇的箭镞，怒刺天空。

小龙不甘心，依然天天要爬凤凰墩。他擎着一把竹编长柄扫把，一路扫过去。白色苍茫的大地上，留下一个小小的身影。远远望去，雪地里正在奋力扫雪的小龙，就像一名抱着一柄长枪的小兵。

细丫不想待在屋里，她也想跟着小龙去扫雪。小龙不愿意后面有个跟屁虫,他抓起地上的雪块把细丫砸得直哭。

里屋的胯婆子听到了哭声,赶忙过来要抱细丫。细丫开始还有点怕生,但小手被胯婆子温热的大手一牵,瞬间便不动了。

小龙你又欺负细丫了!木生正要出门去找水生,见了小龙忙喊,屋前的雪你不扫偏偏要扫凤凰墩上的雪。这雪难得一天不下,你扫了也白扫!等到腊月里,凤凰墩上的雪肯定堆得要比你人也高呢!

小龙回过头,他停下来看了看木生,接着又吭哧吭哧地埋头扫了起来,所过之处,身后留下一道深深的雪线。

阿兴过来,摇摇头说,小龙还在发脾气呢!昨天我带胯婆子回村的时候,他正好在凤凰墩,见到胯婆子过来,人当时就痴了。直到近前才发现认错了人,眼泪马上滚落下来。本来我还想和他说句笑话的,可他一转身就跑了。

难怪他回家就把细丫推了一跤,烤的山芋和鱼干都没吃就气鼓鼓地睡下了。这孩子倔,认错娘伤自尊了。

木生哥你放心,胯婆子很喜欢小孩子,她会待小龙和细丫好的。小孩子嘛就像小狗,一开始总是怕生的,只要让它们吃得饱饱的,睡得香香的,不出几天就认主人了。

木生听了开心地点点头。木生自有木生的打算,这几年自己这房家运不济,屋里连个烧锅热水的女人也没有,一走出去,齐刷刷的两个光棍,平日里就没少被乡邻笑话。可如今,一切都朝好的方向发展,年前就可把水生的婚事办了。小龙尽管让人感到窝心,但也不是没有办法。上次纤到宝塔湾,听米行聚源昌狄老先生那位留过洋的二公子说,小龙突然不会说话其实是一种病,上海那边的洋医生就能治。

那真是太好了!木生越想越开心,嘴里也开始哼哼起来。河对岸的张家兄弟,下一船纤要和木生对纤歌,谁输了就到宝塔湾请小面。木生以前没心思,要是木生真唱起来,张家兄弟输定了。

哟——嗬
哟——嗬哟嗬
从胥河到北河哟
再从漕河到南河
脚蹬石头呦嗬
手来抓把沙
挣几个钱来哟
养娃儿他娘
三江合流哟
夜半到水关
结完纤钱换烧卖

哟——嗬
哟——嗬哟嗬
从北河到漕河哟
再从南河到胥河
手把岩石呦嗬
脚蹬一地沙
为儿为女把船拉
脸朝黄土背朝天哟
赤脚光膀心发慌
纤过宝塔湾哟
结好纤钱换小面

哟——嗬
哟——嗬哟嗬

木生一路哼着纤歌,朝北门的周家湾方向走去。他要到水生的东家那里找水生,亲口把喜讯告诉他。虽说现今的世道凶险艰难,木生还是在头脑里想出了一副合家欢乐的样子。

午后,停了半天的雪在又洋洋洒洒地飘落下来。木生抬头望望天,心里开始有些焦虑。他一想到水生,不由得加快了脚步。

二房三兄弟中,只有老二水生不拉纤。水生常年在北门的周家做长工。

水生是种田的好把手。每年从东家周老先生那里结了工钱,他便会进城到夏桥水关边的城厢下去找那个江阴婆。等到身上的工钱一个铜角子也不剩了,水生才回到河沿边的万家墩,待到来年开春再去周家当长工。等来年年终结了工钱后又去找江阴婆,等钱花完后再回万家墩,然后又开始新的一轮。

用木生的话来说,这就是中了邪!

每逢这时,木生便开始叫骂,骂水生不入调,亏了自己莳田那把好手面,只会跟一个窑姐儿姘姘搭搭,说不定哪一天,江阴佬发财回家了,江阴婆还会拿正眼看你下?那婆娘细皮嫩肉的,一双桃花眼,天生的狐媚样,你水生能养得起?

水生不服气,他辩白道,我不知道自己能不能养得起!但是小雪替我养着个儿呢!也总算为我万家留了后。哪像你木生头,我们兄弟三人保不齐就你要绝户!

江阴佬是个游方郎中,靠卖打虫的梨膏糖和治疗跌打损伤的狗皮膏药为生。民国二十六年的十月份,日本人第一次轰炸溧阳城前,江阴佬挑着一副药挑子出门从夏桥那边的水关往宜兴方向去做

059

生意。从此之后，就再也没有人见到过他。

没过几天，日本人开始进攻码头街，先用飞机炸，然后大炮轰。凤凰墩上的贞女庙，还有宝塔湾边上的文庙，文庙里的文昌阁、文武殿、三皇寺、明伦堂、书院都毁于一旦。不仅如此，日本人见到花姑娘就抢，甚至在大街上就做出那些猪狗不如的事。

到了十一月份，有人在江宁一带看到过卖糖的江阴佬。那时上海战事已经结束，日军分两路向西进军。一路从无锡沿沪宁铁路，一路从苏州乘汽艇横渡太湖从西岸登陆，沿路烧杀抢掠。

水生不知怎么就被江阴婆迷住了。可人家江阴婆对水生却是爱理不理，只有等水生年底从东家那里结了工钱，才允许他去她那弄堂里住上几天。直到身上的钱花光了，水生便灰溜溜地回到凤凰墩的万家墩。

有一年水生从夏桥回到万家墩，老大木生照例要啰唆几句，批评水生不入调，和人家妍妍搭搭，不趁年轻时成家养儿育女防老，以后年岁大了，做不动的时候还可以有个帮衬或者依靠。

水生拿眼白了一眼木生，说江阴婆早替他生了个儿子，名字叫洋宝，算起来今年也快五岁了。

木生听了，嘴里吧嗒吧嗒抽了几口旱烟，对水生说，这事绝对不靠谱。

水生说，怎么不靠谱？洋宝是我儿子，你侄儿，就是我们老万家的后！

你一年到头替周家做帮工，每到年节才去那里一趟。江阴婆住在城厢，虽然偏僻了些，可一个妇道人家，能守得住吗？她能同你好，保不定就能和其他人好，所以你千万不要对她上心！等到有合适的人家，不如明媒正娶一个——你能干手面好，一定会遇到好人家的！

这几年江阴佬一直在外，现在又活不见人死不见尸。这儿子不会是他的，只能是我的！

城厢那边一会儿日本人打过去，一会儿中央军打过去，过不久新四军又打过来了，另外还有挺进军什么的，杂七杂八的人多了去了。那个洋宝不知是哪个杂种也不定，你千万别鬼迷了心窍！再说那个洋宝，上次纤拉到夏桥的米行，我还特意路过城厢去看了。小孩子长得白白净净的，从眉眼上看，都不像我们老万家人。既然是叫洋宝，不定就是个洋种！

放屁！水生是王八吃秤砣——铁了心，他把门一甩，头也不回地走了。

又去找那个江阴婆了！木生望着水生离去的背直叹气。要是老爷子在就好了，否则老二也不敢这样放肆！我这个当哥的又算得了什么？

腊月到，转眼就是年关。

木生赶到周家湾向周老先生说明来意。周老先生倒也通情达理，他也帮着木生一起劝水生。

水生被木生缠得没法，当着东家的面答应木生腊月初九结了工钱不再去城厢找江阴婆，立马回万家墩准备和胯婆子结婚。

木生这才松了一口气。

周老先生一高兴，索性好人做到底。他承诺今年的工钱在原来的基础上再外加两块银洋作为水生大婚的贺礼。

木生连连替水生作揖道谢，然后满心欢喜地往凤凰墩赶。

黄昏的时候，雪还没有停下来的意思。河沿下的屋顶上炊烟袅袅，升到半空便和夜色交融在了一起。

木生心情很好，他抬头看看天，一路嘎吱嘎吱踩着积雪。等赶回凤凰墩，天色已经完全黯淡下来了。

月色清冷，凤凰埂下的万家墩一片死寂，就连村边看家的老狗也懒得叫上一声。木生推开门，看到小龙已经睡下了，他掏出火镰把蜡烛点燃后走到小龙床头去看小龙。

小龙长长的睫毛跳了一跳，他脸洗得干干净净，身子下的被子也掖得整整齐齐。

屋里有了女人才能称得上是一个家呀！

一个人坐在火塘边，木生点着了锅烟，吞吞吐吐之间，思绪便伴随着烟雾蔓延开来。

笃、笃、笃，有人敲门，随着木生哥、木生哥的一连声喊，门推开了，进来的果然是阿兴。

这出鬼的天气，简直要冻死人了！阿兴搓着手，呼哧呼哧地对木生说。

你个阿兴，肯定是闻到香气了。北风把香气一直传到河埠头了吧？我刚把这几只雀子烤熟，还没到嘴呢，你就来敲门了！

是呀！雪实在是大了。树枝上都结满了冰。今天我在榆树下的雪地里也见到几只冻死的雀子，有麻雀、乌鸦，还有两只白头翁！阿兴跺着脚，嘴里嘶嘶地朝手心里哈气。

想想这些鸟也可怜。漫天大雪，到处都找不到吃食。一夜工夫树枝又都结了冰，飞累了连栖息的地方也找不到，只好冻死饿死了。

这些鸟其实都是笨死的。聪明一些的鸟早就飞到南方没有雪的地方去避寒了，等到来年春天又飞回故土。但人却不行，人就像树，根竖在哪儿，那地方就是家了。

人有时确实不如鸟！

木生哥，我是不放心姨妹，特意过来看看情况！

你还有什么不放心的！我正有好消息告诉你呢！你水生哥答应腊月初九结完工钱就回万家墩了。东家周老先生心善，听说木生有喜，还答应随两块大洋的礼！

那敢情好哇！这样我才能和姨娘有交代！

女子看上去手脚勤快的，还能帮着照看小龙和细丫呢！我怕她一个人寂寞，就让细丫陪她在那边房里睡的。

昨天我又看到这小崽子爬凤凰墩了。他个子那么小，雪几乎要没到他的肩了。阿兴转头看看床前的小龙，柴火的光亮映在脸上，他的呼吸均匀而又细密，就像一个来自天上星星的孩子。

怎么办呀？眼睛一眨的工夫，小崽子就跑出去了。他讨厌细丫呢！这些天幸亏有了胯婆子照料，你看他睡得有多安逸！

他是有意避开细丫的！实在不行还是让张家把丫头抱回去吧！强扭的瓜长不甜的。

怎么可能呢？这就相当于退婚了。白纸黑字的，我同意张家也不同意哩！小龙现在不懂事，可能还不习惯，过几年等他再长大点就好了！

窗外的风开始呜呜地啸叫，从北河那边刮过来的风，透过门缝就像冷刀子一样割着木生的心。

有些伤痛是不适合回忆的，遗忘才是最好的解脱。

一九三七年那一年冬天，小龙四岁。那天，屋内火塘里的火烧得正旺。小龙吃了几根香甜的烤山芋干还有不少烤得喷香的鱼干，突然就觉得肚子疼。他顺手捋了几张叶面已经发黄的枸树叶，跑到河沿下的粪坑边蹲了下来。

突然，小龙从屁股底下看到河埂上有一群日本人过来了。他们像鸭子一样摆动着身体，背上的枪刺在午后的阳光下闪着光亮，直刺他的双眼。

小龙吓得扔掉了手里抓着的树叶,拎起裤子就往家里跑。

小龙娘刚把小龙藏进墙角的草垛里,外边就响起了砰砰的枪声和飞机的隆隆声。一队日本人嗷嗷叫着冲进了院子,接着就传来小龙娘撕心裂肺的哭喊声。

火生听了,高举着铁锹从屋里出来和日本人拼命,结果被一边的日本人连开几枪倒在了门外边。

小龙娘除了身下一摊血,只剩最后一口气。日本人临走之前还用枪刺在她腹部狠狠地扎了几下。

等我把小龙从草垛里扒出来的时候已经是三天以后的事了。当时细伢只剩下了一口气,但总算还是捡了条命。

原本伶牙俐齿的一个小孩子,就这样突然一下子就变成哑巴,真是太可惜了!阿兴叹息道。

当时,小龙的身体已经僵了一半,我以为他要和他爹娘一样没用了。不过现在还好,还能听得懂话。

我告诉小龙,他爹和他娘从河埠头坐船,过凤凰墩沿胥溪河一直到上水关进了溧阳城,然后从城中河经夏桥到了宝塔湾的轮船码头,从那里坐火轮出下水关,去上海看病了。

所以他才要天天去扫凤凰墩上的雪的呀!我自然懂得,可能他在草垛里听到或者看到不好的东西,吓坏了,得了不会讲话的癔症,只是还好捡了条命。

思绪一经打开便像一团纠缠在一起的棉线一样越拉越长。

生命中的记忆有些已经刻在骨头上了,想要彻底遗忘,却总也不易。多少次木生从噩梦中惊醒过来,才发现自己已经是一身冷汗。

十月的时候，日本人的飞机第一次轰炸溧阳城。那天，木生正好在凤凰墩，他老远就看到三架飞机呜呜地飞过来。国民党部队的飞机机翼上方有青天白日的徽章，那三架飞机就像三只硕大的红头苍蝇。

木生看到飞机里面坐着穿黄色军大衣戴眼镜的日本人。那日本人还侧头朝他看了一眼。木生一吓，从高高的土墩上滚了下来。

就在这一刹那，从凤凰墩到溧阳城到宝塔湾都传来轰轰的炸弹爆炸声，升腾的烟雾在太阳的辉映下分外显眼。大街上到处都是慌乱的人群。他们哭喊着，奔跑着。

日机转了一圈之后又返回到码头街上空。这次他们用飞机上的机枪专门追着惊惶失措的人群扫射。经过三轮轰炸，城里沿街的店铺都成了一片废墟。很快有城里的人扶老携幼翻过护城墙，或者过水关出城逃命。因为他们知道，日本人炸弹炸过之后就会发起进攻。

码头街上的和济当铺、泰丰还有昆大、同泰昌绸布业和万昌、顺昌祥米行，这些大点的店面老板一家早就在日本人过来前就逃走了，只留下一些年老或者年少的店员来看店。

日本人飞机炸弹一轰，店员死的死、伤的伤。特别是顺昌祥那边的粮巷，负责守城的国民党部队临时就用装满黄豆、小麦的麻袋做掩体，后来守不住撤了，结果一条街上都撒满了黄豆、麦子。

这些都是活命的粮食呀！

城边胆大一点的人都进城去背米、背黄豆，有的还到绸布庄的火堆里捡到了整匹整匹的布。河对面的昆伢儿子就这样发的洋财，不但修了房子，还娶了个黄花闺女。

我上趟拉了南山戴埠的一船窑货到码头街的窑货巷，路过坡圩，看到他三岁大的儿子已经光着屁股满村跑了。

第二天，溧阳城就被日本人占领了。城里一些比较像样的屋宇都被烧毁了。尚未逃出城的妇女与国民党部队的俘虏，首先遭遇到日本兵的蹂躏。日本人剥光了俘虏们的衣服，用粗大的铁钉，把他们钉死在墙壁、大门上。

溧阳城有四个城门，城中河里分别有东成、西成、南安和北固四座石拱小桥把溧阳城连成一体，非常坚固。守城的国民党部队在四周城门上都架了机枪。

日本人用小钢炮轰也牢不可破，后来日本人趁着黑夜在宝塔湾那边坐着从村民那里抢来的脚盆从下水关攻进了溧阳城。

文庙就在宝塔湾边上，国民党军也在文昌阁上架了机枪，但没能经得住日本人的炮轰。城里的国民党军有零星抵抗，之后从南门撤退，出了溧阳城，一路向南进了戴埠那边大山。

我站在凤凰墩上看得很清楚。那天浓烟遮蔽了整个溧阳城。城里那些店铺的主人要么早早就出城逃命去了，要么就在城里被炸死了。宝塔湾边的米粮行那边，粮食烧焦的味道离城十几里都能闻得到。

胆子大一点的人都跑进城里去捡火残。好多人都发了大财。布店行整匹整匹的布，还有粮行里一麻袋一麻袋的大米和白面，大家随便拿。

都是些没主的东西，不拿白不拿呀！阿兴吐吐舌头说。

这是好事吗？都家破人亡了！那种国难财最好做梦也别去想，想想都作孽的！木生点了点阿兴的鼻子。

消息很快就传了出来，城边上的青壮年都背着麻袋去米行装米。有的人贪心，前后去背了两三趟。日本人闻讯后追到了米行，他们架起机枪就对着抢米的人群扫，发现没死的再补上一枪。

细丫爹聪明，听到枪声就装死倒地不动。日本人赶上来后对着躺地上的人挨个刺刀戳或者用枪托砸。细丫爹侥幸捡了条命，但胸口却被日本人砸坏了，动不动就吐血吐得吓人，等于就是一个废人。

日本人确实太可恶了！

要我评判，倒是那些去城里捡火残的人做得不对。那米行里的米、绸布店里的布料，原先都是有主的呀！日本人炸弹一炸，粮仓塌了，布店倒了，这些好东西露出来了。光天化日之下，有人看着眼馋，就去捡了。说得不好听一点，这同偷和抢有什么区别呢？

还不是因为穷怕了，都是些平民百姓，拿了点东西但也罪不至死吧？那些日本兵看到街道上有人就用机枪扫，就是不把我们中国人当人了。

阿兴有点不服气，他质问木生，即使要管也轮不着他们吧？我们中国人的事，要他们日本人来操什么心？

上次荣昌泰的伙计内急就蹲在街头角落里方便，正好被路过的日本人看到了，打得半死，吓得其他人从此都不敢随地大小便了。

这是他们在收买人心。哪里还有提刀握枪和人亲善的道理？南京城里的大汉奸汪精卫也说自己是在曲线救国的。

阿兴对木生的话有些不满，他带着一丝嘲讽，鄙夷地对木生说。

是的呀，亲善共荣有什么不好？只要不打仗，大家平平安安的，我觉得比什么都好。木生肯定地说。

我说木生哥呀，我看你脑子里好像进水了。你这不是明着表扬日本人，说日本人好吗？阿兴瞪了一眼木生，生气地说，我看你哭的日子还在后头呢！说罢便气鼓鼓地走了。

木生呆呆地看着阿兴消失的背影，老脸上露出了羞愧的神色。他嘴里自言自语道，我活到这么大了，何尝昏庸到不辨是非呢？我是担心呀,日子虽苦,但总是能从中熬出点甜来。

天光放亮了,太阳也接着升起来了。雪还在阳光下白得耀眼。胥溪河里,覆着积雪的浮冰随着波浪起起伏伏。光影浮动,阳光照在透明的冰层上,绽放出七彩光芒,就像一块块缓缓流转的水晶。午后,云层又慢慢聚集起来。等到了傍晚,如针脚一般细密的雪便接踵而至了。

木生这几天眼皮跳得厉害,他伸出食指和中指按压在右眼上,依然可以感受到扑腾扑腾的眼皮对指肚的撞击。

阿兴最近去戴埠南山的次数有些频繁,以前不过两三天他就要回凤凰埂一次,可这趟出门,木生一连好几天都没见到他的人。

木生抬头望望天,他好像已经嗅到了空气中不安的因素。

阿兴被和平军抓去驻点的消息是隔河张家兄弟带信给木生的。原来阿兴一直和山里的新四军有联系。他利用生意人的身份,隔三岔五地向山里的新四军运送他们急需的紧缺物资。

这次,在戴埠街善庆桥头的卡口,和平军在他一堆通关进山的普通货物中起获了盐巴和药品等违禁品。

和平军说得好听点就是所谓的和平建国军,实际上就是汉奸。这群人原属国民党部队系列,由于贪生怕死投降了日本人。他们配合日本人控制交通线和驻点,进攻抗日根据地。

这些和平军清楚自己的尴尬身份。不但被日本人看不起,中国人也不待见。他们也不想把事情做绝断了自己后路。于是放出话来说,如果三天之内不拿钱来赎的话就把人交给日本宪兵队。

和平军开出的条件是二百大洋,见钱放人。

日本宪兵队和普通的日本鬼子不同,他们的主要任务就是配合日军和伪军搜捕镇压新四军和地下抗日分子。在戴埠一带活动的是一支宪兵分遣队,虽然人数不多,但危害巨大。

进了日本宪兵队,就等于一脚踏进了鬼门关。溧阳城西边的胥渚村有一位负责江浙两省策反工作的狄姓国军少将专员,从重庆经南京返回溧阳潜伏,不幸被敌方特工发现,报告了驻溧阳一带的日本宪兵队。

在宪兵队,狄将军受到了严刑拷打,却威武不屈。恼羞成怒的日本宪兵头子富田德把狄将军装进麻袋摔晕后活埋在了城厢边。

木生得知阿兴被和平军扣押的消息,急得像热锅上的蚂蚁。人命关天。他去和胯婆子商量,打算凑齐这二百块大洋去和平军那里把阿兴赎回来。

按照时价,五十块现大洋可以折换一根三两重的金条。二百块大洋相当于四根金条。对于富人家庭来说算不得什么,可对于木生无疑是天价。

木生有木生的打算。他决定先把家里的十几亩薄地当了,再去找水生东家预支几年的工钱,然后再把小龙的童养媳细丫退给隔河的张家,剩下的缺额他再东家西家去凑。

打算归打算,但最后到底能不能成,木生心里一点没底。等把自己心底盘算了不知多少遍的想法对胯婆子说完了,木生自己也觉得有点心虚,末了他用眼睛看着胯婆子,打算听听眼前这个新弟媳妇的主张。

胯婆子听木生一五一十地说自己的打算,低着头半晌没有声音。等木生该说的都说完了,她这才慢慢起身过去,打开自己带来的那个包袱,从厚厚的一层老布里取出一副金耳环,放在手心里端详一阵后就递给了木生。

他伯,这副耳环还是前年我那死鬼丈夫给的定亲礼物,本来是想存着好给自己留个念想。如今我已经一脚跨进了万家的门,从此以后就是万家的人,留着它也没有什么意义了。你把这副耳环带去驻点,交给和平军那里当官的,让他们在里面少让阿兴吃点痛苦。

木生讪讪的有点难为情,说,你自己的东西还是自己留着呗,我只是想和你商量一下,该怎么把阿兴从和平军那里救出来。只要他们不把阿兴送日本宪兵队,让我上刀山下火海也愿意。

还不是因为钱的事情?我们穷人家穷得都只剩一条命了。细丫挺乖巧的一个丫头,我很喜欢的,你要退给张家我也没意见。隔河张家你也知道的,原先那几块大洋的聘金估计现在已经用得一块不剩了。还有你说要把河沿下的水落荒田当掉,可如今世道乱,人家好好的良田也没人敢要的,何况你那十几亩靠天收的荒田。再说了,现在乡亲们都穷得活不下去了,哪里还有钱凑起来救阿兴的命呢?

木生听胯婆子这么一说,如当头被浇了盆冷水。他一下子跌坐在凳子上,嘴里嚷嚷道,那该怎么办呢?那该怎么办呢?你也是和阿兴沾亲带故的,我们总不能看着阿兴死路一条吧?

谋事在人,成事在天。都是命里注定的事情,看来阿兴是难逃一劫了。可话回过来说,阿兴帮新四军往山里运药品、盐巴和物资,那他就一定是新四军的人了。新四军知道他被和平军抓去了驻点,他们肯定会想办法去营救他的。新四军是老百姓的军队,专门打日本人和汉奸,那些和平军知道阿兴在为新四军做事,说不定也不敢待他怎么样的。

你家原先那个不也是当过新四军了吗?他们会怎么样去做,你肯定知道的。

新四军都是好人。他们会拼命去救阿兴的。胯婆子肯定地说。

新四军会去救阿兴的,他们会去救阿兴的……木生听胯婆子这么一说,心底希望的火苗又星星点点地亮了起来。

过了几天，果然有好消息传了出来。新四军连夜端了和平军的炮楼，救走了阿兴。

街面上的人都在绘声绘色地讲着新四军如何穿着缴获来的日本兵制服，他们趁夜黑骗过了和平军的岗哨，不费一枪一弹就进了他们的炮楼。

那个张口就要二百块大洋的麻子连长还在床上打呼噜呢，不知怎么就觉得脑门上一凉。睁开眼睛一看，新四军一支二十响盒子炮正抵在自己脑壳上！那还用说啥，赶紧吩咐手下人投降呗！

新四军这次奇袭不但救出了阿兴，还缴获了四挺轻机枪、一门小钢炮加上百十支长短枪，收获大着呢。

老百姓不只是夸赞新四军有勇有谋，就连阿兴也成了大家口中的大英雄。他们说阿兴是新四军的地下交通员，他平时装扮成纤工，四处侦察日本人与和平军的动向。只要一有风吹草动，新四军那边就已经知道了。

那个阿兴人长得非常精干，一看就不是普通人。

听说他武艺高强，左右开弓，双手能同时开二十响的快慢机，平时三四个小伙是近不了他的身的。

前阵子驻扎在普福庵的一个连的和平军，就是阿兴带着新四军端掉的。

木生听了街坊的言论，他只觉得好笑。

对于阿兴，木生是知根知底的。阿兴这家伙，拉起纤来偷奸耍滑的东西，会有这么神勇？自己平时怎么没有看出来一点破绽？这家伙，平时滴水不漏，连我也一直被蒙在鼓里。

就凭他阿兴，胆气不可能有我木生大，这次被和平军关了驻点吓尿也不一定！可话说回来，可帮新四军做事，就一定是新四军的人了！新四军可是一群有情有义的汉子，阿兴这家伙可千万不要拖累他们。

　　木生一面想，一面拔脚就往家里赶。他要把阿兴获救和跟着新四军一起进了山的好消息告诉胯婆子。

　　雪天的午后，就连鸟雀都不见了踪影，世界仿佛已经凝固在冰雪里。

　　河沿下有户人家的屋顶上飘起了灰色的炊烟。炊烟唤醒了村庄，食物的诱惑不断刺激着木生的味蕾，他不由得加快了回家的步伐。

　　炊烟是从木生的屋里飘出来的。木生知道，这是胯婆子在为小龙和细丫做好吃的了。

　　推开门，木生闻到了麦香中夹杂着浓浓的葱花味。

　　胯婆子正操着一把锅铲灶屋前忙碌，她的身边一左一右围着两只小馋猫，那是细丫和小龙。胯婆子一面在灶台忙活，一面讲故事给小龙和细丫听。

　　自从胯婆子来到了万家墩，恍惚之间木生也有了当初根嫂在世的错觉。特别是他看到胯婆子掏出那块印有碎花的手绢，小心地帮细丫和小龙擦去冻出的鼻涕那一刻，他就认定胯婆子一定会是一位好妻子和好母亲。

　　除了心善，胯婆子的手面也非常好。胯婆子烙的葱花饼味道简直盖过了洋桥下老三头的黄壳烧饼。

　　胯婆子笑起来也很好看。

　　只要看到胯婆子一笑，小龙的眼神就开始变得迷离。他狠狠地咬自己的嘴唇，实在忍不住眼泪就流了下来。

　　胯婆子见了，心一软，就要放下怀里的细丫去抱小龙。开始小龙象征性地挣扎一下，然后就不动了。

小龙喜欢听到胯婆子的声音。他喜欢胯婆子抱着他。胯婆子的身体温软绵绵的。胯婆子身上的味道就像他娘身上的味道一样好闻。

胯婆子一手抱住小龙，另一手抱住细丫，看着他们的眼睛笑，说，快点叫姆妈！

小龙有点忸怩，他张张嘴，没发出声音。细丫乖巧，马上姆妈姆妈甜甜脆脆地喊出了声。

胯婆子满口答应着，然后亲亲细丫冻得通红的小脸蛋。说，假如我那个孩子留住了，他也该像你一样大了。

今天胯婆子讲给小龙和细丫听的是白龙娘娘的故事。

这个故事木生也知道。说是城西有座山叫大石山，山上有座寺庙叫白龙寺。白龙寺里供奉着白龙娘娘，里面香火十分旺盛。每逢白龙娘娘生日那天，周边四里八乡的香客们纷纷过来朝拜祈福，庙里庙外都挤满了人，十分热闹。

传说白龙娘娘的娘家在一个叫姜笪的地方，距离大石山有二十里地。村上人都姓姜，世代耕读传家，知书达理。村上有对亲如姐妹的姑嫂。这天，两人一起去村边池塘抬水，回来时发现路边有两颗晶莹透亮的鹅蛋。嫂子就叫小姑把鹅蛋藏在怀中带回了家。

两人抬水到家，不料却发现鹅蛋已经无影无踪。两人十分惊奇，好好的两个蛋，一路上也没见掉在地上，怎么说没就没了。事情过去了几个月，大家都忘了这件事。

有一次，嫂子发现小姑的肚皮大了，以为她生了病，就请郎中把脉诊病。郎中说，有喜了。两人不相信，没有谈婚论嫁，怎么会有孩子？认为是郎中误诊骗钱。

眼见着小姑的肚子一天天隆突出来。村上人开始风言风语，在小姑背后点点戳戳。小姑的父亲知道后非常生气，认为有辱门风，逼迫她承认与谁私通，否则就要按照家法装猪笼沉河。

嫂子见状，心疼小姑，就带她外出避难。两人一路走，到了大石山上，在一个石洞里歇了下来。小姑动了胎气，肚子开始隐隐作痛。嫂子对小姑说，怕是要生养了，我去找人借个盆子，顺便烧点热水准备帮你接生。

嫂子走后不久，小姑就生了，但生的不是孩子。小姑生的是两条龙，一条青龙，一条白龙。

这时候电闪雷鸣，风雨大作。一青一白两条龙见风就长，不一会儿就长得像凤凰埂一样长，腰身也像水桶般粗细。青龙无语，朝小姑点了三下头，然后升天而去。

白龙却开口说话了，娘亲，感谢您的养育之恩，我要带你去天堂享福，您坐在我的身上，不管听到什么声音都不要睁开眼睛，切记！切记！说罢，小姑随着白龙腾空而起。

白龙越飞越高。接近天门的时候，天上鼓乐声声，热闹非凡。小姑好奇地睁眼一看，看到自己离地面好远好远，地上的房子像个圆点，河流像条弯曲的细线，吓得身子一软，从龙背上滚落下来。

嫂子带着盆子和水上山，看到一条青龙和驮着小姑的白龙先后飞升，最后又目睹小姑从龙背上摔下身亡。嫂子回村，把所见所闻告诉了村民。

此事一传十，十传百。许多人捐钱捐物，修建庙堂，把白龙娘娘的肉身供奉在庙堂里。人们每逢初一、十五都要进庙拜祭。白龙娘娘很灵验，要风得风，求雨得雨。自从供奉了白龙娘娘，附近一带风调雨顺，年年五谷丰登。

细丫听了半懂不懂的，但却缠着胯婆子继续讲下去。胯婆子抱起细丫，摸着小龙的头问，姆妈对你们好，长大后你们会像小白龙一样保护姆妈，待姆妈好吗？

小龙嘴里嚼着香喷喷的葱花烙饼，拼命地点头。

细丫小嘴巧，说，姆妈现在养我们小，天天给我们做好吃的，还讲故事给我们听。我们长大后也会天天给姆妈做好吃的，养姆妈的老。

溧阳人都知道白龙娘娘这个故事，虽然版本不同，内容却差不多。木生听了却笑得眼睛弯成了一条缝。

不是一家人，不进一家门。家里有了胯婆子，这才像个家的样子呢！

百鸟归林。不知不觉中细细碎碎的阳光已经落到了山的另一边。三爷的故事很长，长得就像屋子前面的十里长山。

胡一凡听着听着眼睛就开始泛红，觉得里面有潮水一样往外涌，他扭转头眨巴了几下眼睑才转过头来。

此时的三爷正眯缝着眼，头枕在轮椅的头靠上，不知道他到底是讲累了，还是沉浸在往事中。

四奶奶悄悄地走上前来，她伸出食指点了点嘴，然后又张手在嘴边摇了几下示意胡一凡。

胡一凡知道四奶奶的意思是让他不要再打扰三爷，三爷讲累了需要休息一会儿。他识趣地起身，向四奶奶挥挥手作别离开了三爷家。

胡一凡刚到南山村报到的时候，村党总支书记万家浩就告诫胡一凡，你要把自己当成"村倌"而不是"村干部"！我们南山村有三千零八十六位村民，九百六十三个家庭，二十二个村民小组，两万三千七百亩土地。你只有离开电脑、走出办公室，来到田间地头，用脚丈量我们的村庄，用自己整个身和心去感受这里的山山水

075

水。只有这样,你才能融入脚下这片土地。

山路、水车、油坊、老榉树、联桥,时间在这里显得缓慢而悠长。涧溪下农田种的是南山村农业合作社优先选育的南粳46品种,去年获得了国际大米节金奖。该品种采用有机种植,人工除草,杜绝一切化肥农药,其品质可以和日本越光米媲美。

如今,胡一凡知道其实土地也是有灵魂的,它就像种子一样,只是暂时沉睡着,只要你用心去呵护,付出一点勤勉或辛劳,有一天它会清醒过来,最终长成一棵开花的树,然后用丰硕的果实作为回报。

路过新故民宿,胡一凡看到一群人在临时搭建的摄影棚下打着灯光在摄制作品。这处小小的民宿是村民用原先的住房改建而成的。这里俨然就成了一处网红打卡地,经常有各路明星光顾。民宿的主人是一位年轻人。这个南山村的孩子,虽然曾经走了出去,因为南山村新一轮的美丽乡村建设,毅然选择了回乡创业。

青年强,则国家强。当代中国青年生逢其时,施展才干的舞台无比广阔,实现梦想的前景无比光明。胡一凡在考虑如何结合南山村的区域优势,带动村里的年轻人成立特种养殖专业合作社,成立南山村一凡助农农业有限公司,利用年轻人的闯劲,把产业做大做强,吸引更多的年轻人回归乡村创业建功。

第二篇

守 望

上

南山村村委办公地点为鸣桐里加应子花海大道马路边的一处合院。合院大门在东面，正对马路。从大门进去，右边有一排公告栏，上面张贴公告或通知。正中的地方是国旗台，不锈钢旗杆上飘扬着一面鲜艳的国旗。院子的空地都用黄线画了整齐的车位。国旗台对面就是村委大楼的楼道入口。胡一凡和村委主任林国良的办公室在二楼，村委书记万家浩和村助理蒋传庭的办公室在三楼。

胡一凡忙完手头工作，他惦记着三爷，便上楼向师傅万家浩书记请假。

得知胡一凡的来意，万家浩哈哈大笑。他对胡一凡说，以后下村，你尽管去，不必向我请假，特别是三爷，他老人家的故事多得像天上的星星，九九八十一天也说不完呢!

村党支部副书记许承清恰巧也在办公室。他告诉胡一凡，三爷和四爷可是我们南山村两个活神仙。整个金山里，就数两兄弟辈分大。只要是婚丧喜宴，三爷和四爷吃的都是独席，村里没有一个人敢和他们同席动筷。四爷年轻的时候会替人看风水，是十里八乡的大名人；三爷呢，也算是个老革命，德高望重。

万家浩听完叹了口气，老爷子也有糊涂的时候，从孙辈起，家里的孩子们都被他宠坏了！说罢又摇了摇头。

有关三爷和四爷的事情，胡一凡也听到了一些传闻，但他没在意。三爷昨天讲得确实精彩，他依然沉浸在胯婆子的故事里。

到了三爷家，胡一凡发现老人家已经虚席以待。互相寒暄之后，胡一凡便央求三爷把胯婆子的故事接着讲下去。

三爷听后笑了笑。他叹了一口气说，人的一生中有些东西是逃避不了的。劫数也好，缘分也好。所有那些东西，林林总总，好的坏的，该有的都会来到！

胡一凡说，是的呀，好多事情就是这样的，并不是说你想做好就能做好。就像好多故事，故事还没开头，结局就已经在那里了。

听胡一凡这么一说，三爷似乎有了某些触动，他定睛看着坐在自己面前的小伙子，接道，有些东西我原本不信，现在慢慢地也开始相信。顿了顿，他又问道，昨天讲到水生和胯婆子的婚事了吧？今天我还是接着讲下去吧！

胡一凡忙说道，是的，老人家，您的故事实在太精彩了，我正急着要往下听呢！

三爷眯眼捋了捋思路，又打开了话匣子。

转眼之间已经是腊月初九了。雪一直在下，丝毫没有停下来的意思。

这天，木生起了个早，去河埠头买了点菜，吩咐胯婆子准备晚饭，好等水生回家后大家一起吃个团圆饭。

凤凰墩东边的北河已经完全封冻，岸上积雪封路，就连最勤快的纤夫也收工在家等着过年了。只有胥溪河和南北向的漕河中间还剩下一条狭长的水道，过几天才会有一条路过的货船。

船头的老大用长篙奋力破冰，满载的货船在嘎吱嘎吱的冰裂声中缓缓地向下游的溧戴河方向移动。

这一船货，没个十天半月到不了戴埠街！

站在河岸边撒尿的木生哆嗦着冲河中央的船老大打了招呼。他不止一次去河沿看水生有没有在回家的路上了。

水生这东西，平日里做事就像这样没轻没重的，今天是他和胯婆子第一次见面,却不晓得早点回家,从周家湾到万家墩,快点么一个多时辰就可走到家了哇。木生眉头打着结,自言自语地说。

木生抬头看了看北边的河埂路,巴望着水生背上驮着个褡裢,满心欢喜地走在回家路上。可天地苍茫,耳旁除了呼呼的风声,洋洋洒洒的雪花中根本见不到一个人影。他失望地反身进屋,坐到堂前的火塘边点了一锅烟,刚吸一口便开始拼命咳嗽。直等气息稍微平缓了一些,木生又把烟斗架到嘴边吸了一口,结果又引来一通咳嗽。

窗外的雪下得越发使人发愁,呜呜的北风吹得雪粒到处飞。木生起身到墙根,取下挂在窗格上的纤板,又坐回火塘边,把纤板搁在双膝上,用那条油腻的纤布小心地擦拭。

就在这时,隔壁传来细丫细细的哭声。

不一会儿,胯婆子推门进来对木生说,他伯,细丫喊饿了哩。眼见得天也快黑了,水生今天怕是不回了吧?

木生看看窗外,天色果然一下子晦暗了许多。他转头对胯婆子说,细丫和小龙喊饿了,你回头先让他俩吃,吃完就让他们在你房里睡下吧。水生今天怕是有事还没回来,我再赶去周家湾一趟看看!水生今晚睡我房,回后我们哥俩要好好聊一聊!

胯婆子眼睛红红的,说,等不到不该等的人,即使得到了那个人却得不到他的心,那也没有意思的。他伯,实在不行就不要辛苦白跑一趟了。那么远,河埂上又积了雪,路难走哩!

弟媳妇你放心,我这是为你们俩好!路再远、再难走,跑一趟也是值得的。木生说罢,便用麻绳把腰间的水裈绑紧,一头扎进屋外的风雪中。

木生心急火燎地赶路,到了周家湾,周老先生一脸的惊讶,说,这又是一个不知好歹的糊涂人,早晨我就替他结了工钱,另外还专门备了年货让他带回去的，结果倒好，怕是逃婚去了！

木生一听，顿时就像一只泄了气的皮球。他知道，水生这是又去城厢找那江阴婆了。好好的一个人，有人拉着他不走，宁可被鬼牵着跑。这是我老万家哪辈子造的孽呀！木生嘴里嘟囔着，心都碎了。

天要落雨娘要嫁，还是随他去吧。

从水生东家周老先生那里吃了个瘪，木生一个人一路七高八低，跌跌撞撞、失魂落魄地回到了凤凰墩下的万家墩。

看着木生心慌意乱的样子，胯婆子一下就知道怎么回事了。她眼神幽幽的，看着木生说，他伯，你辛苦了，小龙和细丫已经睡下了，饭菜我还热在锅里，等晌就端过来和你一起吃。

雪停了。月光映在堆积的雪地上柔柔的。耳朵里偶尔能听到远处传来的一两声狗吠。堂屋中央火塘里的柴火烧得正旺。屋内很暖和。

木生和胯婆子两人边吃边聊。

好人不长寿，恶人反而活千年。那么根嫂好好的就怎么没了？胯婆子小心翼翼地，她怕触动了木生的伤心事。

木生老婆的死其实是和二房里的乌伢爹和乌伢娘有关系的。乌伢是个拖油瓶，乌伢爹想要一个自己的种，但却一直未能如愿，于是夫妻俩两天一吵，三天一架，把整个家弄得鸡飞狗跳。

乌伢爹年轻时荒唐，经常光顾夏桥水关那边的窑姐儿，结果染上了杨梅疮，后来病是治好了，但人却没用了。可他不死心，还是粘着乌伢娘，天天要那个。乌伢娘苦不堪言，只能偷偷地找根嫂哭诉。

乌伢爹要打乌伢娘的原因是乌伢娘嫁过来之后一直未能开怀，乌伢爹就把责任归咎到乌伢娘身上，人家抓只鸡婆回家还能孵出一

081

窝小鸡仔，就是你没用。

乌伢娘也是个烈性子，一言不合就和乌伢爹开打。她身大力不亏，有时还能占上风，常常把乌伢爹压在地上一顿痛扁。

乌伢爹就偷袭，从后面一把揪住乌伢娘的发髻，拖了就走，再加上他心狠手辣，抄起什么家伙就开打，有时甚至拿出菜刀来砍。

乌伢娘不甘任人宰割，抡起桑木扁担上前迎战，常把乌伢爹打得满脸开花。

有时，惊天动地的干架声就连河对面张家村的人也能听得到，还有不少好事的人手搭凉篷站在村边的坟墩上看屋场上的这对活宝在干架。

时间久了，大家都见怪不怪，他们只要其中一个打输了或者打趴了这场战斗才分出胜负。

输的一方最多在床上躺个三五天，就一点事也没了，从床上爬下来就能继续鏖战。

那天，两个活宝不知为什么又干了起来。

木生嫂看到乌伢爹手里操起了铁耙兜头盖顶地往乌伢娘身上砸，忙对木生说，赶快去拦下，否则要打出人命了。

木生冲过去一把抢过了乌伢爹手里的铁耙，根嫂急急忙忙去拦手舞足蹈的乌伢娘。

乌伢爹手里没有武器，情急之下操起一条长凳就朝乌伢娘砸去。

木生嫂拦住了乌伢娘本想转过身来劝说乌伢爹几句的，没想到乌伢爹的一板凳正好砸在了她的后腰上。

根嫂嘴里闷哼一声就手捂着腰栽倒在地。

乌伢爹、乌伢娘看到闯了祸，就和木生一起把根嫂抬到了家里。

根嫂躺在床上直哼哼。到了后半夜，木生用盆接了她的尿，发觉有点不对。他凑近一看，里面红彤彤的都是血。

木生大惊失色，连夜去请郎中。郎中过来看了说，女人的腰肯定是被砸坏了，只有上海的洋医生才能救她一命。

根嫂从宝塔湾的轮船码头坐船去了上海，但人却最后没能回来。

那么小龙爹娘呢？

小龙爹娘是被日本人祸害的。我骗小龙说他娘去上海看病了，等病看好了，她自然就会坐着火轮回家了。小龙想娘，所以才天天去爬凤凰墩，他要看自己的娘有没有在宝塔湾那边坐火轮回家。

木生触到了伤心处，说着说着，眼泪就从堆满褶皱的老脸上滚落了下来。

胯婆子听了，心里也跟着发酸。她对木生说，其实小龙很懂事，他识眉眼的，我每天帮他洗脸他都很乖，这些天也没欺负细丫。他们都听我话呢。

是的呀！看得出来，小龙好像喜欢你。细丫也一样，跟屁虫一样的，你就是上个灶也要黏着！我看到为了这个家，你也是尽心尽力的。

哥，那你就不如要了我吧。我中意的是你人好，不嫌你老。我会帮你带好小龙和细丫。

胯婆子热热地望着木生。

木生听了一愣，脸上开始发烫。

可辈分在这里的哈！等我年纪大了，老了走不动了，躺床上就是一个累赘。来日方长，我可不能害了人家女子。你先在这里住着避避风头，我和阿兴会帮你重新找个好人家！

除了大地和河流，这世间没有一样东西是永恒的。

雪也一样。雪是最没有希望的东西。无论下了多厚的雪，茅屋檐下的冰挂有多长，它也会在某一个春日的阳光下彻底消融。

天终于放晴了。

小龙站在凤凰墩上看宝塔湾,他能看到宝塔湾火轮进码头时拉的最后一阵黑烟,也能听到火轮进码头靠岸和离开码头的轮笛声。

一个长声是轮船离开码头或泊位,二下长声就表示火轮要进码头靠岸停泊了。

宝塔湾对面是文庙。文庙鲁仙宫里的文昌阁阁顶的尖拱是用金箔包裹的。人站在凤凰墩,就能看到文昌阁的尖拱在阳光下闪着金光。

日本人攻进溧阳城后,就把溧阳城劫掠一空,临走时把文昌阁尖拱上包的金箔也刮掉带走了。

木生带着木生嫂和小龙不止一次去看过文庙。文庙屋脊两端的翘檐上面依次有一排吓人的神将,分别是骑凤仙人、能避火灾的鸱吻龙、凤、狮子、天马、海马、狻猊和狎鱼等神兽。

想到根嫂,木生的脑海里又出现了她笑意盈盈的样子。好几次梦到紧紧握住她的手,不料醒来却发现落了个空,自己手心里只剩下嘶嘶的空气声。

任何一个人离开你的时候都是有预兆的。如果一个人向你走来,愿意和你共度此生,这样的人确实有,但有了又有什么用呢?总有一天,那个人还会在某一天离开,只给你留下一段令人伤怀的记忆。可灾难就不同了,尽管同样令人猝不及防,但你必须付出一生的时间去承受。

黄昏的时候,远处有轰隆隆的声音传来。

民国三十年注定是一个不寻常的年份。日本人疯狂了。这年年底,他们轰炸了美国人的珍珠港,开始向同盟国宣战。

飞机是从东北方向过来的,大家一起跑到河埂上去看飞机。那些飞机机翼上仍然不是青天白日旗的标志,还是一个圆圆的红点,就像红头苍蝇一样。

是飞机！日本人的飞机！

日本人又来进攻溧阳城了。

日本人打仗就是这样的，先是用飞机炸，再用钢炮轰，最后才机枪扫射发起冲锋。国民党军守不住，很快便撤退了，剩下的老百姓就遭了殃。

在家里不如野外安全。人们听到爆炸声就拼命往外跑。日本人的飞机只要看到房子就会往下扔炸弹或者用机关枪扫射。

雪停了。没有风。

凤凰墩下的万家墩，胯婆子正忙着为小龙和细丫准备晚饭。浓浓的炊烟在雪域中忽聚忽散，就像腾空而起的一条龙。

就在这时，一架飞机朝着凤凰墩俯冲过来，一枚水桶粗细的炸弹不偏不倚，正好丢在木生家屋背后。

惊天动地的一声爆炸，木生那边的屋子顿时被炸塌了半边。

听到飞机的轰隆声和乡邻们惊惶失措的尖叫声，胯婆子忙拉着细丫蹲在墙角那边躲飞机，娘俩一下子就被爆炸的气浪掀倒了。

过了许久，才见小龙一脸焦黑，从冒着硝烟的废墟中爬出来。他手里操着那把扫雪的扫帚，发疯似的往凤凰墩上冲。

一时间，城里烟火冲天。街面上四处都是哭喊奔跑的人群。日本人的飞机来回俯冲，机腹下面喷射出一条条长长的火舌，就像一群饥饿的老鹰在街头捕食。

木生看到了凤凰墩上的小龙。

小龙手里抓着扫把，对准日本人在天上盘旋的飞机，嘴里突突突、突突突，狠命地扫射着。

小龙、小龙我听到你讲话了！胯婆子说你肯定会讲话，你果真会讲话！木生欣喜若狂，他跑过去一把抓过小龙，把他拉到下面的渠沟里。

沟渠里的雪快没过小龙的脖子了,但他还是抓着扫把,嘴里突突突、突突突地喊着往凤凰墩上冲。

小龙,小龙你不要命了!木生把小龙狠狠地摁进了雪堆里。

日本人红头苍蝇一样的飞机专门围着城里高大的建筑炸,它们一圈一圈地绕着寻找目标,看到哪里人聚得多就扔下几颗炸弹,有时还低头俯冲用机枪朝四散奔跑的人群扫射。

日本人轰炸溧阳城的时候,好多人家连晾晒在门口的衣服也没收就跑到外面去逃命了。被炸弹炸到的店铺各种货品被炸得到处都是。最惨的是南货店兴义隆,老板、老板娘连同家里的伙计,还有四个大大小小的孩子一家子十多口人躲在货房里,不幸被一颗水桶粗大的航弹直接命中,顿时血肉横飞,没留下一个活口。

国民党军为了实行焦土抗战,他们从宝塔湾撤退的时候,在粮巷里放了一把火。粮食的焦枯味一直飘到十几里地外的双龙庵。一些穷怕的人纷纷冒险上街去捡火残。

水生此时正在下水关城厢那边的江阴婆那里。每年的十二月份,大雪落下的日子是水生最幸福的几天。他关起大门和江阴婆一起过日子,没有白天黑夜,仿佛整个世界只有他和江阴婆。

那是水生一生中最幸福的日子,虽然一年只有短短的几天。

看着溧阳城里烟火冲天,木生在凤凰墩上急得直跺脚,说,这下水生有命没毛了!

黄昏的时候,雪又开始下大了。

不远处,有人坐在被炸塌的废墟边哀哀地哭泣。溧阳城里,零零落落的枪声中时而夹杂着一两声炸弹爆炸时发出的巨响。

大街上到处都是慌乱的人群。日本人在碑亭巷挨家挨户找掉队或者负伤的中国士兵。他们只要看到年轻一点的就绑走带到巷弄口排成一排用机枪扫射。

木生从倒塌的土坯屋里拉出了胯婆子和细丫,转头再去找小龙,可不见了小龙人影。

小龙失踪了。

天色黯淡下来,惨白的月光和雪色相融。木生寻遍了整个凤凰墩也没找到小龙。

乌头、乌头,你看到小龙没有?

我只看到他在凤凰墩上端着扫把打日本人飞机,细伢终于开口讲话了!

田生、田生,你看到小龙没?

没有哇!他是不是偷偷地跟着阿兴、乌伢他们上街了?

小龙不可能进城的!河埂都被雪埋了,他人小,根本分不清哪里是路,哪里是河,我们还是再分头帮你找找吧!

日本人占领溧阳城之后,除了在四边城门加双岗架起机枪,还把水关闸口的木栅栏封锁了起来。

一大群饥民趁月色踩着冰水攀爬水关的栅栏去宝塔湾边的米行抢粮。日本人发现后就用机枪扫,有的人一粒粮食还没到嘴就先送了命。

侥幸从日本人的机枪子弹中逃过一劫的人回来告诉木生,他在水关闸口的栅栏边看到了小龙,他是踩着河沿的冰块一步一步走到水关的。小龙人瘦小,他不用爬,直接从木栅栏的间隙中钻了进去。

有人说,小龙这是进城去打日本人了。

等局势稍稍稳定,盘踞在宝塔湾兵营的日本人才允许木生进城去收尸。

木生到了城厢边，他没有找到水生的尸首，他只在一间被炸塌的房间里找到一大一小两具尸体。

血肉模糊的江阴婆怀里紧紧裹着一动不动已经没了气息的洋宝，娘俩的身边还有一件木生熟悉的水褪布褂。

那一年风调雨顺，年成好。过年的时候木生和几位兄弟上码头街请裁缝每人按样都做了一件。

民国三十年那年冬天，雪下得很大。城北凤凰埂上的万家墩没了好多人，细丫、上房里的歪头和乌伢。

细丫是被日本人的炸弹炸死的。乌伢他们是在抢粮的时候被日本人用机枪打死的。

木生一直在找小龙。有人说，小龙和几个反抗军的士兵一起被日本人吊死在宝塔湾水关的闸口下。

那天的雪一直在下，木生磨了一夜的斧子。

天快亮了。

木生起身在屋里转了几圈，把纤板挂在了一处醒目的地方，然后又撕下红布扎成一条衣带，把磨得锃亮的斧子绑在了腰间，接着他打开门，紧紧外衣，一脚跨进了漫天风雪里……

木生是个有情有义的汉子。

胡一凡听到这里不由得感慨道，国恨家仇，此仇不报誓不为人！

是的呀！三爷说，都是被日本人逼的，事情到这一步已经无法挽回了，换了任何人都要去拼命的！

后来木生怎么样啦？胡一凡为三爷故事里人物的命运担忧，他迫切地想要知道故事最后的结局。

木生本来打算豁出命来进城找日本人麻烦的，但日本人却没给木生这次机会。和前两次进攻溧阳地区不同，这次日本人没有在溧阳城里驻扎，他们攻下溧阳城后一直向西南方向进军了。不过木生还是有收获的，木生在宝塔湾城厢下的一片废墟上找到了水生。

水生没有被日本人的炸弹炸死，当时他正在去宝塔湾北边的粮食巷的顺昌祥粮行买米。街上枪炮声一响，他急忙在边上永丰木行的一堆木料中躲藏了起来。等街面稍稍安静下来，他才慌慌忙忙向城厢江阴婆那边跑去。

房子塌了、江阴婆殪了、洋宝殒了，水生的心也碎了。

木生担心他会有什么意外，一路护送着他回到了凤凰墩。

胯婆子在这次轰炸中除了被碎砖砸破了头，还被日本人炸塌的房梁压伤了腰，但这些都是硬伤，没有性命之虞。

可惜细丫却没有那么好运，她遇到了死神。

被日本人轰炸过的凤凰墩一片惨相，面对失去的亲人，村民们悲恸不已。被日本人炸弹炸塌的废墟上哀号一片。

听说新四军和游击队一直在南山一带活动。木生把胯婆子托付给水生之后，连夜赶去戴埠南山地区找阿兴。他这一走就没有了音信，等大家再次见到他的时候已经是多年以后了。

后来日本人终于宣布战败投降了。

这一天，消息传了过来，人们奔走相告，整个溧阳城洋溢着一片喜庆。

也就在这天傍晚，新四军苏浙皖军区一纵和木生所在的地方游击队在王必成将军的指挥下，向盘踞在溧阳城的日军联队、日本宪兵队、一个联络部，以及汪伪方面军和溧阳地方保安队发起了攻击。

汪伪部队一触即溃，只有日本人负隅顽抗。

战斗持续到第三天傍晚。日军走投无路，日军联队长只得宣布第二天辰时投降,届时交出所有武器。

溧阳就这样光复了。

当时,战斗很激烈。国民党当局命令日伪军不准向共产党领导的抗日武装投降,江南新四军被迫继续向拒降的日伪军发动进攻。

日伪军在砻坊场、太白楼、北固桥、文武桥、城隍庙等地凭借坚固的工事负隅顽抗,战斗十分激烈。

我军从砻坊场向前进攻受阻,即将码头街的民房打通,利用隐蔽通道向前进攻。

伪军因抵抗不住除被俘人员外均向东逃跑。西门和北门各据点被我军一一攻克。

日伪外围据点被我军攻克后,便死守宝塔湾城隍庙一带的据点。因日伪军工事坚固,火力又猛,我军打了一天一夜未能攻下,伤亡严重。

不久,宜兴方向又来日军增援,用炮火压制我军,我军为避免更大伤亡,决定暂时撤出战斗,调整部署,寻机再战。

第三天,日军派日机轰炸溧阳城,并从湖州派兵来援。由此,日军及部分汪伪乘汽艇在飞机的掩护下逃往宜兴。

这一仗啊,一打就是三天。除了毙伤数十名日伪军,还俘虏伪军八百余人。缴获大量装备和仓库物资,同时相继攻克了溧阳境内的其他敌伪据点。但我军伤亡也很大,一共牺牲了四十余名指战员。后来,政府还在高静园内建立了解放溧阳牺牲烈士纪念碑。西山烈士陵园兴建以后,才把这些牺牲战士的陵墓搬迁到那边。

南山游击队知道大军终于过来了,他们从宜兴这边过来解放了南山村,最后游击队和大军在戴埠街汇合,大军继续南下追击残敌,游击队则向北去接管溧阳城。

这些游击队自称新四军太滆纵队,阿兴和木生两兄弟都在这支队伍里。很快，内战爆发了，接着便是全国解放。

阿兴后来的结局怎么样啦？胡一凡有些好奇，他忍不住插嘴问三爷。

三爷点了点头，他告诉胡一凡，内战爆发后阿兴在部队里南征北战，一路打到了海南岛。一九五五年部队授衔，他的军衔是大校，职务是军区副职。退役前他还带了两个兵，开着辆绿色的吉普车回乡看了一次老兄弟们。

那个小龙到底有没有被日本人杀死呀？胡一凡又问。

小龙我还是要告诉你的，小龙并没有被日本人杀死，后来村上有人在城厢那边遇到了他后把他带回了凤凰墩。只是经过这一番折腾，小龙能够开口说话了。小龙这孩子说起来还是值得骄傲的，1950年他和村上几个年轻人一起报名参军入朝作战，在铁原保卫战中牺牲了。那一年他正好二十岁。过去讲究字辈排行，后来就不作兴了。小龙是铭字辈，西山烈士公墓中，那个叫万彰铭烈士的就是他了。

那真是太可惜了！

打仗总要死人的！抗美援朝，保家卫国，那仗我们不得不去打！

那么木生和水生怎么样啦？胡一凡继续问道。

木生去南山参加新四军以后，水生和胯婆子就在一起生活了。后来他们有了一个女儿，取名杏春。

全国解放那年，杏春也七岁了。

木生因为识字少，没什么文化，再说年纪又大了，就决定退伍，回乡当了民兵营长兼治保主任。

阿兴比木生幸运，打上海那年他已经是副连长了，木生却还是班长。打金门岛时木生委托阿兴两人一起写了请战书要求上前线，可不知为什么两人都没被批准。

他们只要一上去，肯定就没了。那场战斗真惨，上去三个团九千多人后来都没了！

每每谈到那场战役，木生总是唏嘘不已，那些都是身经百战的老兵呀！有文化，思想觉悟又高。

没念过书的木生总是羡慕那些能识文断字的人。

就在那一年的冬天，乡干部带了一位上海来的干部，后面还跟着一位挎枪的警卫员，说是要见木生。

来人介绍说，他就是胯婆子的死鬼丈夫，姓蒋。全国解放了，政府安排他转业在上海负责接收一家钢铁厂。这次，他打算认回胯婆子，把她接回上海去过日子。

原来胯婆子那位参加新四军的丈夫北撤的时候并没有牺牲。出于工作的需要，他一直没有和家里联系。所以就连胯婆子也认为他牺牲了。解放后，他回家寻亲，知道胯婆子跨门嫁了人，除了自责便是痛心。

这个完全是我的责任，不能怪胯婆子，是革命嘛总要做出点牺牲，现在我要把胯婆子接回家过日子。说完，他吩咐身边的警卫员，通知地方同志帮助寻找胯婆子的下落。

当地乡干部得知消息也是十分为难，他们了解到胯婆子和水生已经成家而且有了一个七岁的丫头，于是便叫来同样是革命干部的木生商量。

那时，木生刚入朝参战后转业回家。

木生获悉后也是非常吃惊，但他毕竟参加过革命工作，思想觉悟高，便向乡干部保证说，特殊情况特殊处理，事已至此，是去是留还是由胯婆子自己做决定吧！于是一行人便来到了凤凰墩去见胯婆子。

轮到胯婆子做决定了，她犹豫了一会儿，还是决定跟着上海干部走了。

临别时，胯婆子抱了抱杏春，哭着对丫头说，以后遇到麻烦了，不要忘了去上海找娘！

胯婆子这一走，水生整个人就蔫了。

合作社那阵子，水生负责给生产队里看牛犁地，不知怎么得了腹痛病，腹痛的时候疼得在地里田头直打滚。

村里赤脚医生看了看后说，估计这是得肝病了，要去南京或上海大医院才能救上一命。

解放初期，大家都穷，水生没钱去看病。木生也爱莫能助，于是便去乡里申请预支十元救命钱替水生看病。结果到了乡里，被乡长一口拒绝了。

水生是活活被疼死的。

又是几年过去了，社会变化很快，转眼之间杏春到了谈婚论嫁的年龄。杏春看不上木生托人为她介绍的那些根红苗正的小伙子，她却偏偏看上了一位"黑五类"的小子。

木生打听到了那个小子的父亲原来属于国民党改组派。不思悔改被打成了右派，牛棚里关了两年后被开除公职。家里只有三间祖传破屋，穷得叮当响。

国民党和共产党不共戴天，门不当户不对。木生当然不同意这门婚事。

杏春决心很大，她羡慕人家有文化，是知识分子，就逃婚住进了男方家。

木生认为男方家属于拐骗妇女，带着枪把杏春押回了家。

男方父亲也不含糊，给木生来了封信，控诉木生破坏婚姻自由。

木生听人念完信后，感到理屈，气得当场吐了三口鲜血。

杏春最后又做了一件惊天动地的事情。她竟然带着那个小子跑到上海去找了她的亲生母亲胯婆子。

胯婆子心疼女儿，同意了他们的婚事。

木生这下没辙了。

顺便提一下，故事里的杏春就是我表妹，她今年八十五岁了，还健在。妹夫一家后来落实了政策，他们生活很幸福。

还有必要提一下，故事中的木生就是我的同房兄弟。转眼之间他已离世十多年了。每次看到他栽在老宅前的那株银杏树，我就会想到他在世时的样子。

故事里的凤凰墩就在我们现在县城边上。二十世纪六七十年代的时候，政府打算在那里修建一个公园，就把原来凤凰墩上的住户搬迁走了。凤凰墩上原先那些老住户有的投亲有的靠友，最后四散了。

您说的故事不会就是我们万书记家吧！胡一凡惊讶地说，木生就是我们万书记的爷爷，因为革命有功，组织安排他在我们戴埠镇当过民政助理。

三爷一听乐了，说，这些你也知道哈，这次说些你不知道的！然后转头对在厨房间洗刷的四奶奶说，四奶奶，你今晚添两个菜，我和小胡书记唠完嗑后咱爷儿俩还要喝一杯。

胡一凡听到三爷也喊了声四奶奶，不觉一愣。他知道在那个年代，三爷和四爷两兄弟斗来斗去最后彻底闹翻了。如今，大家年岁也大了，他们之间的恩怨也被时间的长河慢慢冲刷，一点一点地消弭，最终释怀了。

那边四奶奶听了赶紧回说，那敢情好！待会儿省得小胡回村委吃泡面。你们爷儿俩先聊着，我这就准备去。接着她又转头笑着对胡一凡说，小胡书记，你别上三爷爷的当，他一直在糊弄你呢！他编排的那些故事，你可千万别当真！

胡一凡也笑了,他谢过三爷和四奶奶,说,我还要接着听小银和三丫头的故事呢!其他人的故事留着以后慢慢再讲吧!

听到胡一凡央求,三爷痛快地说,好!上回说到小银被他娘舅收留在村里替他娘舅家看牛这里了吧?

胡一凡说,是的!我正想听呢!

三爷点点头,今天他的故事要从满山的竹海讲起。

南山村一带山多地少,漫山遍野都是茫茫竹海。俗话说靠山吃山,靠水吃水,绵绵的南山养活了一大批从各地逃荒到南山村的人。他们只需背着把柴刀到南山里,随随便便就可以砍满一独轮车的柴火,推到长岭过夜。第二天一早再拉到戴埠街上卖掉,这样一家人一天的吃食就可以有保证了。

竹子的功能比较多,人们的衣食住行都离不开竹子制品,但把山上的竹子运到周边的集镇去卖却也是个难题。为了方便运输,这些外来的人家便帮南山村林家、钱家等山多的地主剖大篾,剖好后按斤计工酬,这样也可以勉强养家糊口。

一些做生意亏了本钱的商人别无办法,他们只得来到戴埠南山村,去山上砍柴火或帮地主家剖大篾。等把本钱赚足,他们就有机会东山再起。

小银非常勤快,他把舅舅家两大一小的牛照料得非常好。下一年开春,另一头母牛也顺利地产了头牛犊。

在南山村,只有地主和大户人家才有耕牛。每到芒种春耕时期,那些劳动力少又没有耕牛的农户只得到大户人家去借用耕牛,然后按天数付给牛主人家租金或者用牛饲料代替租金。

有了耕牛就可以开荒种地,可耕牛的喂养成本也比较高,一头成年耕牛一月消耗的饲料大约要三百文铜钱。有了外甥小银帮自家

095

看牛,这笔费用就可以大大省去。

小银熟知牛性,把舅舅家这几头牯牛养得个个油光水滑,膘肥体壮。几头牛每天在山坡上吃得饱饱的,然后赶到涧河边喝足清水,再带回金山里家中的牛舍过夜。

鸣桐里佛水堂那边偏僻,是小银最喜欢放牛的地方。两面山坡上一边是成片成片的加应子树,另一边则长满了牛喜欢吃的狗尾巴草和紫花苜蓿。山坡下面的平地处就是原来的李家破落的祠堂。后来,陆陆续续有外乡人家搬迁到这里。他们利用祠堂的旧墙基和残砖断瓦修建自己的房屋,在这里定居下来。

金山里和鸣桐里只隔了一条涧沟。那涧沟倒是一处神奇的地方,即便是三九寒冬,这沟里不但不结冰,反而从里面冒出腾腾雾气来。

村民们议论说,那是龙王在显灵。因为这里的涧沟直通东海龙王的龙宫,龙王和人一样既怕热又怕冷。他施展法术把冬天变成夏天,夏天变成冬天。

有关佛水堂涧沟里的神秘事情,小银没过多久就知道了。

那天,小银在这里放牛,坡上草多,没多久牛已吃饱,嘴也懒得咀嚼了。他便把牛牵到涧溪边让它们喝点溪水解渴。

就在这时,一位小姑娘急急忙忙跑了过来。

小放牛的,这里的水是仙水,只有神仙才能喝,凡人俗物动了之后会遭报应的!

小银吓了一跳,他抬头看到一位头扎一对羊角小辫,身穿布纽对襟棉袄,年纪和自己差不多的小丫头跑了过来。他没理会小姑娘的说法,继续牵着牛往涧溪边走去。

你不要命啦!放牛佬!小姑娘跨前一步拦在小银跟前,我讲的是真的,涧溪里的任何东西都不能动,否则会死人的!

小银打量着面前这位因为气急而涨得满脸通红的丫头，只见她圆脸蛋上嵌着一双灵活的大眼睛，身上那件棉袄千针百纳，用不同颜色的布连缀成许多不规则的图案，几乎看不出原来的蓝灰底色。

真的吗？小银看到她认真的样子，觉得不像在开玩笑骗人，于是就把领头的母牛喝停了下来。

我不骗你，这个地方真的是仙水，凡人动了之后会死得很惨。我的一个叔叔口渴喝了涧沟的水，还有村里的另一个伯伯吃了里面捞上来的螺蛳，最后他们都得怪病死掉了。

就是因为动了涧溪里面的水吗？

是真的！因为水里面有妖怪。只要喝了涧溪里的水或者吃了里面的鱼虾，妖怪就顺势住进了人的肚子里。它们在人的肚子里靠喝人血、吃人肉一天天长大。人疼得只会在地上打滚，妖怪可不管，继续在肚子里吃肉喝血。后来妖怪在人肚子里越长越大，使人的肚子大得像吃饱了草的牛肚一样滚圆。这时候人就被妖怪折磨得上吐下泻，最后吐血死了。那些妖怪这才剖开人的肚子，跑回涧溪了。

真的有这样吓人？我只听说涧溪里有个神仙洞，冬天暖，夏天凉，一直通到东海龙王家。

不骗人的！前一阵子前边杨家有人从南边山上砍了毛竹回来，路过佛水堂下面的涧溪边看到溪水很清就趴下去喝了几口，结果把水里的妖怪也喝进去了，现在肚子大得连路也不能走了，前些天杨家人还请了法师过来替他做法事的。

小银听小丫头这么一说，还是有点吃惊。

是的呀！这里涧沟的水一年四季都是热的，特别是大雪封山的时候，冰天雪地，只有这里是不结冰的。

不但不结冰，水里还冒出腾腾热气呢！所以说这里的水是仙水，只有神仙才能享用，我们凡人用了就会遭报应的。

原来如此,谢谢你提醒。小银摸了一把头上的汗,他真的被眼前的丫头唬住了。

我姓蒋,就住在佛水堂,家里有姐妹三个,以后你就叫我三丫头就行了。小丫头快言快语,介绍完自己后又接着叮嘱小银,以后你记住这里的仙水不能喝就行了,否则的话就是对神仙大不敬,到时会有妖怪住进你肚子了吃你肉、喝你血的。

我姓万,你叫我小放牛或者小银都可以,我是来替我舅舅家看牛的,就住在金山里。

两个小伙伴坐在山坡上面对着脚下的涧沟在交谈。

你们金山里住的都是有钱人家。我们蒋家是从苏北迁过来,现在已经有七八户了,村上姓金、姓孙的几个小伙伴也是从苏北迁来的。我们这里的人家农忙时都要靠帮你们金山里的地主做长工的,农闲时再帮你们山多的人家剖大篾到戴埠街上去卖。

我老家是安徽的,来南山村主要是为了还债。我欠了金山里舅舅家的钱,所以替他们放牛抵债。

牛这么大,有时也很凶会打架。你一个人能看四头牛,真的很了不起。三丫头羡慕地对着小银说道。

牛其实很好看的,它们肯吃苦,也通人性,甚至比人还好相处呢。我从小就和牛打交道,以后有空给你讲讲牛经。

那敢情好呀,我喜欢听。以后你多来这里放牛,我好来找你玩。

那好呀!小银高兴地说,可他一回头却发现牛不见了。

牛呢?我的牛呢?

小银慌了,他着急地四处找牛。

牛到底去哪儿了呢?

蒋家三丫头吓得脸也变色了。说道,莫不是刚才我们说话的时候牛下到涧溪被龙王牵了去,还是偷喝了仙水上天成仙了?

我们坐的地方正对着涧溪,没看到有牛下去喝水,牛肯定往山坡那边去了,小银说。

那里有户姓鲍的人家,听说是从山东那边搬迁过来的,我们下去问问他们有没有看到你的牛。

蒋家三丫头开始替小银着急起来。他们翻过一道小山梁,看到坡下有一户茅草搭建的合院,那就是蒋家三丫头所说的鲍家。

小银急忙朝鲍家跑去,透过竹篱,果然见到鲍家院子里的两棵柿子树上分别系着自己两头大牛,另外一大一小的两头牛犊正在母牛身边撒欢,他连忙跑过去敲鲍家的门。

不一会儿,一个满脸胡须的壮汉恶狠狠地出来问怎么回事。

小银毫无惧色,他质问壮汉为什么把他家的牛系到自己院子里,他要求壮汉立马把牛归还他。

跟着小银过来的蒋家三丫头也帮小银作证牛是小银家的。

鲍家汉子恶狠狠地说,你家的牛啃食了我家屋后的苹果树苗和杉树苗,另外把我家菜地也糟蹋了,回去和你家大人说,不赔钱的话别想着把牛牵走!

小银一听就觉得没道理,就刚才一眨眼的时间,他的牛怎么就会偷吃了他家的树苗和菜蔬?这不是明摆着讹人吗?他冲上前去就要把牛绳解了牵牛回家。

壮汉伸手一推,把小银推得滚倒在地好远。

小银一下子摔得灰头土脸,他头被擦破了,手肘处也渗出了血,他哭着顺手操起了块断砖冲上前要和壮汉拼命,壮汉一脚过去又把小银踹翻了。

蒋家三丫头见势不妙,马上跑去金山里向林家兄弟报信。

鲍家原籍山东邹平县,他家和苏北、河南、安徽的外迁户情况一样,都是爷爷辈挑着一担稻箩逃荒逃到这里,然后在这里开荒种地，勉强糊口谋生。

说来也奇怪，人和其他动植物一样，越是在生存条件险恶的时候，为了使自己的基因得以继续留存，繁殖的能力反而愈加强大。鲍家老汉到了鸣桐里后齐刷刷地一连生下了五个儿子。

那个鲍家原来也曾显赫过，但那只是昙花一现，到后来就成了混穷江行的，除了平日里装神弄鬼，骗点日常用度，五兄弟也以卖艺、拾荒、卖挖耳、捉蛇等为幌子，游街串巷，伺机盗窃。他们早就觊觎小银放养的肥壮耕牛，欺负他弱小，于是设计来个巧取豪夺。

这个所谓的穷江行其实属窃帮，产生于清道光年间，有齐王、汉王、葛王三个祖师爷，分为三门，各据山头，广收门徒。齐门祖师爷姓刘，汉门祖师爷姓李，葛门祖师爷姓马。及至民国，齐、汉两门势盛，葛门渐趋式微。

穷江行通常住在中小城镇和省、县交界处，城乡接合部，以城楼、庙宇、祠堂、窝棚为居住地，从事乞讨与盗窃活动。

林家兄弟一听，这还了得？没王法啦？马上纠集家里的佣工操起锄头钉耙一起赶去鸣桐里鲍家理论。素闻鲍家兄弟为人凶悍，横行乡里久了，怕自己吃他们亏，除了派人去同官那边叫保安队，林家兄弟还把金山里林家族长邀去一同理论。

民国初期各地实施城、镇、乡地方自治，南山村属于戴埠镇同官乡。金山里林家因山多田多家产多被任命为同官乡乡董，负责本地的治安、教育、卫生、道路、工程、农工、商务、慈善和公共事业等自治事务。

林家族长闻听之后便叫了两个保安团的团丁背了枪一起赶往鸣桐里。

一行人赶到鲍家那，林家兄弟看到鲍家大门紧闭，只有一个小银蹲在门口低头哭泣，走近细看头上、手上还有擦碰伤痕，他们拉开小银，一起上前高声叫门。

那天，鲍家五兄弟正好老三出门到戴埠街捞偏门，剩下四兄弟听得门外有人叫嚷，知道来者不善，便操了家伙打开大门，等他们看到外面除了林家兄弟带了一伙人，还有看热闹黑压压的一群人时，气焰消停了不少。

小银见到舅舅带人过来，便向他们哭诉原委。不过鲍家兄弟倒也爽快，他们承认牵了小银放的牛，但要林家赔偿被牛啃食的树苗和菜蔬。

林家兄弟自觉理亏，他们当着鲍家人的面把小银狠狠训斥了一通，然后请鲍家兄弟开价以便做出合理补偿。

经过一番讨价还价，最后请林家族长做中人，林家兄弟付完苗木等损失钱就带小银欲进屋牵牛，不料却被鲍家兄弟拒绝了。随后鲍家老二返身进了院子，他从东边的柿子树下解下一头牛牵了出来，那头活泼的小牛也蹦跳着跟了出来。

鲍家老二把牛绳往林家老大手里一塞，转身嘭的一声紧闭了大门。

见此情状，林家兄弟你望望我，我望望你，觉得不可思议。

还有两头牛的，你们还我家牛！小银冲上前去就用拳头把门擂得山响。

林家族长见状，一时也忍不住了，他和林家兄弟毕竟属于同宗同族，他家有几头牛心里自然像镜子一样透亮，再加上他是保长，对于这种民里纠纷他还是有责任义务去调解的，于是便上前敲门欲和鲍家兄弟理论一番。

鲍家兄弟开门出来坚持说牛是自家的。两家人公说公有理，婆说婆有理，相持不下。

林家族长无奈便请了中间人做裁判,要求两家人各出一个代表,分别说出自家牛的大小体重口齿等细部特征,然后由公众做出判断。

小银日夜和自家的牛一起,牛的脾气及各细部特征自然了然于胸,便侃侃而谈。

鲍家派出老二兄弟出面应对,结果也说得一清二楚,丝毫不差。

显然,这鲍家兄弟是有备而来,事先做足了功课。

林家族长见状一时也没了主张,双方正僵持不下。那边林家兄弟气急了,带人就要冲进屋强行带牛走人。

鲍家兄弟平素就是逞凶斗狠的角色,哪里肯依?双方剑拔弩张,一场流血冲突看来难免。

就在这时,小银站了出来拦住了林家兄弟,说,舅舅我懂牛经,我有个解决这个问题的方式。接着他又转头对林家族长说,保长我想到了一个判断牛到底是谁家的方法。

一旁来看热闹的人越聚越多,除了神仙还有谁能打这个牛主人到底是谁的官司?他们心知肚明,但迫于鲍家兄弟的淫威,没人敢出面讲句公道话。

我能!小银自信满满,我有办法分清牛到底是谁家的,还请在场的乡邻作证,到时自然会让鲍家人心服口服。

好,那你说说看!众人看着这个半大的孩子都半信半疑。

道理很简单,我每次放牛吃饱草料后回家都是牛在前我在后,就这样一直走回家。我家的牛能认得回家的路,它们自己能回家。不是我家的牛当然认不得我家的牛棚,这难道不是理由吗?

林家族长闻听恍然大悟,他双手一拍大腿,妙!让牛自己认家是最公平不过了!他吩咐两个团丁把牛牵到距离鸣桐里鲍家和金山里林家中间的位置,在没有任何人干涉的情况下,让牛自行回家。

牛走到金山里林家牛归林家，牛走回鸣桐里鲍家牛属鲍家。

众人齐说好！

鲍家兄弟闻言放出狠话，说，我家的牛不认得路，只有你家的牛会认路，只要这牛在半途不能走回金山里林家的牛棚，这牛都算是我家的。

一言既出驷马难追，谁要是事后反悔我就根据乡规民约请他吃花生米。为了镇住鲍家兄弟，林家族长故意用手拍了拍腰间的王八盒子，又指了指身边背着汉阳造的两个团丁说。

小银对自己家的牛很有信心，他抬头看着林家兄弟说，舅舅请放心，我家的牛肯定能自己走回家，到时人家就没有话可说了。

林家兄弟想了想，他们知道鲍家混穷江行的，早就恶名在外，今儿的事不给他们整个心服口服，恐以后的麻烦事还会更多，于是便点头同意了。

征得双方同意，林家族长让人把牛牵到相距鲍家和林家各有三里左右的一处山坡，然后解了牛绳，不做任何干涉，只是远远地在一边看。

那头跟了小牛的母牛先是甩着尾巴啃食了一些青草，然后抬头四处望了望，领着那头一直在身边撒欢的小牛晃晃悠悠地朝金山里的方向走去。

老牛认路，好！林家族长说，牛走到谁家就归谁，然后把牛绳系紧在牛栏里，防止再有蟊贼惦记着。

众人闻听哄堂大笑，他们知道林家族长这是话里有话，敲山震虎，打压打压鲍家兄弟的气焰。

俗话说，兔子不吃窝边草，主意打到自己乡亲身上就不该了。在整个南山村，毕竟大家都是知根见底的。

鲍家兄弟一时理亏，他们羞得满脸通红，只得悻悻而归。

103

从小看看，到大一半，这孩子长大了一定是个能人！看到小银打赢了这场神仙官司，在一边看热闹的村民纷纷对他竖起了大拇指。

俗话说，不怕贼偷就怕贼惦记。

鲍家兄弟心有不甘，他们惦记着林家的牛，明抢不行，结果还闹了个笑话。这次兄弟几个一商量，决定在月黑风高之夜去偷。

穷江行和水火帮略有不同，其成员虽然都以盗抢为主，水火帮以武力明抢为主，他们拉帮结伙打家劫舍。穷江行则以卖艺、拾荒、卖挖耳、捉蛇等为幌子，游街串巷，白天踩点，夜晚实施偷盗。

金山里最先住的是李家，当时势力很大，周边的山林田亩都属于他们李家。长毛打过来那年，李家凭借金山里险要的地形组织族人和家丁进行了顽强抵抗，结果遭到屠村之祸。

全村幸存的男女老少被押到同官那边的一处山沟依次排队砍头，结果血水沿着山沟一直淌到山脚，同官杀人槽因而得名。

惨遭灭村之后，李家少数几个幸存者也流落外乡避祸，金山里就这样荒芜下来，直到林家搬来定居后，金山里才重新恢复了人气，周边的许多山林田产也相继为林家所有。到了民国乡村实行自治，同官乡成立了保安团，恰逢乱世，林家也买了枪，安排了团丁开始看家护院。

林家兄弟这房，几代人省吃俭用，积累了点家产但比起其他人家那自然是小巫见大巫。被鲍家兄弟讹上耕牛之后，虽说小银在关键时刻把事情处理得较圆满，回得家后还是把他狠狠教训了一通。

好在小银天生聪慧，年龄虽小但也是能够识得眉眼高低，从此吃睡在牛棚不敢离牛半步，生怕再有什么闪失。可是怕什么来什么，最害怕发生的事情结果还是发生了。

一天夜半，丑时刚过，鲍家兄弟的老二和老三悄悄溜到金山里林家兄弟院子门口，看四下无人便翻墙入院直冲牛棚那边摸去。

此时，牛棚里的小银睡得正沉。鲍家老三从里打开院门负责望风，鲍家老二进牛棚拉牛，牛栏上用牛绳拴着两头母牛，两头半大的牛犊分别靠在母牛的旁边。

鲍老二打算先牵小牛再牵母牛。小牛胆小直往母牛身边靠。鲍家老二只得上前靠近母牛想把小牛拖走。母牛见状护犊心切，猛地飞蹬后腿。一脚正好踢在鲍老二的心口上。

鲍家老二没提防，闷哼一记就倒在了地上。

在院门边望风的鲍家老三久久不见老二的动静，便溜到牛棚查看原委，一看不得了，只见老二倒在牛栏边一动不动，他伸手去拉却不见有任何反应，再在老二嘴巴边一摸却发现早已没了鼻息，吓得他连滚带爬，拼了命去鸣桐里的家里报信。

鲍家老少闻听噩耗，全家老小齐上阵，马上燃起松木火把操起家伙就向金山里林家杀将过来。他们来到林家院门前向林家要人。

林家兄弟被狗吠和人声喧哗吵醒，慌忙出来查看情况。听说鲍家有人死在了林家，便打起灯笼四处搜寻。最后他们来到牛棚，发现小银依然在酣睡，而牛栏边却倒着鲍家老二。用手一试却发现早已没了气息，顿时大吃一惊。

人命关天，林家兄弟眼见着有人倒毙在自家院子，除了自觉晦气还多少觉得有点什么说不清道不明的东西。他们看到鲍家老少在院门外嚷嚷着要人，一时也慌了手脚。

林家老二看到鲍家人多势众，加上又摊上了这桩人命官司，明着怕吃亏，便吩咐儿子带小银一起去叫林家族长过来主持公道。

林家族长听说林家兄弟这里出了人命，不禁也吓了一跳，他连忙唤醒护院家丁，背上长枪就往林家兄弟方向赶去。

小银被嘈杂声惊醒，等他看到倒毙在牛栏边的鲍家老二，心中已经了解了大概。

林家兄弟见到有人横死在自己院内，一时也手足无措。他们一辈子辛辛苦苦种田看山，老老实实做人，没想到还会摊上这种人命官司，心中自是有苦难言。

鲍家兄弟一伙有恃无恐，他们冲进林家大院，三下五除二拆了林家堂屋门板，然后呈尸林家堂前讨要说法。

林家兄弟百口莫辩，只得眼睁睁地看着鲍家在自己家里闹腾。

鲍家兄弟见林家弱势，便呼老唤小直奔林家后院开始杀鸡宰鸭，起锅做饭连夜就地吃起了大户。

林家兄弟见状心疼得不行，连忙拼命去阻止，无奈势单力薄，三下两下就被鲍家一群无赖子弟打倒在地。

这时天光开始放亮，周边村民听说林家出了人命都围过来看热闹，他们一看就已经知道这又是鲍家讹上了林家，但又疑惑好端端的鲍家老二怎么突然就死在了林家，其中肯定有什么蹊跷。

金山里林家族长属于同官乡乡董又兼这边村里保长，村里出了人命他自然有责任出面处置，他令跟在身边的团丁朝天放了一枪镇住正在胡闹的鲍家子弟，高声断喝道，冤有头债有主，乡邻们素闻林家兄弟除了平时节俭，也都是安分守拙的村民，伤天害理之事也不是他们能做得出来的，如今你们鲍家栽赃报复，蓄意强占民宅，性质实属恶劣。

鲍家老大有恃无恐，高声回道，这不明摆着，好端端的一个人就死他家了，你们林家说什么也脱不了干系，肯定是因为上次的耕牛事件报复杀人，今天林董不给我们鲍家一个真相，我们和林家就要一命抵一命。

林家族长听得有理，便说，人命关天，今天我会弄清事情原委,还大家一个清白,倘若老朽无能,我一定会上报溧城警署,请他们专业的警官到南山村来判断这个案子,不过溧阳城离本地远,他们马不停蹄至少要一天一夜才能抵达。

平时民里纠纷,林家族长并没少判,结果都是大家心服口服,这桩案子虽有蹊跷,但还是让林家族长来断,我们相信您老是公平公正的。林家兄弟也怕城里警察来了之后要多支出,忙恳请林家族长做出研判。

林家族长说,这件事确实蹊跷,首先我们要搞清鲍家老二是死在林家院内还是之前就死了被鲍家抬进林家栽祸,另外老朽还需要当着双方的面验尸查明死因。他当即转向林家兄弟问道,当夜是否有异常,比如听到狗叫之声等。

按照南山村规矩,大凡佃户租种地主家田亩山地,地产的一半收成要归地主。林家在金山里虽然有田产,但这些田产都是自家耕种舍不得雇长工,除了一只家养的看门狗,更谈不上雇佣看家护院的团丁了。

一句话提醒了林家兄弟,晚上关门熄灯休息的时候就把看家的狗关进院门内,按理有生人入院狗的本能是要吠叫的。林家养的这只黄色草犬生性凶猛,平日里那些生人游医花子或者货郎之类避之不及,可奇怪的是这次家里出事却无半点动静。

舅舅,已经好久不见家里的狗了!提起看门狗,小银这才意识到家里的狗不见了,他忙带着大小老表们分头去找,最后却在柴堆边找到了口吐白沫的死狗一条。

林家族长当即判断,狗子是被三步倒之类的毒物药杀。药杀狗子的目的就是为了潜进林家院子不被发现。

真相应该是死者为了方便进入林家院子,设计用药毒杀了林家看门狗。当即他邀请乡邻并事主双方开始验尸。

一名团丁按照林家族长吩咐刚脱下鲍家老二上衣外褂，众人便赫然发现其左胸有个碗大的圆形瘀伤。

我知道了，他是半夜进牛棚偷牛时被老牛一脚踹死的！小银脱口而出。

你们看看，就连小孩子也能看出端倪，这个死鬼就是夜半进林家牛棚偷牛时不小心被母牛后腿踢中心口而暴毙的。

鲍家人偷盗他人财物本来就是不齿之事，如今还要私闯民宅鸠占鹊巢，作为乡董我一定要根据乡规民约送你们见官。

站在林家族长身边的两个团丁一听，掏出口袋里的绑绳就把鲍家老大五花大绑，打算等溧阳城过来的警察带人收监再审。

鲍家兄弟平素就是欺软怕硬的主，他们见势不妙就开始放下身段告饶，并且当着乡邻和林家兄弟的面保证从此两家恩怨一笔勾销。

林家族长知道鲍家兄弟的德行，便正告他们抬尸走人，以此息事宁人，否则后果自负。

最后，在乡邻们的一片哂笑声中，鲍家兄弟抬着老二尸首灰溜溜地向鸣桐里赶去。

变故是三天后的一个黑夜。

水火帮的土匪勾结太华山、青龙山和张渚的土匪突然进攻金山里。

林家族长一面组织团丁和家里佃农在东边村口抵抗，一面派人到同官乡和戴埠镇请保安团过来剿匪。

这伙土匪佯装进攻村东的村口隘道，另外分派了几批人冒险从村南、村北和村西翻过山头进入了村里。

林家族长带着族人佃户与几位护院的带枪团丁和进攻村口的土

匪互射，双方各有损伤。加上地势险要，土匪一时也不能靠近，在组织了几次亡命冲锋后相继被打退，只能躲在五六百米汉阳造的射程外鼓噪壮胆。

林家族长这边士气高涨，越战越勇，却没料到后院已经起火，只得带人回防自家院子。他带领家丁和佃户带着长短武器登上四周炮楼和屋顶，看到土匪过来就开枪齐射。

顺利攻进村子的匪徒看到林家高大的炮楼和院墙组织人马开始强攻。但林家墙高砖硬，加上火力生猛，一时不能得手。这些土匪只为求财，犯不着把性命搭上，于是转身开始洗劫其他村民。

除了林家大院，一二百号土匪开始在金山里打家劫舍，整个金山里除了林家是大户外，其他人家在南山村相对来说都是有脸有面的人家，不少人家有山有田还有佃户帮着耕种，比起其他周边小村的外来户算是高门大户了。

整个金山里一时火光冲天，匪徒们挨家挨户除了搜刮金银财宝还把粮食骡马等家畜一扫而光。遇上惜财如命的人家，土匪便开始大开杀戒。

一伙匪徒欲闯入林家兄弟院子洗劫，遭到院门后林家兄弟的拼死抵抗。冲在前面的一个匪徒被林家老大一钉耙砸在脑袋上闷哼一下便倒在了地上，跟在后面的土匪抬手一枪就把林家老大毙了。林家老二手握鱼叉随手就刺向那位枪手，不料被旁边一名土匪一枪撂倒。后面跟进的匪徒一拥而入开始洗劫。

土匪们把林家老少一起绑了开始索要金银等细软，接着又来到后院开始牵牛担谷，完事之后一把火把林家烧了个精光。

只有小银机警地躲在牛棚角落里一动不动，最终没有被土匪发现，因而侥幸得到一条生路。

天亮之后，不止林家大院，整个金山里一片狼藉。土匪们洗劫完村子后往大山里撤退。林家族长组织村民开始灭火，清点人员伤亡和财物损失准备上报乡公所和县城警局，请求再来戴埠一带组织一次大规模的剿匪。

林家族长清点完损失，发现这次林家兄弟遭遇了灭顶之灾，全家老少妇孺八九口人几乎没有活口。再加上这次土匪进村熟门熟路，疑似有内应。联想起林家前一阵子和鲍家的纠葛，断定是鲍家内外勾结行凶报复，于是便派保安团去传鲍家兄弟前来对质。

保安团一行人赶到鲍家时，发现鲍家已经人去屋空。林家族长更加肯定了鲍家兄弟蓄意报复勾结周围土匪血洗金山里林家的事实。

可怜林家一夜之间惨遭灭门，幸存下来的一个男丁叫林家驹的，只比小银小一岁。望着一对死里逃生的难兄难弟，林家族长不觉心生怜悯。

乡邻们都说，这正应了原先算命先生的一句话，林家要败了，结果果真如此。众人议论纷纷，面对林家的悲惨遭遇，大家唏嘘不已。

林家族长择地安葬完林家大小之后，召集村民到林家大院讨论林家的善后问题。林家的田产山林都在村公所登记在册，所有这些都属林家无疑，关键是剩下的两个半大孤儿的抚养问题。

佛水堂蒋家说，我家的情况大家都知道，女多男少，家里一直想要添个男丁但不能如愿，现今林家遭遇不幸，我看这两个孩子聪明乖巧，心底喜欢，我家愿意抚养两个孩儿长大成人，还请林家族长和各位高邻首肯。

此言一出，围坐的乡邻们纷纷低头私语，其中有一位开口道，俗话说瓜田李下，古人所慎，你们蒋家来到南山村也没过三代，论家产自然也只有他们林家的九牛一毛，你这一出难免要人怀疑你们蒋家的动机。

众人点头称是，直羞得蒋家主人满面通红。

小银每每放牛到佛水塘，时常受到蒋家人热情招待，几个蒋家丫头对他也亲如姐弟，他早就羡慕人家家庭和睦，待人真心，不像自己的两位舅舅贪财如命，于是听这一说马上接口道，我愿意。

蒋家主人一听非常高兴，叫道，细伢你如果到了我们蒋家，我虽供不了你读书，但可保证饿不了你，家里的几个姐妹也一定会把你当成家人，当着诸位乡邻的面我愿意请林家族长做中人，大家签字画押办个收养手续。

穷人不见得一定是坏人，但还是不得不防，林家的这位外姓子弟蒋家愿意收养，大家你情我愿，这个中人我愿意当。至于剩下的这个孤儿还是由我们林家收养，他家的原先田产自然也归他所有，一直到孩子长大成人再由他接手，诸位乡邻可都说好？

林家族长见大家都没意见，继续说道，林家这个外姓子弟万小银由鸣桐里蒋家收养，负责养大成人；孤儿林家驹由仍由金山里林家收养，他家原先的山林田产我会找人把它们全部租种出去。林家兄弟本就悭吝，孩儿这么大也舍不得送去读书。细佬养了不读书等于养了一圈猪。他家的租金收入除了供孩子读书，其他费用开支每年列表造册登记，等林家驹能独立生活后一并交接，请乡邻们做好监督。

众人齐声称好。有人感慨道，可谓穷生奸计，富长良心，乡董这样安排大家心服口服，就此照办就行。

毕竟同族同宗，林家族长领养了林家孤儿后并未食言，他招些村中的佃农去租种照料林家的田亩和山林，还让林家驹和一些林家富户子弟去同官的新式学堂读书。

这种新式学堂和以前的私塾只学些四书五经之类不同，里面的教师大多是年轻的师范生。学生在学堂里所学的课程也很齐全，有国语、算术、大字、小字、作文、珠算、音乐、体育、图画和常识等科目。学制分初小、高小还有中学，中学毕业后即可报考全国各地的大学。这些大学有国立的、私立的，另外还有教会的。

小银虽然羡慕只比他小了一岁的表弟林家驹有读书的机会，但脚趾头伸出来有长短，各人头上一片天，命同运不同，好在蒋家养父养母视他如己出，几个姐妹也和他亲密无间，特别是那个三丫头更和他亲密无间，虽说生活清苦，日子倒也过得开心。

蒋家田亩不多，劳力充足，除了租种别人家的部分田地外，农闲时还帮着林家族长家剖大篾，剖出的大篾再由主家付每担二角的力资，另外蒋父还上山砍了柴火用独轮车推着去戴埠街甚至还有更远的百家塘去卖。

南山村距戴埠街路途远，小银和养父把柴火砍下后堆上独轮车推到长岭过夜，第二天一早才能到戴埠街，如果推到北边的百家塘集市那还需要再花上一天的时间。

日子就这样一天天过去，小银也从一个懵懂的少年渐渐长大成了一个壮小伙。就在小银十八岁那年，南山村又遭受了一次灭顶之灾。

下

三爷的故事继续进行。

民国二十六年夏天,第二次上海事变发生。国民党部队和日本人在上海整整打了三个月的仗结果还是输了。国民党的溃军和逃兵一群群向南京方向退去。

紧接着,不好的消息一个接一个传到了偏僻的南山村。

到了十一月,日本人的飞机接二连三地轰炸了溧阳城。有时一来就是一二十架,把溧阳城炸成了一片废墟。县城里幸存的一些大户人家拖儿带女纷纷往南边山里避祸。

日本人飞机轰炸完溧阳城,接着飞机又往南把戴埠街也炸成了一片废墟。林家族长急得不行,他派账房里的伙计连夜从南山村飞奔溧阳城去接自己外嫁的二女儿一家。

林家族长原本有三男四女,现在虽说已经子孙满堂,但他最疼的还是嫁到溧阳城码头街木材行商号叫郑鼎丰的二女儿。

林家二女儿秀外慧中,是方圆几十里地出名的大美女,可那个郑家公子却不大成器,整日里和一群狐朋狗友吃喝嫖赌。

林家二女儿在郑家没少受气。

跟着郑家一起来到南山村避祸的还有另外几家,包括在洋桥下经营濑江饭店的周家。

濑江饭店有供人吃住单双房间二十个,规模虽然比大华饭店小了点,但周家一辈子的心血在几天之间就成了空白。

除了周家还有在戴埠街经营徽菜的太和菜馆武一刀武家。周家暂时寄居在同官费家。武家则住进了蛀竹棵蒋家。

这天,从戴埠那边过来几拨国民党溃兵,陆陆续续驻满了整个南山村,他们一进村就专门找那些大户人家。

林家族长家住进了一位国民党军长官,一顿好吃好喝。得知林家族长是本地乡董,长官便要求他助粮助饷,犒军救国。林家族长无奈,当即拿出五百块大洋,另叫伙计准备二石粮食,就等部队开拔时带走。

长官一听就上火,他拔出腰间手枪往桌子上一掼,叫骂道,没有老子在前线流血流汗拼了命来保护你们这些豪族劣绅,日本人早就杀到你们家门口了,在你们这边筹点粮款就这么难吗?

长官旁边的一个随从见状,忙拉过林家族长一边温语相劝。

所谓秀才遇到兵,有理说不清。林家族长没法,只得和亲家郑老板商量,两家共凑齐了五千块大洋和三十石粮食作为犒军破财消灾,长官这才没了声息。

松岭里的许家也住进了一队国民党军散兵,他们除了要吃要喝外还把许家里里外外搜刮一空。这些兵痞打仗没用,敲诈起村民来可是熟门熟路。一连几天整个南山村都是鸡飞狗跳。

第二天部队要开拔,为了把搜刮来的粮饷带走,他们临时征用了部分青壮村民做挑夫,小银养父老蒋连同小银都不幸被选中。

临行老蒋偷偷关照小银,现在战事紧张,他们这是被抓壮丁了,再看这些国民党军不像是会打胜仗的部队,与其要到前线送死,不如半途见机偷偷跑掉。

这支从上海过来的溃兵接到命令要回防南京,为了避开日军他们专挑崎岖的山路行走,沿途他们征用了许多壮丁,这些壮丁除了帮他们担抬枪械弹药,还有粮草和各种行李。

小银分派到的任务是牵两头满载子弹箱的骡子。

小银机灵,他早看出这些当兵的不像是好人,路过山口的时候借口要大解，转身就往山上跑了。那些兵等了一会儿没见小银回来，放了一枪后骂骂咧咧地走了。

眼看着出了南山地界，老蒋身弱，他知道再往前走，自己这是有命去没命回了，于是便找到驻过他家的军官，哭诉说，自己年迈老朽不中用了，关键是家里还有八十岁的老娘要照料，请他们高抬贵手放他回家照料老娘。

听老蒋这么一哭诉，那个带队军官倒也动了恻隐之心，他挥挥手同意老蒋离开了队伍。

老蒋千恩万谢跌跌撞撞连滚带爬地跑回了南山村，等到了鸣桐里家里，看到小银也安然无恙，一家人抱头痛哭了一番。

南京那边形势越来越严峻，上海战事失利后，各路日军准备把南京城围住然后展开猛烈攻击。到了十一月底，日军攻占江阴要塞，接下来的目标就是南京。

日军一部分沿溧阳、溧水公路向南京南部方向攻击前进；一路沿广德、林兰埠公路，向南京南部方向攻击前进；又一路沿广德、郎溪公路进占太平（当涂），尔后渡江迂回至浦口附近，切断南京守军北退之路；最后一路日军经宣城向芜湖进攻，切断南京守军西退之路。

就这样，日本人把国民政府所在地南京围了个水泄不通。

十二月初，日本人轰炸溧阳城，接着大部队向城区开进，国民党军抵抗不住只得向南往戴埠方向退却。

日本人的飞机随即追到了戴埠，它们先是在戴埠镇上空盘旋了几圈寻找目标，然后就在戴埠街最繁华、人口最多的东西两条街扔下了大量的炸弹。

一时之间，戴埠镇的街上血肉横飞，连电线杆上都挂着人的肚肠。一对姑嫂上街购物，被炸死后大腿和头皮都被弹片削掉，只剩下了白色的头盖骨。

一名少女驮着妹妹跟着人群往外逃，日军的炸弹弹片把妹妹的臂部给削掉了半个，姐姐还不知道，最后妹妹死在了姐姐的背上。

还有一名妇女听到爆炸声后就抱着小孩往镇外跑，日军投下炸弹后，她把小孩放到地上，自己用身体去护着孩子，结果被炸成两半，当场死去。小孩虽然活了下来，但还记不清楚母亲长什么样，就成了孤儿。

日本人轰炸完戴埠镇，紧接着步兵又从高桥、陈家桥一路向南山村方向过来。

国民党军分别在杨家村的神山和火烧山一带修筑了几道防线阻击日军。这些国民党军士兵属于40师，士兵大部分来自四川，大家称之为川军。

川军打仗很勇敢，但抵不上日本人火力猛。日本人打仗仍旧先用飞机炸然后用大炮轰，最后才派步兵往前冲。川军抵挡不住，一路往南边山区退，在黄岗岭一带日军撕开了川军的防线，接着就向同官方向过来。

战斗非常激烈，国民党军在佛水堂那边空的破庙里临时修建了一座战地医院接收从战场上撤退下来的轻重伤员，随着战斗的进行，前边下来的伤员越来越多，庙里安排不下就安排一些轻伤员住在了村上百姓家。

再说那边老蒋逃回家后，连夜发起了高烧，嘴里开始不时地说胡话，这样一连昏睡了几天。老蒋老婆认为这是老蒋动了涧沟里的仙水惹恼了神仙，连忙到佛水堂去烧香拜菩萨，但却未见任何好转。

这天激烈的枪炮声又把老蒋震惊了，他爬起身就急急忙忙往外冲,结果被小银和他老婆按住了。

这时国民党军有医生护士来蒋家安置伤员,检查完老蒋病情后又偷偷地给老蒋打了一针镇静剂,老蒋这才安静下来沉沉睡去。

枪声越来越急,整个南山村的人都拖家带口往南山里躲避战火。小银看到村里人几乎走光了,可老蒋还昏睡在病榻之中,耳听得枪炮声越来越近,便打算要驮着老蒋往山里躲。

还是老蒋老婆明事理,她让小银带着三丫头姐妹去山上躲,自己在家照料生病的老蒋。反正家里还有这些当兵受伤的,他们去哪里我和你爹也跟着,她这样安慰小银他们。

小银带着三丫头她们和乡邻们往山里躲日本人,等他们爬到石门尖上回头看,只见整个南山村处在一片火海之中。

狡猾的日本人担心山上有伏兵,他们没有上山追杀老百姓而是绕过同官向东朝宜兴太华方向过去了。

眼看着枪声越来越远,乡邻们才敢三三两两下山回家,只见村里一片狼藉,日本人所经之处都被一把火烧得精光。

小银和三丫头他们回到佛水堂,整个庙已经被日本人烧塌了,临时医院里的伤兵有的被烧死,没有烧死的也被日本人用刺刀捅死了。

蒋家小院原本在庙基边,如今也成了一片废墟,废墟上还冒着青烟,赶到前面一看,老蒋老婆倒在门外已经奄奄一息。

小银从坍塌的废墟中拔出已烧焦的老蒋。

林家族长目睹整个村子的惨状心痛不已,他一边吩咐村里青壮劳力收验尸体并安葬在神山,一边组织村民开始重建家园。

生不逢时。乱世之际,江浙一带的富户大家都有跑上海的习惯。

林家族长的亲家,经营木材的郑鼎丰郑老板是见过世面的生意人。他听说上海有美国人和德国人的租界,只要通过关系花钱住在那里便可以避开战火。眼看着南山村这个偏僻之处也不安生,他便和林家族长商量欲去上海避祸。

身世飘蓬眼中涕,山河破甑劫余灰。都说时代的一粒沙尘,落在个人的头上便成了最后压垮他的一座大山。

原来在戴埠街开饭店的周家目睹蒋家的惨状,也是心有余悸。他们听说日本人已经往南京方向过去了,便打算重新回戴埠街碰碰运气。

几家人惜别,周老板对小银说,虽说沾亲带故但这么多天来还是要谢谢你爹娘的收留,如今我还是要回去了,我是手艺人凭手艺吃饭,我看你是个活络人,不笨,手脚勤快,你要愿意可以到太和饭店来找我。

不好的消息一个接一个传来,日本人攻破了南京城,在那里烧杀抢掠坏事干尽,国民政府迁到重庆号召全国人民继续抗日。

由于南山地区远离城市和主要交通线,再加上地势险要,日本人无暇顾及这部分地区,大批国民党溃兵、城市难民和失学青年,纷纷来到了南山村一带的南山地区。

一时间,南山地区鱼龙混杂。那些从前线溃退下来的国民党军败兵一部分投敌当了汉奸,一部分拉着枪杆上山当了土匪。

乱世之中,存活为上。为了自保,林家族长吩咐手下团丁加固了院子四周的炮楼,又购买了一批枪支弹药加强防卫。

南京战事结束后,苏浙皖地区建立了很多武装游击组织,在苏浙皖三省边区敌后开展游击活动。他们利用各种形式宣传抗日,发动民众自救,并在此基础上招募散兵和山民参加游击队。

小银在佛水堂的家被日本人烧掉之后,在乡邻们的帮助之下把院子重新修葺了一下,毕竟山里不缺木材和竹子,被日本人烧掉的庙基上有许多石头和砖瓦可以利用,蒋家原来的地基上就有了一座简单又足以遮风挡雨的新房。

新年过后,天气依然寒冷,前些天又飘飘扬扬下了一场大雪。前来南山地区的人数越来越多。不少失业教师还在南山村利用祠堂、庙宇,开办各种补习学校和临时中小学。

整个南山村展开了一场轰轰烈烈的抗日救亡运动。许多有血性的青年留在南山继续抗日。

这天阴雨绵绵,小银照料好养母和患病的大丫头,便回到自己那边睡去了。山岚皑皑,空山寂寥,山村里的空气显得有些凉薄,小银有心事,他打算到山上去砍柴到戴埠街上去卖。

就在打开门的一瞬间,小银惊呆了,只见院子前、屋檐下到处睡满了带枪的当兵的,他们穿着蓝灰色的军装席地而卧睡得正香。

世上还有这样的不打搅老百姓的军队?小银正在疑惑,一位军官模样的人走到他跟前说,老乡,我们是新四军,是老百姓和共产党的军队,专门来打日本人的,路过你家想借你们的锅灶烧水做饭。

自从日本人打过来之后,国民党军成立了苏浙皖三省边区游击军,加上一些国民党军的散兵,他们和土匪勾结到处借着抗日的名义向老百姓和商户征粮征税。

新四军在南山村住了几天,他们秋毫无犯,不像那些土匪和杂牌军。

小银看到村上好多年轻人和流亡学生都加入了抗日救亡活动,他们做演讲、演话剧、刷标语,活动搞得有声有色。他羡慕他们有文化,只能在一边默默看着,心底很是失落。

一位细心的新四军干部看到了就找他谈心,鼓励他参加革命。

小银看到新四军纪律严明,除了为村里的老人挑柴担水,还帮村民修葺被日本人破坏的房屋，还有军医帮着村民免费看病，知道只有穷苦人家的军队才会这样做。

恰在此时国民政府也在号召抗日，组织年轻人和保安团成立义勇队上山打游击。

小银养父老蒋本是一个胆小怕事的农民，老实本分，就是因为被国民党军临时抓去做挑夫吓坏后被日本人烧死的，所以小银毅然决然选新四军这一边。

小银加入新四军后，新四军中有位姓张的领导得知他有位远亲在戴埠街经营太和菜馆，就安排小银去周老板那里做跑堂的伙计。这样戴埠街的太和徽菜馆便成了一处共产党的地下交通站，负责各地新四军和游击队的联络工作。

太和菜馆位于戴埠镇北水关下面，第一次日本人轰炸戴埠街，饭店东西两边的山墙被炸塌了。等日本人退出了溧阳城，店主周老板开始重新修缮一番并择日开业。主打的菜品除了有松鼠鱼、臭鳜鱼、炒鳝丝、黄雀卷、火腿炖甲鱼、青螺炖鸭、蟹黄蛋、糊鲜等，再加上南山本地时鲜，一时食客盈门。

戴埠的源头是南溪河。南山地区众多的涧河顺着地势由南向北，流经戴埠古镇继续往南和濑江相接，往东可以经宜兴通太湖连结苏州、扬州、无锡和上海，往西过溧阳城经漕河可以连常州、通运河一路向北。

戴埠的起源据说跟一户戴姓人家有关。戴姓主人为了方便周边和南山上竹木等货物交易，便在河岸边建了一座码头，往来船只便来此处上货下货、中转运输。久而久之，此处便形成了一个繁华的集市，两岸商铺林立，茶馆、酒肆、戏院、糕饼坊、药店、南货铺等样样俱全。

除了这些商铺，两边的街巷里还是竹匠、铜匠、铁匠等各种小手工业者的聚集区，至今还有竹巷、锅铁巷、骡马巷等小街小巷。除了临街交易的山货，周边的山民也把时新的山货菜蔬摆在街头随意交易，一时间车水马龙、人头攒动，一片兴旺。

史料记载，戴埠镇兴于宋代，到了民初已经是远近闻名的商埠重镇。这条老街由四条纵横交错的街巷组成，分别是双井头、乐阳巷、竹巷头和胡家亭。在竹巷头和双井头路口，南北向的善庆桥把南山和北溪连接起来。

戴埠街上的善庆桥和平桥之间是集市中心，两旁南货、水果、饭馆、小饺摊密集。除了饭馆、旅店之外还有许多南货和北货店，著名的有荣茂升广货店，福昌、益丰、金茂昌南货店，天生堂药店，等等。街上行人摩肩接踵，小商小贩吆声不断，煞是热闹。

时间到了民国三十年，为了继续冲破日伪军和国民党顽固派的封锁包围，新四军巩固了从南到北的秘密交通线。除了戴埠街的太和饭店，这条秘密交通线还设有另外二处。一个是百家塘中和茶馆，还有一个就是戴埠街的善庆旅社。这条地下交通线除了运送南来北往的新四军干部和进步学生，还负责运送食盐药品等新四军和游击队紧缺物资。

这天，小银接到一个任务，要求护送一位新四军女干部从安徽境内到溧阳前马水西村新四军江南指挥部。

这是小银第一次接到类似的任务，此前他只是在太和饭店里负责交接一下情报。有时中共地下组织在饭店召开会议的时候，他负责察看敌情，担任警戒任务。

小银连夜出发前往戴埠的交通站善庆旅社接人，一同过来的还有两位护送的新四军战士，他们装扮成了兄妹三人。

第二天傍晚时分，小银赶到了善庆旅社，却没发现他要找的人，于是他不得不待在旅社又等了一天。

到了第三天，小银还是没有等到要来的人。他估计这三位新四军战士一定是在路上出问题了。南山村就是他的家，他对那里的地形非常熟悉，于是他向交通站汇报情况，征得上级同意后便前往打探情况。

到了同官，他就知道了这三位新四军战士的下落。原来，这三位战士是从广德方向过来的，从松岭一路过来路过深溪岕的时候被王文富带头的抗日自卫团抓获了。

这个王文富原是深溪岕的一霸，看到当时形势混乱便趁机以抗日的名义拉人拉枪聚起了一群人，自称为深溪岕抗日自卫团，在当地称王称霸。

王文富拉队伍的目的不是真正的抗日，而是假借抗日的名义为自己谋私利，他是个典型的风吹几面倒的奸诈小人。新四军来了他投靠新四军。日本人来了他就投靠日本人。国民党过来了他又替国民党做事。

自从南京汪伪政府成立后，中国抗日战争处在一个低潮期，王文富积极投靠日本人，他抓住路过的三位新四军战士后，看到那位女战士长得貌美肤白又有文化就打算把她收了做压寨夫人。

新四军女战士根本不屑与一伙山匪为伍便严词拒绝了他。王文富恼羞成怒，就把三名新四军战士绑在了毛竹上。

王文富对新四军女战士说，在深溪岕我就是皇帝，我要让谁死他就不能生，如果你不同意的话我就先把你的两位同伴砍了。

新四军女战士依然不肯屈服。

王文富非常生气，他操起砍刀当即把两位男战士砍死了，然后继续威逼女新四军，我的处世原则是这样的，一个好东西，如果我得不到肯定要把它毁了，别人也不可能得到，如果不同意做我的压寨夫人，我同样把你也砍了。

女战士革命意志非常坚定，依然严词拒绝了王文富。

杀人魔王王文富火冒三丈，他命人把女战士颠倒着双手双脚绑在两棵粗大弹性强力的毛竹之间，然后喝叫道，我最后给你一次机会，答应不答应？

女战士咬紧牙关，面对王文富的淫威依然坚定地摇头。

王文富绝望了，他一声吆喝，两根毛竹顿时弹开。随着一声撕心裂肺的惨叫，那位漂亮的新四军女战士一下被撕成两半。

小银得悉噩耗，连忙来到事发地点，发现现场除了有乌黑的血迹，三位新四军战士的尸体已经被当地村民收验。他在埋尸地点做好标记之后回太和饭店和负责接站的同志汇报了情况。

时间过了民国三十年，中国抗战进入了一段艰苦时期。日本人再一次占领了溧阳城。他们集中兵力对抗日根据地"清乡""扫荡"，实行惨无人道的"三光"政策。新四军除了面对日伪军的疯狂围剿，还要时常面对国民党顽固派的围困。

这天，新四军的一位高级领导装扮成谈生意的老板来到溧阳会见一位苏北过来的新四军干部。地点就在戴埠街的太和饭店，不承想由于叛徒告密，那位从苏北过来的新四军干部在半路就被日本宪兵抓获了。日本宪兵顺藤摸瓜就到太和饭店抓其他人。

小银正在堂前照料客人，透过窗户他看到一队日本宪兵从街头急匆匆赶来，便连忙跑到河房的包间里面带着那位前来接头的新四军同志翻过院墙进入隔壁的杂货店，然后从小门通道进入了街对面的小巷安全撤离。

日本宪兵来到饭店里外搜查了一番，没有发现任何可疑的情况，便把周老板和账房先生带进了宪兵队。

周老板和账房先生是生意人，日本人当然不可能问到什么情况,于是他们便把怀疑对象指向了小银。

中共地下组织知道戴埠街太和饭店这处地下交通站已经遭到了泄密,便安排小银连夜返回南山村。

等日本宪兵队再次赶到太和饭店,小银已经出了戴埠镇,他一路往南赶到了百家塘,发现中河茶馆已经有陌生人在活动,便一气赶到新桥,到了善庆旅社后发现秘密交通站同样遭到了破坏,于是便经同官直接回到了佛水堂。

此时活跃在南山地区的抗日组织不但有新四军和共产党的地下游击队,国民政府的苏浙皖三地边防游击军也在此活动,还有南山村林家族长组织的抗日自卫队,除此之外,国民党的第40师和第36师也在南山一带活动,各派势力错综复杂。

从太和饭店跑回到南山村的小银暂时和组织失去了联系,他到金山里一面替林家地主剖大篾到戴埠街上卖,一面等待机会寻找党和组织。

重回蒋家的小银现在已是壮小伙子了,养母蒋氏见了心底喜欢,也便有了把自家三丫头许配给小银的心愿。小银和三丫头自小就青梅竹马,小银在鸣桐里山坡上放牛的时候,三丫头和小银也是情愫暗生,只是年轻人一时心口难开。

当时,南山村所在的同官是个乡,同官西南边的松岭有煤矿。林家族长的亲家原先在南山村避过难,知道这里有煤矿,他逃难到上海生活稳定下来后也结交了不少朋友。

家里有矿是个不得了的事情,其中有位姓郭的上海朋友获悉之后便怂恿郑老板和林家族长三家人一起合资在南山村开煤矿。

等局势稍稍稳定,郑家就带着郭老板一起来到南山村和林家族长合伙开煤窑。

开煤窑是个技术活,几家人从上海高薪聘请了德国的洋工程师在矿点设计图纸钻地开挖。挖煤需要大批工人，小银和南山村周边的村民受高薪诱惑，下煤井当了煤矿工人。毕竟在井下挖一天煤的收入要远远高于剖大篾和送柴火到戴埠街的收入。在井下挖一天煤，可以得到三毛钱的工资，能换到三斤多的大米。

南山村煤矿矿藏较深，煤矿属于那种小作坊土窑，需要工人用手工凿窑、筐装肩扛的方式采煤，拉筐、抬筐的多是南山村周边的十几岁的童工。干一天活，脊背不知要被巷道的岩石和煤壁擦碰多少次，胳膊被磨得红肿，浑身被勒得道道血印。

聘用德国洋工程师后采用磨传推送，用磨桶抽水的方式采煤，稍稍提高了工作效率，但矿坑里面依然潮湿阴暗，随时有塌方的危险。

正所谓人间地狱十八层，十八层底下才是矿工。他们每天要在煤窑里干十二小时，为了不误班就睡在矿边用稻草铺就的工棚里。

小银聪明机警，他很快就得到了工友们的支持。他被林家族长收养的老表林家驹高中毕业后考入了上海华东基督教联合大学学习西学，这所大学的前身为上海圣约翰大学，是一所教会学校，南山村煤矿的德国专家就是林家驹的老师。

这一年，林家驹大学毕业，他就和老师马克一起回到了南山松岭开挖煤矿。

林家驹在基督教联合大学学的是建筑工程系，专业是房屋建筑和道路施工，南山村煤矿的坑道都是由林家驹和马克师徒两人设计的，在当时属于国内一流的煤矿。

南山村松岭煤矿生产的煤炭品质高、质量好，一时供不应求。

林家族长、亲家郑老板和那位上海的朋友赚了个盆满钵满，但是他们还不满足，安排工人加班加点，争取多出煤获取更多的利润。

俗话说，物极必反，否极泰来，盛极而衰，天道轮回。

松岭煤矿采用独眼井掘进开采的方式，林家驹和德国工程师在井道里设计了通风机，局部井道依靠自然风压进行通风，矿里仅有的一只瓦斯检查仪器在矿井中经磕磕碰碰已面目非全。

松岭煤矿工人的班次分白班和晚班十二小时轮换。小银这天是白班班长，他觉得掘进工作面有回风，这样会导致采空区和盲区有瓦斯积聚，升井后他马上到办公室去找老表林家驹说明情况。

林家驹恰巧不在，他便找到马克工程师，但这个马克却听不懂小银说的话，两人比画了半天也无法沟通，小银只得作罢。

矿难是在寅时发生的，松岭煤矿发生了瓦斯爆炸事故，夜班下井的三十二名工人仅有两人幸存，其中有二十八人当场死亡，另有两名矿工失踪。

煤矿的矿工大多是南山村和周边村庄招来的，可以说是乡邻。事故发生后，这些遇难者的家人成群结队来到矿上，整个矿区哀声一片。

在南山村，林家族长是乡董，加上资产比较雄厚，在整个戴埠镇也算是个名人，矿难发生后，顿觉压力巨大。他和亲家郑老板及上海的合作方商量给死难者家庭发放抚恤金以平息社会舆论。

人命关天，矿难家属专门请了一位律师和林家族长等三位合伙人商讨赔偿金，每位遇难者的抚恤金从初定的六百块大洋一直涨到一千二百块大洋，这次矿难光赔偿的抚恤金就靠近四万块大洋。

当初开这座煤窑林家族长就花费了不少家当，为了偿付巨额的矿难赔偿金不得不变卖山林和田产。等好不容易凑齐了赔偿金然后对照死难者名册按人头发放，苦主家属这才陆续满意离去。

矿难发生后，几位股东一时心灰意冷，不得不临时关停了煤矿。

松岭矿难事件震惊了宜溧两地。一连几天，茶馆里最热闹的话题就是南山村林家在松岭开矿发财,在矿难后向矿工做出天价赔偿的事情。

他们林家和上海佬有的就是钱,这点赔偿对他们家来说简直就是九牛一毛而已。有茶客感慨道。

说者无意,闻者有心。茶馆里的茶客中往往有土匪中的花舌子在打探收集情报。他们听说南山村竟然有开矿的大财主,便派人来金山里林家族长院子望水。一见院子四周炮楼高耸,断定里面肯定有大鱼。

此番矿难,林家族长变卖家产付出巨额赔偿,渐渐有入不敷出的感觉,为了节省开支也自行清退了几位看家护院的家丁。

这天,他想起戴埠街上还有几笔陈年老债没有收上,便携带养子林家驹一同去戴埠走一趟。

为了省钱,爷俩也没舍得雇个车轿之类,毕竟已是今非昔比,两人一早出发翻过长岭到了戴埠街已近晡时。几家欠钱的店铺老板早就听说林家矿难,今又见林家族长登门拜访自觉惭愧,除了连本带利归还了欠款,几家人特意安排林家族长和林家驹在善庆旅社住下,还设宴款待了林家族长以表歉意。

林家族长银钱在身,出于安全考量第二天一大早就带着林家驹往同官方向赶去。两人一路紧赶慢赶,日上三竿之际人已经到了龙潭那边。就在宥里岗那边爷俩被一伙山胡子截住了。土匪们除了搜去林老爷子携带的银两,为首的土匪司令还要求林老爷子捐出两万块大洋作为抗日助饷。

屋漏偏逢连夜雨,林家族长知道这是遇上土匪了,便假计答应助饷先脱身再说。匪徒们不信。他们让林家驹带信回家筹钱,然后见钱放人。

命里该来的终究会来。林家族长长叹一声,吩咐土匪取来纸笔修书一封让林家驹带回家里去筹钱赎身。

林家族长家男丁不多,大儿子原来在金陵大学学习,抗战爆发后学校迁到了成都,他就去了那里读书。年纪小的那个还在同官读初小,家里主事的自然只剩下林老太太。

林老太太是宜兴丁蜀周墅村虞姓大户人家的女儿,自从嫁到南山村后就随了夫姓。大户人家的女儿,她平素就知书达理,知道钱财本是身外之物,生不带来死不带去。于是她就变卖了多余的山林田亩,再掏出压箱底的金银首饰之类凑齐了赎金,然后央小银和林家驹一起去宥里岗接人。

林家族长回到林家大院,气急交加,一下子就病卧在床。此时抗战已进入了尾声,美国人向日本人开始了夺岛战争,战火逐渐烧向日本本土,日本人垂死挣扎,加大了对中国国内资源的掠夺。

这天,从宜兴和溧阳城那边来了两队日军和皇协军,他们借口战争的需要征用了松岭煤矿,然后开始在同官一带抽丁抓夫开采煤矿。

林家族长得知消息后说,为了这个煤窑,我们林家造了一次孽,这下又轮到日本人了,但是我们不能助纣为虐呀!他担心日本人会找小银和林家驹帮他们开矿,便吩咐他们离开躲避一阵子再说。

小银听说新四军北撤后有一支部队在太滆地区坚持和日本人打游击,丹阳有个叫管文蔚的也有一支江南人民抗日义勇军挺进队,另外太湖抗日游击队也是共产党的部队,他想找到新四军和游击队但却一直没有成功。

林家驹在上海读了大学,他决定还是去上海找自己的德国老师,因为日本和德国还有意大利签订了《德意日三国同盟条约》,日本为了给德国面子,并没有占据德国和法国租界。林家驹辗转来到上海后,他找到了从松岭煤矿回来的德国老师,经他推荐进入教会大学担任助理教授的工作。

这边小银为了躲避日本人,他先后来到戴埠太和饭店和溧阳城原来的交通站试图寻找原来的组织,但徒劳无功。眼见得风声已过,他又悄悄地回到了佛水堂的家。

蒋家共有一子三女,大女不知什么原因得了痴呆,二女早夭,家里只有三丫头和一个小儿子。

再说养母蒋氏见小银完好无损地回得家来非常高兴,眼见得小银现在是个精壮小伙,三丫头也已成年,便有意撮合他俩的婚事。

小银和三丫头原本郎情妾意,随着年岁的增长两人的感情也更加牢固,可眼见得家里现在家徒四壁,一座茅草土坯搭建的房屋到处透风漏雨,便打算趁年轻,在原来的地基上搭建两间新屋作为两人的新房。

要把一家人安顿好,搭起五间像样的新屋需要三十多块银洋,算上这几年的积聚加上煤窑支付的工钱,家用开支等缺额还是较大,小银和三丫头商量,再辛苦一两年争取赚一笔钱把旧屋翻新好了再计议。

计划已定,小银和三丫头开始没日没夜地上山砍柴火和剖大篾,然后用独轮车和肩担挑着去戴埠或者张渚卖。为了价钱卖得高一些有时连夜赶路到溧阳城东南的百家塘。那里地处高乡和圩乡,小小几百米的街道每天人来人往、张袂成阴,前来交易的人非常多。

好消息接着过来了。日本人战败了,宣布无条件投降。很多原来的国民党伪军和部分日本人穿上国民党军服,装备着优良武器帮国民党打共产党。国共两党进行和平谈判。

到了第二年,全面内战爆发,国民党军队在华北向共产党领导的八路军发起了进攻,共产党进入了战略防守阶段。

属于戴埠镇同官乡的南山村成了国统区,为了遏制当地的中共地下组织和共产党游击队,加强统治,国民党地方政府在徐家玨的野毛山成立了保安中队。队长和副队长为钱万林和钱三林兄弟俩,他们仗着人多枪多危害一方。

这天,小银和三丫头一早上山砍了满满两独轮车的栗木柴火。栗木抗湿耐烧,而且燃烧时能释放出果木的香味,属于上等好柴。只要运到百家塘,那里的几家茶馆老板都争相抢购。

每次砍完柴,小银和三丫头都要上坡把这些山货推到长岭过夜,然后第二天一早再送到戴埠街,如果要送到百家塘还要走几个时辰的山路。两人推着小车过了高桥来到牛场附近就被戴埠保安中队截住了。

为首一名队长模样的挥手让手下没收了小银的货物。小银和三丫头辛苦一天多,眼看着没多远就可到戴埠街上把这些货物换成钱。可这时偏要有人来坐享其成,他们心里自有不甘。一阵挣扎之后小银被其他保安队员反手绑住动弹不得。

来者正是野毛山同官乡保安中队的钱三林,他对小银说,日本人投降之前曾在佛水堂庙基上埋过一批武器弹药,当时保安队里正好有人在里面当皇协军目睹了,可保安队得知消息后发现原先的武器弹药不见了,肯定是有人偷偷地告诉了在锅底山那边活动的游击队,他们就把那批武器运走了。

锅底山原本属于溧阳南山,与安徽的广德、郎溪交界,是周边最高的山峰。据当地村民说,它很像一个锅底朝上的烧饭用的大锅,所以叫锅底山。

获悉游击队的消息,小银心里暗自高兴,但他不可能承认无中生有的事,于是钱三林就把小银和三丫头带往野毛山保安中队。

到了保安中队,钱三林要求小银交代那批埋藏武器的下落。

钱三林说,肯定是小银发现了庙基上的武器,然后偷偷地把它们卖给了游击队,否则的话他家不可能有钱来翻修旧屋。他对三丫头说,想要救他,有两条路选择,要么支付变卖武器得到的赃银来赎回你哥,要么我们把他以通匪的罪名交给溧阳城里的保安大队。要知道,现在国共和谈已经破裂,通匪可是死罪一条。

钱三林的一番威胁把三丫头吓得不轻,她连忙回家和母亲商量对策。钱家兄弟的名声在南山村一带已人尽皆知。蒋母知道这是遇到敲诈勒索了。她思前想后,决定把好不容易存起来的钱送到保安队去换人。

蒋母取出好不容易凑齐的五十块大洋去乡中队赎回了小银。当时上海一名普通纺纱工人的月工资是两块大洋,折合到今天普通工人的月工资在三千到四千之间。这基本就属于比较合理的一种参照。难怪民国的人将银圆当宝,毕竟一块银圆就是一家老小的一个月甚至几个月的生活费用。

小银从保安队回到鸣桐里佛水堂处的家,望着徒有四壁的家不禁悲从中来,他抱着蒋母一阵痛哭。他知道在这个社会,穷人只有革命才能改变命运,于是连夜就去锅底山方向寻找游击队,到了锅底山他却一无所获。有砍柴的人告诉他前一阵子确实有人在这一带活动,可保安队前来搜剿过了,让他再去别处碰碰运气。

时间过得很快。好消息也一个接着一个传来:大军打过长江了,大军攻进了总统府。同官一带漫山遍野的都是国民党溃兵,这些溃兵急于逃命纷纷脱下自己身上的军装换成老百姓的服装,整个南山上随处可以看到散兵们扔下的黄色军用皮带。

小银知道,这下天真的要亮了。

眼见得革命形势一片大好,在太滆地区留守坚持武装斗争的张之宜、胡惠民也率领游击队向溧阳城挺进，他们一路解放沿途村镇，歼俘零散逃敌。大军来到戴埠和游击队胜利会师后，接着消灭了溧阳城里的保安大队和国民党后卫部队。

溧阳解放后，解放军主力南进追敌。张之宜、胡惠民立即着手对整个溧阳地区的接管工作。戴埠区政府成立，同时设同官乡，南山村属于戴埠区同官乡。为了保护胜利果实，他们发动群众，建立民兵组织，搜查、清除残敌，保护工厂、学校、商店，维护社会治安，并积极组织力量，筹集粮草，支持主力部队继续南进，收容遣送在溧阳境内战斗中所俘的近万名国民党士兵。

新生政权的成立使得一些国民党反动派惶恐不安。当初国民党溃兵来到南山村，有的干脆连枪也不要了。他们用自己的长枪和短枪与老百姓换米面粮食。普通老百姓胆子小，不敢收。也有一些原本就是土匪的村民趁机收集了一批武器，扩大自己的势力。

国民党警察、军队、军事谍报组织、中统和军统特务、日伪特务等反动势力庞杂。解放后，除郊五、郊六分局两个国民党警察局被我军接收，警员召回留用外，原国民党军队的军事谍报、原剿总系统的清共委员会、先锋队、突击队、军民合作站、稽查队、工作队等反动组织的人员、保甲组织、中小学校中的国民党三青团骨干及中统、军统特务，国民党的散兵游勇，等等，窜到南山地区潜伏起来，其中一些反动分子蠢蠢欲动，有的还进行反动活动。一些土匪和各种反动会道门也趁机破坏，使得南山地区在解放初期的社会治安状况极为复杂和混乱。

为了保卫新政权，区政府号召各村成立武装民兵组织。

小银先前有做过中共地下交通员的经历，被推选为南山村民兵营长。副营长由同村的陈海大担任，他们和蛀竹棵的刘德根一起帮助土改工作组的同志进行日常管理，维持村里的安保工作。

加入基干民兵后，小银就从佛水堂的家里搬了出来，从此一直在村公所配合乡特派员和土改工作组的工作。

同官乡的特派员是山东威海人，姓许，名字叫志文。他是"华东南下干部纵队"第四支队下派的南下干部，具有丰富的对敌斗争经验。

一天，匪徒朱和伯带领八九名武装匪徒把田舍里村农会的积极分子万春金、陈海大抓住，把他们带到了山里，绑在毛竹上。二人乘机逃脱时，陈海大被匪徒打伤。得知消息，区公所的董干事带着小银和几名民兵去了解情况。

万春金和小银原来同是金山里人，他们是发小，一见到小银他们过来，忙说有事情要汇报。

原来这次朱和伯是有备而来，他主要目标是小银而不是万春金，朱和伯抓住他们的目的仍是和那批武器弹药有关。先前国民党撤退往南京的时候，土匪收购了一批武器弹药就埋在了鸣桐里的庙基上，不料这次等他们偷偷去寻找的时候，发现这批弹药已经不翼而飞。他们估计是南山村的民兵们干的，于是想出这一招绑架小银然后要他交代出这批武器弹药的下落。

万春金和陈海大正在村前巡视的时候，土匪朱和伯带人把他们俩劫持到深溪岕的仙山头。

深溪岕位于南山竹海的西边，村里有一座气势宏伟、选料考究、做工精细的石牌坊，相传是清朝时期为表彰当地一名贞洁女子，由当时的咸丰皇帝下旨建造的。

相传，当时有一名外地女子嫁到深溪岕村王家。喜日当天，新娘由花轿接来，新娘前脚刚跨入喜堂，就听见里面传来了阵阵哭声。

原来新郎早已身患重病，奄奄一息，娶亲只是为了"冲喜"，希望借婚喜之事冲冲家中晦气和新郎的病痛。然而天未遂人愿，喜日当天新郎就一命呜呼了。

原本唢呐声声红烛耀，转眼间却成了白绫飘飘哀乐起。未掀盖头先穿素服的二八新娘不免为自己的不幸而痛哭流涕。

待丧事办完，大家都以为新娘会提出婚姻无实，要回娘家的要求。但是，新娘却出乎意料地说："既然跨进王家门，就是王家人，虽无拜堂之礼，却有迎娶之实，愿终身守寡，侍奉二老。"

从此后，身不出家门，脚不出院门，料理家务，侍奉老人成了她生活的全部，最后孤独终老，守寡整整五十年。

据说，这女子从守寡开始就从未打开过自己房间的窗户，因为她知道，窗外是漫山遍野的桃花，五月芬芳蝶恋花，世间难耐是寂寞，而到了晚上，那种寂寞与孤独对一个妙龄女子来说更是无边的痛苦。

因此，每当黑夜来临，她就会吹灭房间的烛火，拿出陪嫁带来的三千铜钱随意抛撒在房间各处，然后再摸黑把三千铜钱一个一个找出来，以此来排遣心中的苦闷和哀伤。

当时，封建礼教充斥整个社会，所以这件事就成了一段佳话四处流传。最后，当时的咸丰皇帝也知道了这件事，为彰颂其贞洁孝悌，特下旨在当地建贞节牌坊一座。

相传牌坊所用石料是从苏州运来的上好青石，一共五块，每块都有数吨重，走水路用了近半年时间。牌坊上雕龙刻凤，金铃垂角，匾额上方刻"圣旨"二字，两边上书"青年著洁草木清香，白石垂名山川照耀"，据说当时这座石牌坊是全省最好的。

深溪岕村后的仙山头，海拔四百七十七米，山上竹子箐箐，花木茂盛，山虽不是很高，但却与它的名字一样给人一种神秘的感觉。听老辈人讲，原来这山并不叫仙山头，而叫后山——因为山在村子后面。后来因为发生了一件事，所以大家就逐渐把后山改叫仙山头了。

相传，很久以前，村里有个年轻人，叫有福，三十多岁，身强力壮，以打柴为生。一天，有福吃过早饭，与往常一样上后山打柴了。在山上打完柴已是午后时分，有福担着柴就往山下赶。走到半山腰，有福看到路旁竹林里一块大石头上坐着两个白发白眉白胡子老者正在对弈。有福心想，上山的时候没有看见有人在这里下棋啊。

出于好奇，有福把柴担放在路边，就站在边上看起棋来。其实，有福并不懂棋道，只想看看两个老者谁输谁赢，而老者一盘棋下了半天也未分出胜负。有福看看天色已近黄昏，心想，等到这盘棋下完还不知道什么时候呢。于是他便与两个老者道了别，担起柴匆匆下山去了。

到了山下，进了村子，有福一路上碰到许多村里人，但却一个也不认识。当然，村里人也不认识他了，再看看村子已是大变了模样，房子多了，人也多了，原先不大的村子，现在已大了许多。只有村子中间的那口老井还在，但是石井圈上绳子的勒痕却是深了许多。

看到这一切，有福如坠云雾，摸不着头脑。这时，他想起了自己的家人，想起了自己的妻子和儿子小宝，但是却再也找不到了，就连自己家的房子也不见了踪影。正当有福站在那里不知所措时，一个和他一般年纪的青年人走上前来，问道，你不像是本村人，你找谁啊？

有福回答道，我是本村人，我叫有福，我上山打柴回来，我找我妻子和儿子小宝，你知道他们住哪里吗？年轻人感到非常奇怪，说，小宝是你儿子？我是小宝的儿子，我爹已去世多年，那你是……

听到这里,有福已经明白了,原来山上遇到的那两个下棋的老者并非凡人,下了半盘棋,却已过了六十年。

物转轮回星位移,一口老井印年华。世间悠悠六十载,神仙只下半盘棋。

就这样,后山上有仙人下棋的故事逐渐传开了。后来,慢慢地村里百姓就把后山改叫仙山头了。

再说朱和伯把万春金和陈海大两人绑到仙山头西边坡地的毛竹林里,朱和伯令人把他俩绑在毛竹上,拷问有关武器的下落。

万春金和陈海大对此肯定是一无所知,但匪徒们并不相信,把他俩四肢分开分别绑在两根毛竹上,威吓道,再不交代出武器弹药的下落,我们就要像当年王文富毛竹撕漂亮的新四军女战士一样,一个一个把你们撕成两半。

陈海大哭丧着脸说,我们还是刚加入农会的,算是积极分子,但是涉及武器弹药,那你们应该问问金山里的万小银和蛀竹棵的刘德根,他们成立了民兵武装而且是民兵营长。

那敢情好,朱和伯对陈海大说,我把你留在这里,让你的同伴去报信,然后带武器弹药过来赎人,如果敢耍滑头,就把你撕了。

陈海大没法,只好哭着对万春金说,哥,我的命就在你手里了,你一定要带着武器弹药来救我呀!

万春金安慰陈海大说,你放心,我一定会想办法打听到那批武器弹药的下落的,到时候带着武器弹药来换你人。说罢,没命地往山下跑了。

万春金下山后,陈海大一个人被土匪绑在毛竹上。不一会儿,土匪们上山开饭去了,只剩下一个小匪看守陈海大。快到天黑的时候，才有一个醉醺醺的土匪来换班。天黑夜深，山岚升腾，那个喝醉了的土匪靠在一棵树上不一会儿就鼾声响起来了。

陈海大见时机已到，拼命地把背后的绑索在毛竹节疤上上下摩擦。不知过了多久，绳索终于松动了，他腾出手指解开绳子后拼命往上下跑。一不小心，啪地猛摔了一跤，他顾不得疼痛，爬起来继续跑。

就在这时，背后传来吆喝声，站住，再不站住老子就开枪了！陈海大知道这是看守的土匪发现他逃跑了，不由得头皮一紧，像兔子一样往山下窜去。

啪、啪，身后传来两声枪响，陈海大只觉得手臂一麻，他再也顾不得什么了，一口气朝同官乡村公所跑去。

万春金早先跑回了南山村，到同官村公所向董干事做了汇报，董干事召集南山村和徐家圩等村的基干民兵商量对策，没过多久陈海大也跑回了村公所。可大家对土匪埋藏枪支弹药的情况一无所知，于是决定加大对南山村一带的巡查力度。白天各个村上和交通道口检查有无可疑人员来往，晚上在村头安排岗哨警戒，防止有土匪乘虚而入骚扰群众。

这天，小银和几位民兵巡查到鸣桐里东边的黄栗树下的时候发现林子边上有一具倒毙的尸体，看上去年纪较轻，约摸三十岁。

世事艰难，村头常有因饥寒而仆地倒毙的流浪汉，但这具尸身非常结实，一位民兵把尸体翻转过来，尸体颈部一道瘀黑的勒痕赫然可见。

小银这几位都是自小在南山村一带长大的，周边这个年龄的人大家大多认识。这个死了的是一个陌生的外地人，加上他不是走亲访友的样子，小银第一时间就想到了这可能是附近一带活动的土匪。

就在前几天,一伙来自松岭的土匪和另一伙来自南山村东边砺山头的土匪在上野猫山火拼过一次,双方都有死伤,听说从宜兴砺山过来的这伙土匪吃了亏,走的时候还抬了几具尸体。

听里面的线人汇报说,土匪火拼的主要原因是争夺地盘。松岭一带的土匪大部分是戴埠一带的人,砺山那边的主要是来自张渚一带。他们各自收罗了一部分国民党溃兵。双方互不服气,时常搞些摩擦。

小银隐隐感觉到事情的严重性。新政权刚刚确立,一些地富反坏分子一定不甘心。他们不敢明着和政府对抗,但一定会在暗里破坏革命。结合上次陈海大和万春金被土匪绑架追问武器弹药的事件,他觉得这帮土匪一定有什么不可告人的目的。

到村公所向董干事汇报情况之后,董干事也感觉到了事情的严重性。第二天,他带着小银等几个基干民兵到戴埠区政府向区领导汇报了最近土匪活动的情况,并提出了自己的忧虑。

区领导对小银他们的汇报很重视,他们留下小银和董干事,邀请他们参加戴埠区首届各界人民代表会议。

区领导在会议中指出,区政府在解放半年来,基本上肃清了境内的大股土匪,适当地处理了国民党溃散官兵和整编了起义部队,建立了人民民主专政的革命秩序;在经济工作上,人民政府贷款扶持了公营企业和有益于国计民生的私营厂商,同时整顿了财政收支,稳定了物价。

目前戴埠区政府的主要工作是彻底肃清土匪特务,进一步地巩固革命秩序;建立和加强各级人民民主政权;实行反恶霸、减租运动;恢复与发展农业生产;调整工商业;有计划有步骤地改革文化教育事业;巩固与扩大人民民主统一战线。

在彻底肃清土匪特务方面,会议认为应在宽大与镇压相结合的方针之下进行。会议建议建立不脱离生产的人民防匪自卫武装。在实行反恶霸减租运动方面,会议决定除遵照"戴埠区减租暂行条例"并颁发实施细则外,应进行充分准备工作,建立与健全农民协会和农民代表大会和进行农村调查研究等。在发展农村生产方面,决定扶植棉、麻、丝等工业原料及其他土产。

关于调整工商业方面,会议决定以一切可能扶助从事织布、缫丝、制盐等的约在二百万以上的手工业工人,实行联营,提高质量。同时国有贸易机构应根据国家价格政策,有计划地收购农产品,供给工业品,掌握主要物资,继续稳定物价,打击投机。会议最后选出林家族长等四十七人组成协商委员会。区领导会议上还表扬了南山村建立民兵自卫组织,在防匪抗匪方面为其他村做出了榜样。

小银坐在下面听得津津有味,旁边的万春金悄悄地捅了捅他,在他耳边说,你看看前排倒数第三个是谁?

谁啦?我不认识哇!

你再仔细看看!

不认识!

不认识?看他像不像深溪岕的王文富?

哪个王文富?

就是在深溪岕用毛竹撕了那位漂亮的新四军女战士的土匪司令王文富!

那还等什么?会上区领导不是正在说剿匪的事情吗?我们过去把他毙了再说!小银一跃而起,带上万春金就往王文富那边冲去。

王文富你这个坏蛋,当年在深溪岕杀了我们三位新四军战士,还把其中一位漂亮的新四军女战士用毛竹撕了,今天我们代表人民要毙了你这个土匪头子!说着万春金一下把王文富扑倒在地。万小银一步跟上,他把手里的步枪抵在王文富头上就要扣动扳机。

使不得!使不得!这个王文富是对革命有功的,不能杀,快住手,千万不能杀!旁边有人急忙喊了起来。

万春金和小银他们住了手,人群一下子拥了过来,在小银和王文富周围围了一圈。

王文富心里不服,嚷嚷着要掏枪毙了万春金和小银,但被旁边的人拦住了。

小银情绪有点激动,他从头到尾细细诉说了事情的经过,指控王文富残杀新四军战士,害得自己和党组织脱离了联系,说到气愤之处,恨不得冲上去把那个王文富痛揍一顿。

区领导得知情况,吩咐区队战士先把王文富收押了,至于他有没有残杀新四军女战士,还有待把事实调查清楚后再对他做出该有的处理。他表示,共产党的干部不冤枉一个好人,也不放过一个坏人。一是一,二是二,毕竟王文富还是对革命有功的。

昔日的土匪头子,残杀新四军女战士的王文富竟然对革命有功?小银一时转不过弯来。

区领导说,这个王文富后来也参加革命了,在安徽的一场战斗中还带人炸掉了敌人的一个炮楼,立了功,后来随大军南下转业到地方,所以成了这里的地方干部。今天开会你们正好遇到了,他在参加革命时没有老实交代过去的事情,现在组织上决定开始对他做审查。

小银这才知道了这个王文富原来是个两面三刀的人物,是棵典型的墙头草,是投机分子,国民党得势的时候他投靠国民党,日本人得势的时候投靠日本人,眼见得共产党要得胜了他又参加了革命,他居心叵测,是个混进革命队伍的坏分子,而且手上有血债。

会议结束后,戴埠区委、区政府根据小银和万春金对王文富的指控，专门成立了一个调查组对王文富进行了审查。他们来到深溪岕当年王文富杀害新四军的地方，找到事件的目击证人和当年掩埋新四军遇难战士尸体的当地群众，坐实了小银和万春金对王文富的指控。考虑到王文富后来确实对革命有功，将功抵过，最后决定判处王文富有期徒刑十年。

三爷一口气讲了许多。一边的胡一凡也听得入了神。

四奶奶见爷孙俩如此投入，高兴得笑了。她指着茶几上厚厚的一沓材料对胡一凡说，小胡书记你不知道，三爷爷知道你喜欢听故事，事先可做了不少功课，你看这是他专门为你准备的。

听四奶奶这么一说，三爷也笑了，他说，小胡书记专程来听过去的事，我总不能胡编瞎扯糊弄他，得有理有据才行。说罢，他戴上老花镜，取过事先准备好的材料继续讲下去。

审判完王文富，戴埠区的革命形势还是非常严峻的。溧阳解放后，潜伏的国民党江南行署政工总队培植的大批特务、情报人员和封建恶霸、不法地主、土匪头子、反动会道门头子，以及其他反革命分子，他们不甘心失败，有的改名换姓，潜逃外地，企图东山再起；有的相互勾结，直接参加武装匪特，妄图推翻新生的人民政权；国防部青年救国军江南行动第二纵队一支队、国防部反共救国军苏皖边区司令部二支队二大队、国防部江南行动纵队等武装匪特盘踞在戴埠南山地区横行霸道，中国农民青年独立团武装匪特躲藏在南渡周边地区骚扰滋事。

溧阳县委遵照中共苏南区委和苏南军区联合发出的相关指示，成立县剿匪肃特委员会、戴埠公安分局和南渡、南门等七个派出所，各区配备公安股员，各乡（镇）配备不脱产公安员，县总队、区大队和各乡（镇）中队由县委书记统一指挥。按照以发动群众、政治瓦解、军事清剿相结合的军政并进、剿抚兼施的方针，公安人员深入武装匪特活动频繁地区调查摸底，各区、乡（镇）党组织广泛发动群众检举揭发匪特破坏活动，查抄、收缴枪支弹药，宣传坦白从宽、抗拒从严、胁从不问、立功赎罪、立大功受奖的宽大政策，促使部分武装匪特成员悔过自新，主动交出藏匿的轻机枪、步枪、匪特派令和反动文件，打击和孤立匪首、匪特骨干。

但是以朱和伯为首的一伙土匪冥顽不化，他们在戴埠、南渡、横涧、社渚、城郊等地接连组织反革命暗杀、抢劫等恶性事件。这些武装匪特数次向县长投寄恐吓信，扬言南山地区有万余人将要袭击县政府。

另外有一个匪首毛鑫，他原名宋式濂，江苏淮安人，住无锡市南仓门，一九四八年任国民党无锡县警察局洛社分局局长。解放前夕，与国民党无锡县县长李资和无锡县警察局长苗秀霖在上海参加国民党中央军统特务头子毛森主办的国民党警官训练班，受特务训练后潜回无锡，结识国民党青年救国军江南义勇纵队七大队二中队队长冯涌三。

冯涌三，住无锡市中山路，于一九四九年六月，策划组织国防部青年救国军江南行动第二纵队武装匪特组织，妄图推翻新生的人民政权，宋式濂任司令，冯涌三任副司令。

为了扩大武装匪特组织的影响，增强号召力，集结匪众于麾下，推翻共产党，推翻新生的人民政权。宋式濂化名毛鑫，冒称自己是国民党中央特务头子毛森的弟弟。他刊刻了关防印戳，印发了大量派令进行恐吓敲诈，筹备反革命活动经费。

正当他们积极开展反革命活动时，无锡市公安局于一九四九年七月三日将其一举抓获，宋式濂被捕，判处死刑，立即执行。宋式濂覆灭后，冯涌三又勾结了无锡市北门双河上回龙桥匪首邹乃光。

邹乃光又名邹义香、邹吉祥，原任国民党青年救国军第三中队中队长，两人于一九四九年七月结伙，潜逃来溧阳，接过宋式濂的麾旗和番号。邹乃光冒名毛鑫，任国民党青年救国军江南行动第二纵队司令，冯涌三任副司令，选定戴埠、横涧、平桥山区为匪特活动基地，纠集朱和伯等积极扩大匪特组织，在短短的一个多月时间内，将武匪组织扩展到一百五十余人。

随着土匪队伍的壮大，他们的活动猖獗一时。一次，朱和伯带人来到河洛港。他们到群众家里洗劫一空后看到老百姓正在家里做饭，就要上前去把锅里烧得半生的米倒掉。群众哀求道，等等饭就熟了，你们这么一倒我一家老小就要挨饿了。

朱和伯恶狠狠地说，你们这帮穷鬼，你们分我田、分我房，还要砍我山上毛竹，你们那时怎么就没有等等再说呢！说罢，把锅掀翻了扬长而去。

邹乃光、冯涌三、朱和伯、宗汉大曾多次捕杀我基层干部和民兵，抢劫国家粮库和群众钱财，摧毁新生的人民政权。他们联合严耕山、严平川、陈凤鸣袭击溧阳县人民政府和县公安局，大肆散布反革命舆论，宣扬什么国民党八月要反攻过来，青年人赶快团结起来迎接国民党反攻！冯涌三恶毒地宣布对共产党干部宁愿错杀一千，不愿放走一个！

一九四九年八月十日上午九时许，我横涧乡政府指导员盖永田和通讯员刘全国到横涧乡金山里村白明保茶馆开展工作。潜伏在离村二里许毛竹山上的匪首冯涌三闻讯，即与朱和伯带领陶小轩等八名匪徒冲进茶馆，抓住二人后，捆绑押解至高家村后面的史家毛竹山上，由朱和伯和陶小轩等匪徒将二人活埋在山坡上。

同日傍晚邹乃光、冯涌三策划组织宗汉大、朱和伯率众匪徒抢劫茶亭国家粮库，当到达弥陀庵附近茶亭瑶塘村上时，遇到戴埠区大队万高齐、罗明珠二战士，即上前控制，用绳捆绑，押解至横涧乡许家村史家毛竹山上将二人活埋。

这一时期匪特活动已猖狂到极点，除杀害了盖永田、刘全国、万高齐、罗明珠四位同志，还图谋杀害戴埠镇镇长万廷斌和龙潭乡乡长张海峰，因未遇时机，杀害未成。

邹乃光、冯涌三潜逃来南山村从事匪特活动的情况，被无锡市公安局侦获，即派员来溧阳将二人追捕归案。

邹乃光、冯涌三两人被捕后，担任匪参谋长的戴埠陈家村冯培员因怕被抓捕，即向溧阳县公安局投诚，表示愿意向政府密报匪特活动的行踪，协助政府追捕。

朱和伯、宗汉大继续与政府顽抗，率匪众六十余人到白龙寺，与新昌地区毛鑫系匪特大队长朱策联系，取到机枪一挺，步枪和各种短枪十余支及一大批子弹，在离毛尖村较远的一处房子内过夜，遭到我军的追击，在茶亭乡长山脚下与我军打了一仗，退到龙潭岕后，他们以龙潭岕龙王庙大殿为集宿地。用朱和伯自己的话说，我们此时多组织几个人多搜集到几条枪，与共产党死战，我们就能多活几天！由此可见他们毫无悔改之意。

一次，由苏北来溧阳谋生，到龙潭岕山上砍柴的三名樵夫，匪徒们怀疑他们是共产党派来的密探，即将他们杀害在山上。

为了掌握匪特的活动行径，县公安局副局长许舫洲招来了投诚过来的匪特组织原参谋长冯培员，叫他为人民立功，继续去龙潭岕与匪特为伍，摸清匪徒的活动行踪，向许副局长汇报，在切实掌握匪徒活动的情况下，县委和公安局做了周密的部署。

一九四九年八月下旬的一天下午，中共溧阳县委书记崔涛决心歼灭这股祸国殃民的匪特组织，命令驻在金山里的独立营营长蔡忠明和戴埠区政府指导员梁永华率领的戴埠区大队以及县公安局干警分三路前往龙潭岕围歼。

当日深夜，蔡忠明率领全营战士，梁永华率领区大队战士，县公安局许舫洲副局长率领石润荣、官林福、赵庶江、史敏杰、童子华、葛安富、史木生、周昌法、狄咬金等全体短枪班战士，各自携带枪支弹药前往龙潭岕，独立营战士和戴埠区大队战士将龙王庙大殿包围，许副局长率领全体短枪班战士分别在龙潭岕、乌鸦岕两边的山坡上选好地形进行埋伏。

天刚蒙蒙亮，一声令下，一场围歼匪特的战斗行动开始了。那天清晨是雾天，独立营战士和戴埠区大队战士向龙王庙大殿猛烈进攻。许舫洲命令全体短枪班战士向龙王庙大殿进攻。枪声、爆炸声震醒了正在睡梦中的众匪特，宗汉大慌忙率众抵抗，并用机枪回击。

一时间枪声、手榴弹爆炸声响彻了整个龙潭山区。双方激战了一个多小时，战士们发起了冲锋，高喊，快投降，缴枪不杀！众匪徒见大批战士冲了过来，顿时慌了手脚，开始四散逃命。他们有的往树林深处逃窜，有的往山口出口处狂奔。那个杀害盖永田、刘全国的匪徒陶小轩也在战斗中被击毙。

宗汉大只身潜逃溧阳县城，隐匿在江南旅社内，后被群众检举，由县公安局逮捕。朱和伯那晚刚好回家，龙潭岕战斗时不在场，听到龙潭岕匪徒被歼，惧怕被政府逮捕，只身潜逃上海，投奔在上海五马路109号其姐夫开设的老保和旅社。其姐姐姐夫听到朱和伯是政府追捕的逃匪，拒绝收留，要他赶快回溧阳向政府自首。朱和伯在走投无路的情况下回到溧阳，向溧阳县公安局自首。

朱和伯和宗汉大一系列匪徒被剿灭后，南山村本地只剩原来由国民党乡中队钱三林、钱万林一伙的土匪。这些土匪大多是本地人，非常熟悉本地地形，人数也不足十人，也不足以引起什么风浪，县政府把剿匪的任务委托戴埠区政府，区政府派指导员带领横涧乡、龙潭乡和南山村的基干民兵参与剿匪。

躲在深山里的土匪惶惶不可终日。小银和董干事献出了一个计策，决定诱捕这几个害群之马，眼看冬天即将来临，大雪封山土匪的物资将更加紧缺，那时他们会更加凶残。他们安排一个线人，联系匪徒们到金山里林家族长家里领取给养和埋在村里的那批枪支弹药。

那位线人本来就是林家族长家的团丁，后来又加入了国民党同官乡保安队，后来才在小银的思想工作下参加了民兵组织。钱家两兄弟心中虽有疑惑，但大势所趋，不得不铤而走险试一试。

到了林家族长家，几个匪徒一顿好吃好喝，很快留在外面放哨的土匪就带着民兵进屋来了。钱家兄弟不得不长叹了一声，举手投降。至此，猖狂到极点的武装匪特组织彻底覆灭，南山村一带恢复了安宁平静的生活。

剿灭了南山一带的土匪，南山村的百姓日子就安定下来了。

为了推进工作，戴埠区政府专门安排了学习班，推荐各乡村基干民兵和农会积极分子到区里进行培训。

小银没念过书，只能给董干事和村里读过书的年轻人打打下手，丈量土地、计算房屋面积和间数，然后分别登记造册再做统一分配。

真是天变了！整个南山村的贫下中农都兴高采烈，一些多山多田的地主富户则心里惴惴不安，他们既心痛自己一辈子的心血即将要被充公又担心这些翻身农民从此要骑在他们头上作威作福。

世道变了，穷人翻身当家做了主人！

林家族长正在振兴茶馆里喝茶。

林家族长说，我是乡董，理应带头，要量就先从我们林家开始量起吧，我带这个头。

现在解放了，林老您已经不是当初的乡董了，听说以后的保长要改村长哩！现在我们南山村已经由农会负责了。

财水财水，财就像水，财来财去，不散则不聚，况且财物这种东西，生不带来，死不带去，不必需、不合适、过时的东西统统断绝、舍弃，并切断对它们的眷恋，人生就是有舍才有得。禅宗六祖慧能大师曾说道，菩提本无树，明镜亦非台。本来无一物，何处惹尘埃。就是这个意思，大家要配合政府，该分的就分，该改的就改吧！

林家族长对于这一点倒也颇为大度。

你们林家想吃洋饭发洋财，想到了开煤矿，没想到碰了一鼻子煤灰，窑塌了、人死了。你家赔钱赔得算是家败了，自然不心疼。我们这些地呀山的都是一点一点省吃俭用，从牙齿缝里抠出来的，自然心疼。那些没亲没故的逃荒要饭的都来要一份，自然心里有不甘。

有人被说到了痛处，不禁号啕痛哭，他们本是南山村一带的地主，奈何世道变迁，原来的人上人变成人下人，就像落毛的凤凰连鸡也不如。

茶馆里众人的一席话被跑堂的小二听了报告给了乡里，乡特派员和董干事带着基干民兵把这些人都带到了乡里做审查，弄清他们是否为敌特或者其他反革命行径公然和新生的革命政权叫板。

后来怎么啦？胡一凡追问道。

后来嘛，你都知道的，这些地主富农家里的借条和地契最后被收缴后堆在南山村小学的操场上，一把火烧得精光。

南山村人新的生活开始了。

今天三爷心情不错,他一口气和胡一凡讲了许多南山村的陈年旧事,故事里的有关人物,算起来应该和三爷同龄,这里面就有村委书记和村主任的父辈,三爷是他们一生的亲历者和见证者。

胡一凡听完故事,感触很深。新旧社会两重天。党领导穷苦劳动人民翻身得解放;如今,党又领导全国人民迈过去向社会主义现代化建设的康庄大道。

谢谢三爷爷的故事,今天我的收获真得很大!胡一凡由衷地感谢道。

要谢还得谢盈盈的,这些资料都是她一个人为三爷爷准备的。四奶奶一边整理桌子,一边笑着对胡一凡说。

三爷爷听了有点不好意思,他说,我给小胡书记讲故事得有理有据才行,不过还是年纪大了,有些东西记不得了,特别是剿匪这一段资料,图书馆找不到,后来还是让盈盈带了介绍信去党史办才找到的。

就在这时,胡一凡接到了村主任林国良的电话,说是省考古队在溧阳县博物馆张馆长和文旅局吴局长的带领下来到牛场考察宋代古窑场遗址。

胡一凡知道专家们此行的目的,他们就胡一凡上次提出的在南山村建造一座全国首家村级陶瓷博物馆来现场进行前期规划论证工作。

牛场村的古窑址还是胡一凡在和三爷的一次闲聊中得知的,随后他察看了现场,接着又向万家浩和林国良做了汇报,最后才决定由胡一凡牵头撰写了在南山村牛场建造陶瓷博物馆的项目申报书。

戴埠由于其重要的地理位置,历来为兵家必争之地。据载,南宋年间抗金英雄岳飞和韩世忠等在此驻扎以抵抗金兵南下。特别是牛场，过去除了以牛羊交易出名外，还留下了许多古窑址。这些窑址历史比较悠久，到了南宋年间，抗金将领韩世忠曾命人在此大量烧制一种便于军士们携带用来储存水和食物的带系陶罐。

胡一凡是偶然发现牛场的古窑址的。一次，他下村到牛场，发现村头山脚下到处都是陶瓷碎片，看上去颇有些年代。回去后，他查阅资料，并通过现场勘查，发现这里毗邻安徽，古时属于古宣州。他推断这片窑场极有可能就是消失了近千年的宣州窑，为此他还结合史料撰写了一篇《寻找宣州窑》的史料性论文。

牛场原先并不属于南山村，只是在新一轮的拆乡并镇过程中才并入南山村委的。牛场的得名，是因为这儿曾是邻近几县买卖牛的场所，南来北往的牛捐客集聚于此。可谓名贯三省四十县，商贾往来连成片。牛行锣声一阵响，黄金白银满街淌。

据历史记载，戴埠牛场还是太平天国侍王李世贤屯兵剿清的根据地，但牛场真正出名的还是这里的古窑址。说到烧造陶瓷器，大多数人只知道溧阳紧邻宜兴是陶都，其实溧白的烧窑时间也很久远，据省文物考古专家调查发现，早在春秋战国时期戴埠就有陶瓷窑址存在。

通过资料比较，胡一凡发现陶瓷专家蒋赞初先生所撰写的《关于宜兴陶瓷发展史中的几个问题》一文中提到，相距不远的宜兴元上公社白塔大队发现过三处窑墩，除发掘出行军壶外，还大量出土一种橄榄状的小口无耳釉瓶，与宋代韩瓶异制，且常发现于明代初期墓葬中，所以他认为该窑址群很有可能延烧至明代。

胡一凡通过实地考察，了解到牛场窑群与岳飞抗金有密切联系。

南宋时期，金兵入侵江南时，宜兴与溧阳两地山区就成了抗金前线。当时溧阳戴埠、社渚一带陶瓷业比较发达，因长期战乱，陶瓷产业遭到严重破坏，于是人们便向土壤资源丰富、盛产竹木、人烟稀少的东部宜兴一带转移开发新的窑场。随着南宋的灭亡,军需窑场迅速转为民用,日用缸瓦器烧制就在南山地区兴起。

在专家们的指导下,牛场古窑址得到了最终确认。南山村牛场陶瓷博物馆项目也得以紧锣密鼓地开始建设。

第三篇

创 业

上

南山村背靠绵延的南山，北边有条一千米左右的南河绕村而过。这条河向西与沙河相连，向东经南山村注入东边直通太湖的荆溪，向南流经南北向的戴埠河，连通溧宜河、丹金溧漕河，船运发达。

在南山小镇上，村中集市两边南货和北货商店、作坊、药房、供销社、化肥店、生产资料门市部、小吃和茶馆等一应俱全。

沿着窄窄的街巷里弄，青石铺就的码头一直延伸到河边的埠头。鸡叫头遍，村子里的几家豆腐作坊的主人就开始忙碌起来。他们忙着把隔夜浸泡好的黄豆磨浆、煮浆，然后开始点卤压榨。

不远处传来生猪凄惨的叫声，那是墩头店的屠夫在为早市的肉案做准备。天蒙蒙亮，摊贩们早早聚集到百米多长的集市中把货品摆放整齐。

鸡叫三遍了，洪家老宅边上振新茶馆里七星灶上冒着腾腾的蒸汽。茶桌上每只大海碗里的茶叶已经备好，跑堂的伙计正虚席以待，招呼进门的第一拨茶客……

街市渐次热闹起来，几位山民用独轮车推来了几车上好的栗木柴摆在街边。石板桥上人影憧憧，附近村庄隔河的宜兴人也纷纷来到南山村赶集。桥下摇橹船桨声欸乃，河埠下面的码头又上来了一批新客。

村庄上空，炊烟氤氲，空气中弥散着烤烧饼的味道。街头行人摩肩接踵，人们扶老携幼，一下子拥进了这座小小的村落。所谓人间有味是清欢，但一半烟火，一半清欢，那才是最好的生活。

南山村活色生香的一天又开始了。

胡一凡谨记师傅万家浩书记的嘱托，要用脚和身心去丈量整个南山村。

这天，他没有从村委绕过牛场直接到鸣桐里，而是绕过南山小镇、松岭和同官，经河洛港和蛀竹棵再到金山里三爷那。

蛀竹棵是沿涧河而建的村庄。这里溪水潺潺，两岸竹林苍翠。经过两轮美意田园乡村的精心打造，整个村庄红瓦白墙，祥和宁静。一条独特的蓝色步行道顺着溪流蜿蜒而下。村民们日出而作，日落而息。恍若人间仙境。

河洛港村因河洛港桥而出名。此桥建于清代乾隆年间，系单孔石拱桥，南北走向，有鱼跃龙门花岗岩封盖，是溧阳地区古道上的重要桥梁之一。

阳光正好。树叶是新的，空气是新的。

胡一凡在南山小镇徜徉，看满山绿荫中的各色泡池、看涧溪中石砌的驳岸和拱桥，还有那株生长了近千年的榉树。柴扉、围墙，日子就这样一天天过去。那些用时间的石头堆砌成的岁月，随着这光影一点一点碎落在涧溪中那轮水车古老的咿呀声里。

沿着村道下去，前面就是毗邻的河洛港村。

胡一凡沿着溪水踏着蜿蜒的山路，来到了河洛港桥，只见平缓的桥面上满铺着石板，并且一直向两埝延续，与古驿道融为一体。

古桥边有一座文保碑，属于溧阳市文物保护单位。桥西南还保留了一段数百米的古驿道石板路。石板长约九十厘米，宽约四十厘米，横排呈蛇肚状，平缓连通桥顶。

站在桥边的古树底下，胡一凡看到不远处有几位身穿橘黄色救生衣的游客正在涧溪里进行着溪涧漂流。他禁不住想到，这些远道而来的游客，当他们乘坐的皮筏在古桥下漂过时，会不会和踩在桥边古驿道上的他一样,也有一种穿越到古代的感觉。

三爷已经等候胡一凡多时。此时,他正斜躺在门前的椅子上闭目养神。胡一凡一只脚还没跨进他家门楣,他便睁开了眼睛。

胡一凡见惊到了三爷,赶紧上前打了个招呼。

三爷点点头,伸出树桩般的指节在茶几上轻轻叩了几下。

胡一凡心领神会,他手脚麻利地为自己准备茶水。

茶几上的开水是现成的。四奶奶每天一早就过来替三爷把水烧开,灌在淡绿色塑料壶身的暖水瓶里,然后备好茶叶方便三爷自斟自饮。

时间就像屋前的那条涧河,哗哗哗地一直向前淌,谁也奈何不了,人也一样,一代人马往前走过去,总有下一代人马跟在后面继续向前走。

三爷兴致很高,他乐意向面前这位年轻人分享往事。胡一凡能感受到老人倾诉时的那种满足和愉悦。

三爷告诉胡一凡,过去的南山村当时属于戴埠区同官乡,由南往北分别是河洛乡和横涧乡,此前它们都属于戴埠区。最近一轮拆乡并镇时,它们才都划归了南山村。

三爷继续向胡一凡讲述往事。

本区解放后,地委分别召开县委书记、组织部长会议,传达中央和区党委指示,积极动员干部南下开辟新区工作。

那批干部就是所称的南下干部吧?听我爷爷说,我太爷当年也是军转干部呢!打上海时他也是连级干部。后来,他跟着大军一直往南打,打到海南后就转地方工作了。

胡一凡接过三爷的话。

南下干部是指从北方到南方(长江以南)工作的党政干部。因为在解放战争中,我国北方先被解放。随着渡江战役胜利,南方解放后,需要大量的干部充填到地方,所以从北方各地急调南下接管工作的党政干部称为南下干部。

三爷接着往下讲。

苏南地区大中城市集中,经济发达,工厂多。除少数买办官僚资本外,大多数是属于民族资本。为了配备好苏南的各级党政军领导班子,根据中共中央和华东局关于渡江南下接管苏南地区的指示精神,抽调南下的各级干部达数千人。

这批南下干部到达新区后,立即着手建立人民政权,他们紧密依靠当地党组织和广大人民群众剿匪反霸,发展生产,支援前线,为全国解放作出了巨大的贡献。

派驻到我们南山村的南下干部就是许志文。这个山东汉子长得五大三粗的,嗓门也特别大。在动员会上,他看出某些顽固地主和富农还有侥幸心理,便掏出盒子炮往桌子上一摔,说道,你们这些土豪劣绅,只有配合政府,积极改造,重新做人,做那种自食其力的劳动者才是你们最终的出路!

几个乡绅地主吓得一脸灰色,唯唯诺诺。

还是董干事脾气好,他向在座乡绅地主们承诺,只要大家好好改造,重新做人,政府便不计较他们以前鱼肉百姓、欺压群众的坏事。

众人听罢这才舒了一口气,大家纷纷表态积极配合政府的工作。

整个南山村一片喜气洋洋。

有人劝林家族长写信叫在上海读书的女儿和养子回家。

林家族长反而大度,他说,现在是共产党的天下了,在哪儿都是一样可以当家做主,不一定要回南山村的。

小银知道了,就去和林家族长商量写信去上海征求一下林家驹的意见。

林家族长听了觉得也有道理，就写信给林家驹告诉了他家乡发生的变化。

林家驹回信说现在他的学业还没有完成，再说政府有政策，新中国需要大量的建设人才，他们这些学生学习毕业后国家会统一分配工作，他就不打算回南山村了。

自从老蒋去世后，佛水堂蒋家只靠着小银一个人支撑。眼看着小银作为积极分子整天忙得热火朝天，蒋老太太看在眼里喜在心里，她寻思着这次一定要把两个年轻人的喜事办了。

三丫头也不示弱，她和村里的几名青年妇女加入了妇救会。政府开办农校组织扫盲她也积极参加。新的生活给她带来了不同的体验。在新社会，广大妇女竟然也翻身做了主人，她的心里充满了自豪与骄傲。

在农校，三丫头学到了不少东西。比如，像女子应有遗产承继权，男女社交自由，结婚离婚自由，男女工资平等，母性保护，赞助劳动女同胞，男女教育平等，男女职业平等……有关男女平权、保护妇女权益的各种条例等她都说得头头是道。

加入妇救会后，三丫头常为民主政府工作人员站岗放哨。她机智勇敢，聪颖敏捷，多次为民主政府往国民党占领区转送宣传品，掩护共产党干部，帮助征收公粮，传递情报，组织妇女为人民武装烧水做饭、碾米磨面、做棉衣军鞋等，她也成了妇救会的积极分子。

蒋老太太看着两个年轻人忙出忙进的，心底自是喜欢。她从眉眼里也看出这对年轻人彼此有意，只是有点羞于启齿，她觉得该是为他们捅破窗户纸的时候了。她决定让三丫头和小银早点把婚事办了。

蒋老太太先找到三丫头，要听她的意见。

三丫头羞涩地说，我的事情还是由娘做主吧！

听了这话，蒋老太太知道这是丫头同意了，她又找到小银。

小银平素和三丫头最亲近了，觉得三丫头是世界上待他最好的人，是他最爱的人。他对蒋老太太说，他待三丫头就像自己亲妹妹一样，希望就这样一直下去，大家像兄妹一样当家里人相处就好了。

小银这一出很是出三丫头的意外，她当即就捂着脸跑了出去。

蒋老太太急了，说，这婚事我们早就说定的呀，上次要不是因为土匪抢了你们盖婚房的钱，你们的孩子现在已经满地跑了。

小银说，娘，你不知道，那时归那时，人是会改变的。那时大家都穷，日子也没有多少奔头。而今解放了，我们都翻身做了主人，大家干劲正足，目前我还不考虑个人问题。

你的意思是不愿和三丫头结婚了？

是的，我现在还不想结婚。

蒋老太太听了很失望，她叹了口气，然后说道，别人家的人到底是别人家的，如今翅膀硬了就可以飞走了。

小银顿时满脸绯红，他当即跪下说，娘你养我的孤，我一定会养你的老，不会把弟弟和姐姐妹妹们忘掉的。

蒋老太太听了无计可施，只得怏怏回去。

小银的事情很快就传遍了南山村，大家都说是南山村出了个陈世美，负心汉，一桩好好的婚约就被小银负了，让蒋家人抬不起头来。

妇救会的同志知道了这件事，觉得妇女翻身解放，悔婚是小银的责任，便把情况向乡特派员许志文做了汇报。

许志文听说竟然还有这事，很气愤，他找来小银警告说，如果悔婚那就从农会和基干民兵中开除了,年末再评一个后进分子。

小银说,婚姻大事,需要慎重,先让大家冷静冷静,彼此再认真考虑一下。再说,现在新社会了,提倡婚姻自由,不能由父母包办。

许特派员认为小银说得有理,也就同意了。

就在此时,朝鲜战争爆发,小银和村里的几位青年响应国家号召,抗美援朝,保家卫国,争着报名参军。可意外的是,小银没有被批准入伍。

特派员安慰气馁的小银,即使在农村,在家乡建设也是对国家的一种贡献,希望他在以后的工作生产中证明自己。

在新社会,穷人当家,土豪劣绅不得不重新做人,做自食其力的生产者。农民劳动积极性高涨,县区政府号召各乡村开展大规模的生产劳动竞赛,同官乡许特派员和董干事了"提产量、促指标"的劳动竞赛。

庄稼一枝花,全靠肥当家。冬天麦苗上肥的季节,除了人工肥,还有河塘泥。

小银年轻力壮,他踩着薄冰到鸣桐里的涧沟里去挑淤泥,然后倒在路边等晒干后再粉碎撒在麦田里用作基肥。

蒋老太太见了大吃一惊,她上前劝阻小银不要因为动了佛水堂涧溪里的仙水而遭到报应,进而连累到全家人。

小银不听,他告诉蒋老太太说,现在新社会了,佛水堂的仙水不能动属于封建迷信那一套,不可信,再说这边涧溪里的淤泥很深,挑来晒干后就是很好的肥料。

蒋老太太见阻止不了小银,便急匆匆地找到了董干事,要他们帮着劝阻小银不要动了鸣桐里下的仙水,免得以后飞来横祸。

许志文特派员听了蒋老太太的诉说,觉得问题很严重,说明虽然解放了,但农民的封建迷信思想的流毒还在,必须肃清。为了教育村民,他把小银当作劳动生产优秀典型报到了县里。

麦收结束,小银家的几亩地里种的小麦获得了高产。溧阳县委、县政府召开县生产劳动英雄模范大会,在会上表彰了戴埠南山村带头破除迷信,敢于到人家认为是仙水的涧沟去挑塘泥积肥的英雄小银,并且当场奖给了他一支崭新的步枪。

小银受到县委、县政府表彰的消息很快传到了同官乡。同官乡发动南山村和徐家圩等村村民举行了一个欢迎英雄的仪式,大家敲锣打鼓夹道欢迎获奖归来的小银。

三丫头在妇女队中看到身披大红花肩背步枪、器宇轩昂的小银在许特派员和工作队队长惠守谦的陪同下从蛀竹棵、深溪岕、金山里向鸣桐里方向走来,她的脸上露出了羡慕的神色。

回到鸣桐里佛水堂边的家里,三丫头闷闷不乐。在家吃饭的时候,有点呆傻的姐姐不小心把米汤翻了,她就借机大声呵斥以发泄怒气。

旁边的蒋老太太看在眼里,不禁眼泪汪汪的。她在一边数落道,也不怪小银没良心,你看看我家老的老,小的小,病的病,傻的傻,只会给人家拖后腿。人家是扫盲老师说的那种进步分子,看不上我家也是正常的,我看你也就死了这条心吧!

三丫头听了咬咬嘴唇,不吭声了。

小银自从县里领奖回来整个人仿佛变了一样,他意气风发,工作干劲十足,成了戴埠区远近几乡的红人。

三丫头想,自己虽然是贫农出身,但到底还是攀不上小银这根高枝的,特别是最近小银回家的次数越来越少了,这明摆着是要疏远自己,和蒋家脱离关系。

这是正常的,但凡鸟窠的鸟儿翅膀上的羽毛长全了就会飞走的，况且人又不同于鸟，即使你用一根线把他拴住了，他人是在的，但心思不在你身上那也没用。

提起小银，蒋老太太总是忍不住要唠叨几句。

妈你就少说几句好不好！三丫头一听就爆了，他万小银归万小银，我蒋三妮就是蒋三妮，从此井水不犯河水！他走他的阳关道，我过我的独木桥！他所有的一切都和我无关！以后麻烦不要再提这个人了好不好！

小时候娘和爹都看着你们好的，就像亲兄妹一样，村上人都说你们是天生的一对，不想到了男大当婚女大当嫁的时候却又不结婚了。蒋老太太说道。

我又不是想嫁给他，我嫁谁也不嫁他！三丫头气鼓鼓地又丢出一句话。

娘知道你这讲的是气话。想想小银也不应该，他忘了我们照应他的时候，从小到大，那时日子苦，家里只要有吃的总是少不了他的一份，现在这些他大概都忘了。我寒心的是我们待他的好，他都已经忘了。明后我还是找找乡里的许特派员，他虽然嗓门大，看得出来也是个热心人。你们的事情就让他做个公道吧。

三丫头听了未置可否，她从墙角取过一把锄头，勾起一只竹篮就出门了。

时节刚过芒种，正是田边的杂草疯长的季节，刚刨去一层，三天不管理又冒出一层。苹果或板栗树下的杂草虽然不多，但也需定期清理，不然的话也会和这些果木争光争肥。

这天，乡里召开各村组基干民兵会议。会议上许志文特派员分析了当前的国内和国外形势，指出美帝和蒋介石不甘心失败，妄图颠覆新生的革命政权。一些地富反坏分子虽然在社会面上被清除了，但他们隐藏在人民群众中蠢蠢欲动。同时他传达了区委和县委的决议，号召全体民兵提高警惕，提防国民党空投和潜伏特务，保家卫国，保护来之不易的新政权。

会议结束后许志文特派员点名留下了小银。

小银知道许特派员有任务布置就跟着特派员到了办公室。特派员这次给小银安排的任务既简单又不简单，他的任务是小银必须和蒋家三丫头结婚，并且由他做证婚人。

在许特派员的主持下，小银和三丫头移风易俗，在乡公所举办了个新式婚礼。考虑到工作需要，许特派员在乡公所安排了一间房间作为他们的婚房。

婚礼那天，锣鼓声声，鞭炮齐鸣，大家都来向小银和三丫头道贺。

许志文特派员当众宣读了婚礼致辞：

各位父老乡亲，今天是新郎万小银、新娘蒋三妮大喜的日子，我代表村委及全体乡亲们为他们一对新人主婚，并借此机会，向新郎、新娘的母亲，亲朋、好友表示深深的谢意。感谢新郎、新娘的父母养育了如此好的孩子，感谢大家自各地赶来，为新人祝福。

新郎万小银很早就参加过革命工作，也算是革命老同志，他勤劳朴实、政治素养高。新娘蒋三妮是我们村有道德、有头脑、有素养的青年。他们二位的结合将为我们南山村工作生产锦上添花。长话短说，我代表村委会及全体乡亲们祝新郎万小银、新娘蒋三妮红花并蒂相映美，海燕双飞试比高。

谢谢乡亲们！

宣布完婚礼致辞，许志文向小银和三丫头颁发了盖有区政府大印的结婚证书，然后婚礼仪式就结束了。这样新奇的婚礼仪式在南山村还是开天辟地的第一次，村上的部分老人有些不认同这样的新鲜事，但年轻人反而很羡慕。

同官乡的乡政府和南山村的村公所都在同一个祠堂里，这个祠堂本是朱家祠堂，是座三进十五间的大祠堂，除了一部分用作乡村工作人员办公用房和居室外，多余的房屋都分给了没房的贫下中农居住。

小银和三丫头的婚房在三进的东厢，对面住的是许特派员一家，左右两边住的分别是董干事和工作组组长惠守谦。

惠组长身材高大，原是国民党军官，淮海战役后临阵起义加入了解放军，后来因为工作需要也被安排南下进行解放区建设。

三丫头自从和小银结婚住进了乡政府和村公所之后，她觉得自己就是政府的人了，乡政府里平日里进出的都是党员干部和各类积极分子。她和小银商量，要他积极向许特派员和董干事他们靠拢，也成为一名党的干部。

小银向许特派员汇报思想，提出要求入党。许特派员仔细考察了小银后，经乡党委研究同意小银加入了中国共产党。

入党后的小银工作更加积极了。三丫头为此也非常开心，她以小银为骄傲，鼓励他好好工作，争取更大进步。有多少地位，才能为大家做多少事情。站得越高看得越远。她鼓励小银好好工作，自己绝不拉他的后腿。

由于家里穷，小银没读过书，文化少，这是他的一个短板。但年轻人好学，有不认识的字就请教董干事和许特派员。对此三丫头也很羡慕。她也非常渴望有学习文化知识的机会，能投入到新世界的建设当中去。

在这对年轻人面前，前程美好，一片光明。

这一年秋天，区委、区政府同意按照上级部署，给符合年龄的群众发选民证，进行第一次普选，选举乡镇人民代表，各村进行普选，选举行政村长。

小银由于各方面表现突出，被大家一致推选。

第二年春天，朱家祠堂所在的乡政府大院一个丫头响亮的啼哭宣告了一个新生命的开始。小银和三丫头的第一个孩子诞生了，整个大院喜气洋洋。

小银和三丫头请许志文为孩子取个好听的名字。

那是一个春日的黄昏，青山鸣翠，涧水长流，高天流云，空气中弥散着草木的清香。

许志文看了看满天的红霞，顺口道，孩子就叫彩霞吧！

万彩霞，这个名字好听！大家连声赞叹。

为了不影响工作，三丫头和小银把彩霞带到了鸣桐里请蒋老太太喂养。蒋老太太年轻的时候和死鬼丈夫去山上砍柴，回家的时候不慎连人和柴车翻进了涧沟，虽说幸运地捡了条命，但却摔断了一条小腿，只是生活尚能自理。

鸣桐里蒋家一共三个丫头，大丫头由于难产，从娘肚子里出来后就变成了一个痴呆丫头，除了勉强能听得懂话，年纪大了还能干一些基本的家务活，智商却只相当于二三岁的小孩子。二丫头聪明伶俐，活泼可爱，可惜的是在当初修建朱家宗祠的时候煮了石灰，她贪玩掉进了石灰池造成大面积烫伤，没多久就死了，所以蒋老太太对三丫头和儿子蒋敦发特别疼爱。

到了蒋敦发读书的年纪，蒋老太太信奉读书不贱，守田不饥，一家人省吃俭用也把孩子送到戴埠街上南麓书院去读书。

南麓书院，始建于一九〇二年，一九一七年本地乡绅朱盘大创建县立第三高等小学，也称三高小学，时任校长周柏生。一九三七年日本人入侵戴埠，学校被迫解散停顿一年多。

一九三九年春，校长沈士行筹款复课，开设五个班级，学生二百多人。一九四九年溧阳解放后，南麓书院由溧阳县文教局接管，改名为溧阳县戴埠中心小学。

最初学校实行初小四年、高小二年、初中三年、高中三年的学制。课程表规定：六点零五分开始朝会，接着是早操、朝读；九点半正式上课，上午三节课，下午两节课，学习内容有算术、国语、图画、劳作、识字、常识、缀法、唱游、读法等九门；十五点四十分下课后，还安排有班会、课外活动。有趣的是，该表分别用月、水、火、木、金、土、日代表星期一至星期日。只有星期日这天不安排课程，学生回家休息。

蒋敦发高小毕业后，考虑到家里分到了山和田，这些地方需要人手去管理，打算辍学回家给家里多添个帮手。

小银和三丫头现在知道了文化知识的重要性，主动提出让弟弟蒋敦发去读初中。戴埠当时只有一所初级中学，一九四六年建于戴埠"豫大行"私宅，名为溧阳县私立继善中学。虽说是私立学校，后多方筹集善款，在戴埠寺庙的遗址上建了十几间校舍，类似四合院。开设的科目比较全，有语文、几何、代数、物理、化学、历史、地理、生物、政治、美术、音乐和体育等。

蒋敦发非常珍惜来之不易的学习生活，由于他学习努力刻苦，得到了全校师生们的一致好评。消息传到南山村，蒋老太太感到非常欣慰。

这天，许特派员又去参加区县会议，他带回来了新的消息，朝鲜战争爆发了。戴埠区和同官乡的工作重心转移到组织生产和抗美援朝保家卫国的工作当中去。

败退到台湾的国民党以为机会又来了，他们不断派出飞机侵扰大陆沿海地区，有时甚至在南山地区用飞机散发反动传单和空投特务，一些潜伏的反革命分子也开始蠢蠢欲动。

一旦敌人空投撒下传单，小银就和所有民兵把事发地包围起来，把所有传单收集起来集中销毁。但是如遇到敌人空投特务，形势就变得非常紧急，地方部队、地方民兵和群众组成三道包围圈，直到把敌特抓捕归案为止。

这一年秋收阴雨绵绵，就是俗话所说的烂稻场。这年的雨水前期都还好，加上县委、区委和乡政府的重视，夏粮的长势普遍较好，可到了秋收的节骨眼上，却遇到了这种罕见的阴雨天气。

时令虽然入了秋，但气温还是有点闷热，一阵雨下来稻田里就积了一片水。鸣桐里村旁的涧沟里浊浪滔天，周边山上的雨水裹挟着泥土石块像一条条嘶吼的水怪不断地向涧沟里汇集。水势越来越大，最后汇成一条奔腾的黄色巨龙。

得知水情，县委、区委对这次抢收也非常重视。负责管片的许志文县长冒雨从溧阳城赶到了戴埠区连夜召开三级干部会议，部署抗涝抢收工作。在乡政府的动员下，南山村男女老少都冒雨投入抢收当中。

许县长头戴竹编凉帽，身披棕毛编织成的蓑衣，带着乡村干部正在涧河边观察水情。他看到路边正待收割上场的成熟稻子浸泡在水田里，心里很着急，便脱了帽子，甩掉蓑衣对乡公所董所长说，春种秋收，老百姓一年的口粮就在这里，如果我们不采取措施，这些被水浸泡的稻子就会发芽霉变，帮群众抢收就是我们的一场战役，我们一定要把这次秋收当成一场攻坚战来打，不让老天爷把我们到嘴的粮食抢走！

有经验的老农都知道，由于植株倒伏浸水，在高温高湿的条件下，水稻等谷物很容易霉变发芽，这样不但影响到入库的种子质量，还会影响第二年的粮食种植，所以说这次抢收很重要。

南山村的田亩主要在田舍里，那里倒伏浸水的稻谷较多。乡公所董所长带领基干民兵帮助那边劳力少、来不及抢收的农户水口抢粮。他们十二个青壮劳力一组，四个人负责割浸水伏地的稻谷，两个人负责把收集的稻把给站在斛桶四边脱粒的人。

斛桶呈四方形，一般由黑色乌木制成，口大底小，底部四周安有四根外翘的木质泥拖，目的是方便斛桶在稻田里拖行，如果不使用的时候也可用泥拖插进泥地使斛桶立在田头以保持斛桶干燥。

脱粒时，站在斛桶四角接过稻把用力一下一下地掼在斛桶硬木壁上，稻把上的谷粒就唰唰地落到了桶底，等到斛桶里的稻谷堆积了满满一层，负责挑谷的人便用畚箕，也叫田尺的，把稻谷装进稻箩里挑回家中或仓库干燥处晾干。

雨还在下，鸣桐里涧河里的水势越来越猛烈，最后漫过涧沟往沟下的稻田里直灌。不一会儿，稻田里的积水便漫过了沉甸甸的稻穗，稻田里只剩下一些杂草和没结籽的稻棵冒出水面。

蒋老太太在鸣桐里的家里看着漫天的大雨，担心自家田里的稻谷被水淹了，便叫没课在家做作业的儿子去村边田头查看一下。

不一会儿，蒋敦发跑回家说涧沟里的水溢到自家地里，稻谷都淹没不见了。水势很急，估计已经有齐腰深了。

蒋老太太听了说声糟糕，这要和民国二十六年一样，涧沟里的洪水要把下面还没来得及收割的稻穗冲走了，她忙吩咐儿子到乡政府大院向小银和三丫头告急。

蒋敦发跑到乡政府，找到正在为抢收的基干民兵和乡干部准备午饭的三丫头。三丫头一听就急了，她备好饭菜自己还来不及吃一口就跟着弟弟来到了鸣桐里。这时候，整条涧溪都溢出水来了，水哗哗地往涧溪下的稻田里直灌。

三丫头从家里取了一块木板，带上镰刀就跳进灌满水的稻田里抢收粮食。可是由于水深流急，眼见着这里的稻谷都要被洪水冲走了，三丫头忙吩咐敦发带着痴呆姐姐快去联络负责抢收的小银他们赶紧来救急，自己则弯下腰摸索着在水底下抢割那些成熟的稻子。她把一束束割下的稻穗一层层码放在木板上，铺满一层后，就抱着这些稻穗堆在岸边高地上。

正检查抢收工作的许县长带领县委工作人员顶着风雨来到同官乡南山村鸣桐里，一行人看到了正在齐腰深的林水中抢收粮食的三丫头，大家都非常佩服。

木板、稻穗、三丫头、肆意奔流的洪水，三丫头就像一只在湍急的河流中不停地往岸上抢运食物的耗子。不，更像我们那边的河狸，一趟又一趟地把浸没在深水中的稻穗搬运到岸边安全地带。她的身躯那么小，水势那么汹涌，为了抢救粮食，她一个人在孤军奋战，许县长在秋收后的总结会上这样说。

为了鼓舞士气，我们打仗时需要典型，大力宣传英雄人物，现在解放了全力建设新中国也需要树立典型人物。这次抗洪抢收的英雄人物就是蒋三妮同志，对于这样一棵好苗子，我们要重点培养，尽快把她吸收到我们组织当中来。

老领导许县长代表县委定了调，戴埠区委书记就把三丫头培养入党的工作任务交给了董所长。董所长觉得有点为难，大家一同生活在乡政府大院，他知道三丫头现在连共青团员也不是，可是怎么能火线入党呢？

这个还不容易？特事特办，让她写两份申请书，一份入团申请，一份入党申请书，让她今天就入团进入预备期，没文化不会写没关系，叫董所长代写，她按手印。

蒋三妮同志，你以后要处处严格要求自己，以党员的标准严格要求自己。许县长语重心长地对蒋三妮说。

三丫头因抗洪抢收被县委列为先进典型,特别是许县长多次在不同场合指示区委、区政府要对她进行重点培养。

考虑到小银、三丫头等一批优秀青年都出身贫下中农,以前一直没有读书识字的机会。区委、区政府根据县委、县政府的指示,安排专门的文化教员对他们进行文化教育,以此为起点进行一场群众性的文化学习运动。

扫盲班的文化教员是位师范生,名叫吉小鹏,来自抗日名将吉鸿昌将军的家乡河南省扶沟县。吉老师长得年轻帅气而且写得一手漂亮的板书,他上的第一课就是教大家认识"学习"这两个字。

吉老师寓教于乐,为了让大家很容易记住学习这两个字,还通过教大家唱歌的方式帮助记忆。

黑咕隆冬的天上/出呀出没星星/黑板上写字/放呀么放光明/什么字,放光明/学习,学习/学习二字我认得清……

三丫头学得认真,歌唱得也好,课堂上吉老师不止一次地表扬鼓励了她。

小银在学习方面缺少天赋,学习过程中显得有些手忙脚乱。一堂课下来,学习两字写得也不太像,他感到有些沮丧。回到家后,莫名其妙地对三丫头发了一通火。

三丫头知道小银心里憋屈,也不和他争吵。她默默地回到灶间用火镰生火做饭,为两个人准备晚饭。

小银的隔壁住的是董所长,对面又住着许志文县长一家。小银生怕自己家里夫妻俩斗嘴声音一大惊动了大家,于是便也克制住了。

第二天下午要去固定的教室上识字课的时候,三丫头主动替小银收拾好纸笔,然后催促他一起去上课。小银还坐在那生闷气。

三丫头伸手去拉，没料到被小银一甩手打在了她手肘关节处的尺神经。顿时，三丫头疼得咧起了嘴，她呀的一声蹲在了地上。

小银知道自己鲁莽闯了祸，不小心打到了三丫头手臂上的麻筋，但碍于面子，他不好意思过去安抚三丫头，只是气鼓鼓地说了句，反正学也学不会，老辈人不识字的多着呢，不是都也过来了？我不去学了。

三丫头听了，她揉着依然有些痛麻的手肘慢慢站起身来，眼里含着泪，头也不回地走出了家门。

小银目送着三丫头的背影消失在竹林丛的小路边，他叹了一口气，觉得有点内疚，可又没有什么事情好做，他在屋内闷头转了几圈觉得还是百无聊赖，便关门睡起大觉来。

秋高天凉，朱家祠堂的中庭栽着一棵硕大的桂花树，上面开满了点点碎金般的秋桂，一阵阵沁人心脾的花香不时透过带有童子戏莲镂雕窗棂飘进屋内。

嘭嘭嘭、嘭嘭嘭，在屋里睡得正香的小银被敲门声惊醒，他起床开门，见到门外站着的是弟弟蒋敦发。

敦发气喘吁吁的，他告诉小银说，家里出了点事，妈妈叫姐姐、姐夫赶快回家去一趟，有要紧事情和他们商量。

小银到对面的许志文家里和许大嫂打了个招呼，说明情况后便急急忙忙跟着敦发去了鸣桐里。

小银和敦发沿着弯弯曲曲的涧溪往鸣桐里的方向急急行走，涧溪上面的椰榆依然披着绿装，一片连着一片，在往下走去却是一片栾树林，正是栾树开花的季节，一片绿染的枝头就像涂上了一抹厚厚的褐色油彩。

秋深水潦，脚下面的涧溪好多处已经干涸，溪沟里随处可见从山上被雨水冲刷下来的巨石，涧沟那边出仙水的地方，依然可以看到仙水汩汩地从地层深处往上冒。如果天气再凉一点,就可以看见水泡里面冒出的蒸汽。村民们传说喝了这水能够包治百病,所以十里八乡的人都来鸣桐里请仙水回去治病。

小银边走边问敦发家里到底出了什么事情,敦发一问三不知,只是说这是大人的事情,他小孩子不懂,他问了他娘,他娘就是这样说的,从娘的神情来看这绝对是一件大事情,当时她娘脸色煞白,双手一直在不停地抖,一迭声地让敦发去叫姐姐、姐夫过来。

反正是家里出了大事!敦发甩着手对小银强调说。

小银听了,忙紧赶慢赶到了鸣桐里,到了家就见到蒋老太太倚坐在门槛边唉声叹气,小银连忙赶上前去问原委。

蒋老太太抬头瞥了一眼小银,问道,三丫头呢?三丫头怎么没回来?接着又叹了口气道,活丑,家里出活丑了,以后我们怎么出门去见人!

小银一听就急了。三丫头吗?三丫头怎么啦?是不是有什么人风言风语传我们的坏话啦?

家里出洋相的除了大丫头还会有谁啦?五谷不分,六畜不认,痴痴呆呆,就连一句完整点的活络话也讲不出来。平日里就没少被乡邻们笑话,这下成了活丑,更要被人家笑掉下巴颏了!蒋老太太用手点了点瑟缩在灶膛边的大丫头。

小银这一听,心底的一块石头终于落了地。他忙安慰蒋老太太道,娘,你这是想多了,大姐痴呆了一点但不至于要被人耻笑,吵架时的火头话有时不要去听呢,人家说过就忘了,你却要一直放在心上,何必呢!

怎么能放得下心呀,真是家门不幸,你不知道吗?这个痴丫头现在已经有五六个月的身孕了,天啦,这到底是谁造的孽呀?俗话讲,家丑不可外扬,我喊你和三丫头回家来,就是大家三对六面把事情搞个清楚,这个痴呆丫头肚子里到底怀的是谁的种?!

小银一听就急了,忙说道:娘,你总不会怀疑是我干的坏事吧!大姐头脑不清醒,对于男女之事一点也不懂,我本来就很同情她,绝不可能占她便宜干出这伤天害理的事来!

我也知道不可能是你的事,但事情已经明摆在这里了,前一阵子我看她萎萎靡靡精神不振的样子,吃不了多少只想睡,以为她身体不舒服了,今天帮她换洗衣服的时候才发现她肚子里的孩子已经出怀了!

天啦!这到底该怎么办呀!蒋老太太捶胸顿足,哭得小银心慌意乱,一时无计可施。

正在小银焦头烂额之际,三丫头从扫盲班学习识字后回家,她听许大嫂说鸣桐里家中出事,便从朱家祠堂处急急往佛水堂赶。到了家,听完老娘哭诉,三丫头倒也冷静,说,现在新社会了,穷人翻身做了主人,竟然也有人敢欺负姐姐这样的可怜人,真是良心坏了,说罢便用眼瞟了一下小银。

小银心里又是一凉,他急忙辩白道,你不要用那种眼神来看我,里面好像有小刀子在飞的,我万银生是村里民兵营长得到过县里的专门表彰,绝对不可能做出这种伤天害理的事情。我看既然事情已经出来了,我们还是干脆汇报政府,让政府帮我们出头,把坏人给揪出来。

三丫头点头说,也只有这样了,这种事情瞒呀藏呀是没有什么意义的,现在胎儿已经出怀了,我们把这件事上报政府,政府会帮我们调查到底是谁欺负了姐姐,到时肯定会给姐姐一个说法。

小银说,对!只能是这样了!

三丫头和小银已经摒弃了先前的不快,夫妻俩看着这位不解人事的智障姐姐,都为她遭遇的不幸感到既难受又惋惜。

171

除了恶心、呕吐、腹泻等孕期症状，蒋家大丫头还有气喘乏力，脸色苍白，营养不良的症状。

许志文得知情况后非常生气，他掏出手枪往桌子上一拍大声喊道，这还有王法吗？要是在战争年代都要枪毙的，更何况现在解放了，贫下中农开始当家做主，谁竟然有胆子做出此等伤天害理之事，他要求逐一排除年龄从十八到六十岁以下的男性嫌疑犯。

纸总是包不住火，蒋家大丫头遭人欺负意外怀孕的消息最后还是在村里传了出来。从本地公安派出所初步排查的情况来看，暂时没有发现犯罪嫌疑人。

许志文要求把这起恶性事件当作一件要案来办，除了继续加大排查力度外，他安排乡妇联主任和三丫头带着怀孕的痴呆大丫头去县人民医院做流产手术。随着事件排查的进一步深入，许志文和派出所的同志却找不到任何相关的线索。

正当大家一筹莫展的时候，蒋家的一位邻居前来汇报了一个消息，说是清明前后一段时间，佛水堂边上的涧溪水位干枯了，只剩下神仙洞那处地方还在汩汩地冒着温水，她看到蒋家那个傻大丫头挎个竹篮，不止一次下水到涧溪那边的仙水池里捞螺蛳。

神仙洞那边是我们佛水堂的禁地，不能动那里的任何东西，因为那些东西属于太岁，动了就会遭到报应。听老辈人讲，动了那里的东西就会惹鬼上身，不管男女，人一旦被鬼上了身，鬼就会像胎儿一样在人的肚子里吸血生长，直到有一天把人的肚皮撑破，就跑到人间去寻找替身，投胎转世，人的肚皮一破就没有用了，以前鸣桐里好多人都是这样死的。

许志文一听直摇头，他知道这绝对是无稽之谈，谁说佛水堂冒泉水的神仙洞的水土不可动？小银不就是太岁头上动了土，挑了那里的淤泥肥田，最后因为大胆破除迷信而被县委表彰了吗？

一定是潜在的阶级敌人不甘心失败借机在搞破坏。许志文和派出所的同志一起继续分析案情，他决定扩大排查范围，把前三四个月到过鸣桐里有机会和蒋家大丫头接触的男性都列为嫌疑对象。

蒋家大丫头意外怀孕的消息从村里传到乡里，很快传遍了四乡八方。乡邻们对蒋家大丫头深表同情的同时都在议论这件事因，一时间各种谣言铺天盖地。

蒋母身体有残疾，虽然不能出门走山路，但她的一对耳朵却是非常灵光的，特别是听了一些比较恶毒的流言蜚语再联想到自家不懂人事的呆傻丫头只能暗自流泪。

再说乡妇联主任和三丫头带着大丫头到了县人民医院。人民医院创建于抗战胜利后的一九四六年，由当时国民党溧阳县支部书记姜玉书募集社会资金两千万法币建成，后来县公医院由人民政府接管，更名为溧阳县人民政府卫生院。后几经搬迁，医院从原溧城西门杨家园搬迁至东门大营场并正式改名溧阳县人民医院。

到了人民医院，医生登记好蒋家大丫头的姓名地址，然后根据病情把大丫头送到产科医生处。产科主治医生给三丫头进行了仔细的检查，然后叫来妇联主任和三丫头。她表情严肃地告诉妇联主任和三丫头，病人这种症状根本就不是怀孕，而是被一种叫吸血虫的病毒感染后造成的。不光是女的，就是男的也会得这种病，病情发展到一定的程度肚子就会鼓起来，就像真的怀孕一样。

产科医生接着介绍，这种病俗称大肚病或者鼓胀病，属于一种人畜共患的传染病，目前全县范围内已经发现这样的病例多起。医院规定，医生在接诊过程中一经发现这种病例，需要马上上报。

三丫头一听惊喜交加，说，这下我妈就不用再担心大姐被乡邻们笑话了。她高兴之余又担心大丫头的病情。大丫头最近状态非常不好，除了腹泻还咯血，有一次还倒地一阵抽搐之后昏迷了过去，她连忙问，请问医生这种病能治得好吗？

从病情看，病人已进入晚期有并发症状，但有一种特效药可以治疗的，但是我们医院药房里暂时缺货，需要从上海那边调剂，药名叫吡喹酮。另外中药中青蒿类方剂也可以治疗，但杀虫效果要慢一些。这种病情是爆发性的，需要通过生物标本检查发现是否存在虫卵和孵出毛蚴或者血常规和肝功能检查才能确诊。医生这样告诉三丫头。

院领导得知医院发现了血吸虫病病人，马上带人前来会诊，最后核实了蒋家大丫头的病症。因为这种病症一般是群体性的，它是一种群体性的传染病，如果一个地区发现了一例病人，那么该地肯定还有一群这样的隐性病人，也就是说那个地方属于疫区了。

接着，他严肃地对妇联主任和三丫头说，我们将把所有病例逐级上报给政府，防止疫情进一步扩大。你俩来自疫区，必须马上做一次常规病虫抗体检测。

带队前来医院的妇联主任和三丫头听院领导这么一说，心情顿时紧张起来，她们按照院方要求进行了生物采样然后去送检。

幸运的是，标本中未检出任何血吸虫虫卵和孵出的毛蚴。保险起见，妇联主任要求做一次血常规检查，结果各项指标也正常，她俩这才松了一口气。

这场血吸虫疫情不只是溧阳县戴埠区，其他地方甚至全国各地多处暴发了血吸虫病疫情，苏北某县爆发一起震惊全国的血吸虫病感染事件，三千多人中一次性急性感染两千多人，先后死去五百多人。

当时，有民谣这样形容疫情的可怕，身无三尺长，脸上干又黄。人在门槛里，肚子出了房。妇女遭病害，只见怀胎不生崽。难听婴儿哭，十有九户绝后代。血吸虫病的防治，成为迫在眉睫的重大公共卫生事件。

为此，党和政府动员各方面力量对血吸虫病流行情况展开普查，全国血吸虫病人人数为一千多万，其中晚期病人六十万，受疾病威胁人口达一亿多，并且疫情传播迅速，新增病患多。

三爷说着，又把自己手头那沓有关血吸虫病的资料递给胡一凡，我又让盈盈替我收集了一些有关血吸虫病的资料，你可以拿去看看，说明那时全国形势有多么严峻。

面对肆虐的疫情，毛泽东主席的心情十分沉重。他牵挂人民群众的生命安全和身体健康，花费了巨大精力研究、防治血吸虫病。他把对血吸虫病的防治上升到政治高度，做出一系列重要指示，要求加强卫生防疫工作。

与此同时，获悉同官乡南山村一带有血吸虫病疫情的风险，溧阳县委、县政府非常重视，经县委常委会研究决定，派出以许志文县长和县卫生局高局长为正副组长的医疗卫生队进驻戴埠区同官乡进行血吸虫病疫情防控工作。

医疗队一到戴埠区同官乡立即着手进行病源筛查工作，重点排查发热、脾脏肿大、贫血，以及肝区疼痛等症状的群众，通过采集生物标本和血象检查，三天之内，医疗队在同官乡共查找到十七名确诊病例，其中仅仅在蒋家大丫头所在的鸣桐里村就查找到十一个病例。

通过对具体病例的详细流调，发现这些病例都有一个共同特点，那就是他们都和蒋家大丫头一样，到过温泉水的涧溪附近，下水摸过螺蛳，或者抓过鱼和蛙类，加工后作为食物。医疗卫生队的专家到鸣桐里冒温泉的仙女池附近实地考察，果然发现水中有一种血吸虫病的中间宿主钉螺。

医疗卫生队接下来向村民们宣传血吸虫病的科普知识。原来血吸虫寄生在人或哺乳动物体内的肠系膜静脉内，成虫产出的虫卵大部分随血液进入肝脏，造成肝损害，另一部分虫卵随粪便排出体外。

含有吸血虫卵的粪便污染水源之后，在恰当的温度下，虫卵便在水中孵出毛蚴，毛蚴钻入钉螺体内发育成尾蚴，尾蚴从钉螺体内逸出，漂浮在水面上。人畜一旦接触疫水，只需短短几秒钟，血吸虫毛蚴就能通过人畜的皮肤钻入体内，发育为成虫。

疫情的源头找到了。县委、县政府非常重视，立即向地区领导汇报。省委、省政府获悉疫情，专门派出专家组空降南山村指导抗疫工作。

专家组专家通过调研，发现所有确诊病例以鸣桐里为中心呈发散性传播，他们随后实地调查后研判，鸣桐里涧溪底部有一两处温泉泉眼，从这里常年能冒出温水具备适宜钉螺大量繁殖和吸血虫卵孵化的条件，当务之急是灭杀涧溪中血吸虫的中间宿主钉螺以隔断传染源。

消灭钉螺的方式大致有三种。一种称为物理灭螺。也就是改变钉螺的生存状态，使之自然灭绝。方法可采用排空涧溪积水捕捉残余钉螺，晒干涧沟铲除沟底有螺土层，填旧河开新河改变原有河道。其次称为生物灭螺。在涧溪中饱和饲养专门以钉螺为食的鸭子、螺蛳青等天敌或其他生物消灭钉螺种群或破坏其生态平衡。最后一种是化学灭螺。就是在溪水中撒入饱和量的茶籽饼、尿素、石灰和氯胺类化合物进行消杀。

经过现场研判，专家组决定对仙女泉附近的钉螺进行物理消杀。就是在泉眼四周用山上的石头混合水泥砌成一个方塘，同时开辟一条新的河道疏通溪流，组织村民在断流干涸的涧沟里人工捕杀钉螺，晒干涧沟铲除沟底有螺土层。为了确保杀灭效果，最后还在沟底撒上石灰粉进行消杀。

专家组在戴埠区指导灭螺的同时还对所有已经感染血吸虫病的病人进行会诊，根据不同的病情对病人采取不同的治疗方案。蒋家大丫头和几位病情较严重的患者需要用一种叫吡喹酮的特效药进行救治。但县里紧缺这类药品，工作组的同志马上向省委、省政府进行了汇报。省领导为此特别做了批示，从别的疫区调剂了一部分药品到戴埠区。

就这样，戴埠区同官乡南山村的血吸虫疫情很快就得到了控制，同官乡南山村消灭血吸虫病的方法作为样板很快在横涧乡及戴埠区推开，继而在全县范围内彻底消灭了血吸虫病。

这天，坐镇戴埠区同官乡南山村指挥血吸虫病疫情防控的许志文县长在仙女泉边巡察的时候突发奇想，都说这里的水是仙水，什么神神佛佛的，可我们共产党人不信邪，我倒要看看这泉水到底有什么幺蛾子。

许县长叫来随行的工作人员取了一小瓶温泉水准备带到县城检测一下水里的成分，然后提议道，如今这里原来的寺庙都拆了，泉眼边也因为抗击血吸虫病砌成了个方塘，不如把原来的佛水堂改为沸水塘吧！

一边围观的群众听了都说，好！

一位老农说，许县长是共产党的好干部，心里装着我们普通老百姓，帮我们老百姓把仙女池里的钉螺消灭光了，以后我们南山村再也不用担心血吸虫病了，他们就是我们贫下中农的活菩萨。

另一位老农补充道，先不说这池里冒出来的泉水一年四季都是烫的，除了帮我们破除了迷信，共产党讲究的是实事求是，把佛水堂改名为沸水塘才名副其实。

许县长听了哈哈大笑，这位群众有觉悟，讲得好，不破不立，以前都说这里是禁地动不得，我们现在不但连土带水都把它动了，而且把它变得好看了，我们还要把这里的仙水带走请专家检验一下里面到底有哪些成分，争取把它利用起来，除了使它变得更好看，还更有用。

南山村的这次血吸虫疫情虽然没有造成严重后果，但还是出现了死亡病例。蒋家大丫头由于错过了最佳抢救时间，医治无效死亡了。虽说大丫头痴呆，但毕竟是自己的亲骨肉，而且一直养到这么大，蒋老太太自是伤心。乡邻们都前来劝慰蒋老太太，说是痴丫头这么走了对她来说也是一种解脱。

考虑到蒋老太太身体虚弱，弟弟又要上学读书，小银和三丫头商量把自己母亲从安徽广德老家接过来帮着带带女儿。三丫头点头同意了。

小银腾出了一个房间，抽个时间把母亲接到了南山村。自从住进了乡政府大院，老太太自豪得很，无论走到哪，逢人都说自己现在也成了政府的人。

回到南山村村公所度周末的许县长把消息从县城带了回来。经过专家检测，仙女池里的温泉水里面含有硒砷等多种对人体有益的矿物质。是一种优质矿泉水，要比井水、河水干净得多，除了可以饮用外，还有治疗皮肤病的作用。

董干事从许县长手里拿到检测报告后高兴地说，既然可以直接饮用，那么附近的村民就没必要再花钱打井水喝了，再说这泉水一年四季源源不断，我们还可以在此基础上扩大蓄水的面积，在它下游建一座小型水库，除了可以用来灌溉农田，还起到蓄水防洪的作用，这样老百姓就不用再靠天吃饭了。

董所长的方案得到了许县长的支持。在动员会上，许县长提出，我们以南山村为点，将要在全县范围内兴修水库，我们还要响应党和毛主席的号召，大力建设马路，方便毛竹山上的毛竹木柴运出去，除了要修一条直通横涧和戴埠街的大路，还要修建村路，使得村与村之间相通并与大路相连。这些工程项目看起来比较浩大，但我们可以利用农闲的时间一点一点慢慢做起来，我们共产党人当初就是靠小米加步枪打下了人民的江山，现在我们要重整河山，使得南山村旧貌换新颜。

三丫头代表妇女界也参加了这次会议。戴埠区政府所在地就在戴埠街西边梓桐桥不远处。由于地区差异，区政府所在地与个别乡村之间相对距离较远。特别是同官乡南山村，村干部到会要步行半天的时间，所以区里会议一般安排两天。

小银是南山村的民兵营长，三丫头入党后就被推选为村妇联主任，小夫妻俩一起参加了这次动员会。

会议开始前，三丫头拉着小银打算坐中间一点的位置，可是小银不愿意，他怕难为情。小银用手一摆轻轻甩开了三丫头，自己挑了个后排边上的位置坐了下来。

小银性格有点内向。用三丫头的话来说，有时三拳头打不出一个闷屁来。他不喜欢在大庭广众之下露面。一个人独自坐在没人注意的角落里，他反而觉得自在一点。

三丫头正好相反，她性格活泼外向，谈到工作上的事情和谁都聊得来。虽说和小银结婚后还有了个丫头彩霞，但二十岁刚出头的她依然青春逼人，就像一朵盛开的山茶花。

会议开始了，区委主要领导在发言，三丫头听得很认真。忽然，她隐隐觉得旁边有个英俊的小伙一直用火辣辣的眼光盯着她看。她侧过头去，不巧正碰上小伙火热的眼神。电光火石之间，三丫头的脸腾地红了。趁着会议中间休息的机会，她悄悄地换了个位置，没想到那个小伙子也跟着坐过来了。

小伙子慢慢移坐到三丫头旁边。三丫头避之不及,但在大庭广众之下又不能轻易发作。小伙子偷偷地自我介绍说,他原来是华东军区的,现在转业到了区委工作。以前在部队一直忙于行军打仗,所以现在还是单身。他说他原来听说过三丫头的名字,现在在会议上终于见到了人,希望能和她交个男女朋友。

三丫头听了,心里怦怦直跳,吓得一动也不敢动。她偷偷瞄了一眼旁边的小伙,小伙子阳光年轻帅气,脸上洋溢着自信的笑容。她不敢再坐下去了,生怕就此沦陷在这样的笑容里,便弯腰起身偷偷地从会场里溜了出去。

走出了会场,三丫头回头一看,小伙子果然也悄悄地离开会场追了过来。

会议结束后,在回南山村的路上,快人快语的三丫头主动向小银交代了这次意外经历。

三丫头沿着河在前面跑,年轻的区委干部从会场里出来后紧紧跟在后面,没几步两人便到了善庆桥边的柳树下。

微风轻扬,桥下的戴埠河在轻轻流淌,几瓣枯黄的柳叶随风落在水面,引来一群群柳条鱼儿争相追逐,水面时不时地漾起一阵阵涟漪。

古桥、街巷、人家、斜阳下的炊烟,不远处的河面上有一艘渔船过来,船尾的渔夫双手紧握船桨一拉一送,太阳照在他黝黑的脸膛上,船尾洒下一缕缕的金光。

我喜欢你,我要和你谈一场革命恋爱,我还打算和你结婚,我要你嫁给我!年轻的区委干部火辣辣地盯着三丫头。

三丫头低下了头,她不敢正视小伙子的眼睛,绯红的脸上有着少女一般的羞涩。她知道眼前的小伙子虽然年轻,但已经是经历过战争生死考验的老战士。为了新中国,为了天下的穷苦人民,他们抛头颅洒热血。如今革命成功了,他们完全有权利追求属于自己的幸福生活。

你就说喜欢不喜欢我,还有我到底配不配得上你?年轻的区委干部追问道。

喜欢!也完全配得上!可是……

可是什么呀?这样就行了呀!你喜欢我我喜欢你,我们你情我愿,你侬我侬,等感情培养到了一定程度我们马上就结婚!年轻的区委干部热切地说道。

可是,可是我已经结婚了,而且有了个女儿叫彩霞……

什么?犹如晴天霹雳,小伙子一下子惊呆了!

我们之间是不可能的!你这么优秀,前途无量,完全可以找到一个更好的姑娘!三丫头真诚地对小伙子说。

年轻的区委干部想了想说,我们新社会提倡婚姻自由,男女平等,你可以和你男人离婚呀!到时我向我的老领导汇报,我把工作关系转到镇江专区,如果你舍不得丫头彩霞,可以带去和我们一起生活!

那我丈夫小银怎么办?我残疾的娘,还有正在读书的弟弟,他们怎么办?还有整个南山村的妇女同志的工作怎么办?我不可能丢下他们!谢谢你喜欢我,干部同志!三丫头说完,转身就向会场跑去。

小银听三丫头这么一说,心里自然有股酸溜溜的味道。

那位年轻的区委干部被三丫头拒绝后一时心灰意冷,他主动向区政府提出申请,要去干部缺口较大的镇江专区工作。

溧阳解放后,记得那年冬天,整个同官乡的贫下中农聚集在同官小学前的土操场上,小银和民兵们在许志文特派员和董干事的带领下,把从村里地主家收缴来的地契和各种借条堆了满满一地。

许特派员一声令下，小银拿起火镰，上前打上火，顷刻之间，熊熊大火把附有全村老百姓苦难、屈辱和血泪印记的所有借据和不合理契约一扫而光。

火光的余烬中，围在操场上的人民群众欢欣鼓舞，大家连声振臂高呼，毛主席万岁！共产党万岁！

天亮了，我们穷苦老百姓要开始过上好日子了！感谢毛主席，感谢共产党，你们是我们老百姓的救命恩人和亲人呀！目睹此情此景，蛀竹棵的老邓和杨树头的老孔泣不成声，他们长跪不起，感谢党恩。他们原先是外来户，逃荒一路要饭到南山村，靠帮地主剖大篾和做长工为生，可一夜之间他们什么都有了。共产党除了分给了他们房住，还按家中人口一人分到一份地。

为了保卫新生的人民政权，南山村人还和土匪及暗藏的国民党残余势力进行斗争，南山村的民兵们配合上级政府剿灭了山里的土匪，还镇压了一批地富反坏分子。特别是抗美援朝战争开始后，南山村先后有程金全、万土生、万志清、朱玉清、陈善忠等优秀青年参军赴朝鲜作战。

戴埠区横涧和同官乡的妇女同志在乡妇联的组织下，除了为志愿军战士赶制棉被、军装、鞋袜、慰问袋，还在村里展开劳动竞赛，争种爱国棉、爱国粮，以实际行动支援抗美援朝。

南山村妇女在三丫头的带领下组织了拥军帮扶队和互助组帮助那些年老或者劳动力短缺的军属们做些家务和田间日常管理工作。

三丫头的优秀事迹得到了戴埠区委、区政府领导的好评，区委领导为此特别表彰了以三丫头为代表的优秀妇女，并在会议上让三丫头介绍她们妇女同志在伟大的抗美援朝、保家卫国行动中所做的贡献。

表彰会结束后的第二天下午，三丫头和同村受表彰的妇女一起从戴埠回到家里,她兴冲冲地准备把刚从会场上领到的奖状往墙上贴。

到了家,三丫头却看到了绷着脸的小银,他心里有火,酸溜溜地说道,你都只顾着出风头了,心里哪里还有彩霞和这个家,以后区里、县里的会议你就不要去参加了。

三丫头问,为什么?小银说,不为什么,我已经成了人家的笑料了,自己老婆和人在会场上谈恋爱,还一前一后跑到会场外约会,天知道你们究竟去哪里,去干啥了!

你胡说,你冤枉人,你龌龊,你思想封建!

我思想封建?好大的帽子,你不要脸!

听到丈夫这么指责自己,三丫头眼泪滚下来了,说,这个事情能怨我吗?是人家要追着出来的!

怎么不怨你!苍蝇不叮无缝的蛋,篱笆没孔野狗怎么能钻得进?不能怪人家自作多情,是你自己态度暧昧,结果人家以为自己还有机会!

三丫头一听小银这么说,顿时就炸毛了,我就是和人家对上眼了,你干吃醋也没用,你爱咋办就咋办!

我们离婚!

三丫头随口跟了一句,离就离!然后一头就向小银撞去。

小银不甘示弱,夫妻俩就这样扭打在了一起。三丫头张牙舞爪的,一下就抓破了小银的脸。小银力气大,抓住了三丫头的双臂就往墙角顶。三丫头不甘心就这样被制服,双脚开始乱踢乱蹬,结果两败俱伤。

第二天,两人要出门的时候,即使小银戴上一顶草帽再把衣领竖高,也掩盖不住脸上那道触目惊心的伤痕。

三丫头皮肤本来就白,一碰撞身上到处是瘀紫,她不得不大热天穿着件长袖外套遮着。

在同官乡蹲点的许县长得知南山村的两名优秀青年党员因为家庭矛盾在闹离婚,便把小夫妻俩叫到办公室做思想工作。

许县长当着三丫头的面批评小银道,你白捡了个宝却不懂得去珍惜!接着他又说道,对美好事物的追求是人的天性,有人看上三丫头,要追求她,说明她优秀。

小银涨红了脸,他瓮声瓮气道,许县长,道理我懂,可有人明摆着要抢我老婆,我当然不甘心。

许县长当着小银的面,锣对锣鼓对鼓地问了三丫头几个问题,你喜欢那个专员吗?三丫头答,有点,至少不讨厌,人家是干部又有文化。你讨厌小银吗?三丫头回头看了看脸开始憋得通红的小银,答道,有时还好,有时非常讨厌。

许县长正要问下一个问题,小银急得抢白道,许县长,俗话讲宁拆一座庙,不毁一桩婚。您这哪里是做思想工作,明摆着是要拆散我和三丫头。

许县长严肃地说,现在是新社会了,新社会提倡的是男女平等、婚姻自由,如果夫妻之间的矛盾实在不可调和,就像强扭的瓜结出来也是苦的。现在小银的态度已经很明确了,我再问三丫头,你想不想离婚?

三丫头低头想了想,说,我不想离婚,当时在气头上,说的只是气话,我和小银从小就认识了,那时候他在我们沸水塘这边放牛,我们就和村上的小朋友在一起玩,那时我们是最好的朋友,再说小银人不坏,就是心眼小了点。

这就好了,说明你们是有感情基础的,县委已经收到魏专员去镇江的工作调动申请,我们专门为此开了个碰头会。魏专员也是老革命了,为了革命事业耽误了自己的个人问题,我们必须尊重他的个人意愿。

现在大家的态度都摆在这儿了，县委、县政府会考虑他的调动申请。虽说镇江那边条件更艰苦，但比枪林弹雨的战争年代要好多了，年轻人多些历练，以后成长得会更快些。

区委、区政府接到年轻干部的申请后，最终上报县委、县政府，县委、县政府最后批准了他的申请。

得知这个消息，小银心里梗着的一块石头才终于落了地。但他觉得还有一个人影响到了他们的夫妻关系，那就是识字班的吉老师。

小银不止一次对三丫头说过，识字班的吉老师和那个去镇江的专员一样，色眯眯的，有事没事就往你身边蹭，说是给你辅导，村里那么多老嫂子大姑娘还有大男人他不去辅导，就你那边凑得紧。

这天晚上的夜课三丫头没有去上，因为怕小银吃醋。

小银看到三丫头不开心的样子，开玩笑说，谁让我捡到了个宝呢！白天黑夜的都要护着捧着，就怕给贼惦记。

三丫头听了噗嗤一声笑了出来，她伸出拳头就朝小银擂去，嘴里骂道，你这个坏蛋！自私鬼！嫁你算我倒了大霉！

小银一把搂住三丫头说，托毛主席和共产党的福，我这个穷小子现在什么都有了，我还要和你再生一床孩子。

这年溧阳县全境遭遇了大旱，为了保护沸水塘温泉，村里在泉眼边上四周用水泥石块砌了起来，面积大致有二亩。后来村里又在乡政府的规划指导下，把一些村民搬迁到了田舍里，然后在这个沸水塘后面挖了一个塘，面积大约有十五亩水面，相当于一个小型的蓄水库。

这个水库是南山村几个队的群众用锹一锹锹挖，用肩一担担挑出来的，目的是用来灌溉沸水塘自然村二百多亩田。后来村里又把所有塘埂驳了起来。就这样，沸水塘目前的样子就是上塘连着下塘，前面有泉眼的二亩塘，加后面十五亩挖出来的塘，加起来一共有十七亩的样子。

这年全县各地虽然遭遇了旱灾，但最后还是获得了丰收。要是往年，一些外迁到南山村的贫困户把仅有的一点粮食收成吃完了，就不得不携儿带女到处乞讨为生，一直等到来年开春才返回家乡，把希望寄托在新一季的收获上。

由于田多人少，好多贫下中农家里虽然分到了田地，但缺少耕种必需的农具，耕牛、犁耙、掼稻的斛桶等农具要一家家地轮着借用。特别是一家一户分散经营，力量仍然单薄，一遇天灾人祸，就无法抵抗了。

有人编了个顺口溜说，小农经济是独木桥，走起路来摇三摇，风吹雨打禁不住，贫困日子难去掉。

横涧乡隔壁山丫乡下田村的几户农民积极响应毛主席的伟大号召，这年春耕的时候大田村陈泉清、高友法、蒋金法、徐家荣、胡先恩、涂长生等十七八户农民效法溧阳县城东杨庄乡枢巷村自发成立了溧阳县第二个农业初级合作社。

入社的农户中，有贫农十七户，中农六户，富裕中农一户。入股的土地有水田三百零二亩，旱地六十六亩。他们按照多劳多得，少劳少得的计酬方式，连续三年获得了大丰收。

许县长决定把南山村农业初级合作社的成功经验在戴埠片区推开，并以此为样板，面向全县。一时间，戴埠、横涧大搞合作化，成立农业初级社，实行土地入股，耕牛、大型农具折价入社，分期偿还，收益按土地四五、劳力五五分配，粮食按大人五百斤、小孩四百五十斤分配，开始集体生产。

下

这一年，小银和三丫头迎来了他们第二个新生命。

小银和三丫头识字不多，孩子百日那天，他们还是请住同一院子的许志文县长给起个好听的名字。

襁褓里的孩子正在酣睡，睡梦中不时挤出一丝微笑，小银忍不住把头凑到孩子的脸上想用脸去蹭孩子的小脸蛋，但却被三丫头一把推开了，看你皮糙肉粗的，别把孩子硌着了！

许志文笑着说，我看山上的杜鹃花开得正鲜艳，这丫头长大了也一定像三丫头一样好看，不如就叫她杜鹃吧。

姐姐叫万彩霞，这个妹妹叫万杜鹃，是个好名字！以后我们就叫她杜鹃了！小银和三丫头觉得名字很好听，他们都说好。

许志文县长哈哈大笑，说，小银啊！你现在是南山村的村长，村初级合作社的负责人和带头人，如今又是两个孩子的父亲，你还年轻，以后的路还很长，我发现小银这个名字不够大气，和一位成熟的革命干部不相配。

小银听了，忙说，许县长，小银是我的小名，我是有大名的，我们万家到了我这代属于生字辈，很多人不知道，其实我的大名叫万银生。

许志文打断小银的话说，我们共产党不兴搞以前那一套封建迷信的东西，如今解放了，穷人都翻身做了主人，今天不如利用这个机会给你取个正式名字，以后我们都叫你万长银吧！象征着我们新中国长长久久，永远保持青春和活力。

万长银，你好！

长银同志，你好！

自从南山村办了初级合作社，同官乡许多农户纷纷组织起来，相继办了八九个初级合作社。但长银发现，由于社小力量薄弱，组织生产还是有困难。就像自己村里的合作社，光顾了种田，却没有发挥出山地的效益，合作社里好几处山地都抛荒了。

万长银把自己的想法向许志文县长做了汇报。毕竟人多力量大，只要我们有足够的劳动力，我们就可以在那些荒山上栽些茶、竹、油桐、油茶和果树，山里的一些副产品还可以养鸡、养猪和养牛。

就在这一年，南山村的金山里、马地、沸水塘、鸣桐里、同官等和邻近的牛场、宥里岗、蛙竹棵、河洛港、松岭里等初级社相继合并，分别成立了南山村高级社和河洛村高级社。

南山村高级社成立后，社员们评选万长银为村高级社主任，金山里的林田生为副主任。村里老一辈的人在同兴茶馆里喝茶聊天，都在讲以前金山里林家收留了万长银，并把自家的风水宝地让给了他埋葬父亲的故事。

小银变长银，翻身穷小子连名字也改大了。

风水轮流转，林家的龙兴地被万家占了，从此注定万家兴，林家败。天意如此。有人这样感慨。

万家确实兴旺了。这年三丫头再次怀孕，第二年生了个男孩。望着怀里白白胖胖的傻小子，万长银的心底乐开了花！

接连添了两个孩子，家里的负担相应重了起来。三丫头娘身体本来有残疾，这几年年岁渐大，生活勉强还能自理。长银娘年纪已大，照料一个孩子已经不容易了，如今又添了个孩子，照料起来明显有些力不从心。

长银和三丫头商量说，三妮，如今家里又添了人口，我们要在合作社里挣工分养活一大家子，我看还是让大丫头停学回家带弟妹吧。大丫头今年九岁了，有空的时候也可以打点猪草、羊草，我们忙不过来的时候也可以帮我们衬衬手。

旁边的彩霞一听哇地一声哭出来了，我不愿意在家带弟弟妹妹，我也不愿意去山上打羊草和猪草，我要读书！

万长银蹲下来替彩霞擦眼泪，你看爹和娘都没读过书，现在不也生活得好好的吗？比起村里的其他人家的女娃子，你要比人家幸运多了，毕竟你现在都读到二年级了，连自己的名字也会写了，人家可是一天学也没上过呢！

彩霞乖，帮帮爸爸妈妈的忙，外婆年纪大了，一个人忙不过来，等过两年弟弟妹妹大一点了你就可以去复学了！

彩霞听妈妈的话，她答应不去读书在家帮外婆带弟弟万礼同和妹妹杜鹃。再说从南山村上到同官小学，还要走很长的一段山路。晴天还好，一到雨雪天简直就寸步难行，虽说修了村路，但大部分还是泥路。

彩霞心中虽有许多不舍，但最后还是不得不同意了。

彩霞辍学在家之后，她的班主任老师上门家访，希望万长银和三丫头同意彩霞复学，可她看到家里残疾的姥姥和年幼的弟弟妹妹，只得叹着气走了。

万长银和河洛村高级合作社的钱主任等几个骨干分子和部分群众召开田间会议，讨论是不是要建立人民公社。

万长银和三丫头的态度很坚决，我们同意南山村的合作社加入人民公社。

林家族长坐在田埂上，他佝偻着腰掏出一支竹鞭旱烟枪，从烟袋里摸索出一撮黄色的烟丝压实，点上火吱吱地吸了几口，然后喷出了一口烟，说，人民公社好是好，集体吃食堂，大家放开肚皮吃饱饭，吃饭不花钱，努力搞生产，田间休息累了时候还有白面馒头加餐。放在过去，即使我们大户人家也不会这样浪吃浪用的。现在"大锅饭"吃着是香，但吃穿多少应该有度，否则再大的家当也会败的。

旁边河洛村合作社的钱主任听了呵斥道，你们林家过去是地主，幸亏开煤窑败了家，所以只评了个中农，本质上和我们贫下中农不是一条心的，不许你在这里对我们阴阳怪气，唱反调、泼冷水。

许志文县长接着说，成立人民公社要比我们现在的高级社更上一层楼，充分体现了一大二公的优越性。我们贫下中农心明眼亮，知道谁对我们贫下中农好，谁不甘心失败，对我们贫下中农有敌意。

就这样，南山村所在的同官乡与横涧乡合并，成立了七一人民公社。万长银担任了七一人民公社南山大队的大队书记，他组织青年突击队员开发荒山种杉。高产试验田，引来不少外地参观者。

刚成立人民公社这会，大家排队在公社食堂吃饭，大桶装饭，大碗打饭，里面坐不下，大家在外面露天一起吃，吃完饭大家就一起在田头开学报会。

吃饭不花钱，努力搞生产。群众生产劳动积极性高涨。

万长银主管食堂的粮油发放。公社食堂开放的第二天，他就把自己家里的锅子、铲子、勺子等铁制炊具送到铁山那边的炼铁高炉去炼钢铁。每到食堂吃饭时间，他先去沸水塘那边把三丫头娘驮到食堂，吃完饭再把她驮回家去。

三丫头开始有点埋怨万长银，说他不动脑子，吃饭时把娘的这份留着，等他们吃完再叫彩霞他们送到沸水塘就行了。

万长银说，娘儿们头发长见识短，我是负责食堂粮油的，全公社的饭票、粮票和油票都在我身上揣着呢。我每天把残疾老娘背出背进到食堂吃饭，就是为了避嫌自证清白。我俩都是党员，我把家里的锅碗瓢盆都捐去铁山那里的铁厂炼铁，除了响应党以钢为纲、全民大办的号召，另一方面也是为了避嫌。

三丫头一听笑了，你一个大老爷们，心思还不如我们娘儿们，领导和群众相信你才让你负责粮油工作的，大家才没有你想的这么复杂！

群众的眼睛雪亮的，都在盯着我们呢！

这年七一人民公社和全国人民一起掀起大炼钢铁的运动，七一公社党委书记兼县委第三书记许志文同志亲自挂帅，在铁山找到了铁矿石，广大社员们上山挖树找煤，建起了几座小高炉用土法冶炼钢铁。

一天晚上，住在金山里的林家族长拄根竹拐来到祠堂那边的公社大院找万长银。林家族长年逾古稀，他这几年衰老得厉害，腰也弯了腿脚走路也不灵便，走到万长银家已经是气喘吁吁。

万长银见到林家族长深夜造访，赶紧让座请他歇息。三丫头端来一碗凉开水，林家族长显然是走累了，他接过咕咚咕咚一饮而尽。

我是心急，知道有些话是不能上台面讲的，所以只好在夜里到你这儿谈谈心。林家族长用手抹了抹嘴角继续说，成立人民公社以来，办集体食堂，吃饭不要钱，大家放开肚皮吃饱饭，接着又开始挖山砍树竖起高炉炼钢铁，到处红红火火……

这难道不好吗？这恰好体现了我们社会主义的优越性，大家鼓足干劲、力争上游、多快好省地建设社会主义，大家在一起为社会主义而努力奋斗那有多开心啊。三丫头笑着接过了一句。

我只是担心，林家族长看了看三丫头一副欲言又止的样子，俗话说，靠山吃山，靠水吃水，但吃穿用度都得有个度，不是像现在这种吃法，大桶打饭，大碗盛饭，有人吃不完还倒掉让狗吃，这样一来就相当于把自己的福气倒掉给狗吃了。前两年年成好，社里仓库有余粮，可到底不是这样过日子呀！

老爷子您这是多虑了，我们成立人民公社的目的就是放开肚皮吃饱饭，有了力气才能多快好省地建设社会主义，您老原本就是地主、资本家，毕竟和我们贫下中农隔着几个阶级的，现在看到我们穷人过上好日子了，心里多少有点想法是再正常不过的。

三丫头快言快语，她一面说，一面向长银挤眉摆手，示意他请林家族长早点回去。

林家族长听了，脸上红一阵白一阵，嘴里嗫嚅道，我也是为大家考虑的呀。俗话说，未雨要绸缪，现在年成好，万一要是遇上荒年什么的，那该怎么办呢？

老爷子请您放心，我们现在共产党的天是艳阳天，年年只会是风调雨顺，日子只会越来越好过。

林老爷子闻听，顿时没了言语，他想了想，最后叹了口气，没趣地离开了。

林家族长离开后，三丫头对万长银说，林老爷子虽说是中农，但他是想开煤矿发大财最后才破产的，他本质上还是属于地主阶级，和广大人民群众始终不是一条心的，他刚才的想法应该是阶级敌人的新动向，必须向组织汇报一下。

万长银听了摆摆手，说，林家族长要是不开煤矿破产，他也应该属于那种开明地主，对贫下中农还是有同情心的，不像那些仇恨社会主义的恶霸地主。当年我流落到金山里，没有他的父亲就要抛尸荒野了。他现在有想法是正常的，提的建议也有道理，我们确实不能靠山吃山，直到坐吃山空，姑且把它当成群众意见吧，有机会我再向许县长汇报一下。

人无远虑，必有近忧。

刚才林家族长的一番话多多少少还是触动了万长银，好多学校停课，农民们放弃农活，大家把主要精力放在炼铁上，结果导致农田的杂草也缺少劳力去清除，有的杂草长得比稻棵还要高，这势必影响到秋收。过去是小家小户，现在大家合并成一家了，我们这些公社书记、大队书记就是大家的家长，一定要把这个家当好。

这天夜里，万长银失眠了，他想了很多。第二天一早他就去找在公社蹲点的许志文县长。

见到许志文，万长银把林家族长的看法当成普通群众的意见向他做了汇报。

许志文听了眉头紧皱，他提醒万长银要防止社员中的个别落后分子跳了出来，干扰和破坏公社化运动。

从横涧回到南山村的路上，万长银想得很多。

时令虽然已经过了秋分，但是天气较往年还是偏暖。空山中的鸟鸣，旷野之中的呐喊，空气中还带着草木的清香，但草木是难以果腹的。

砍一担柴，走一宿的山路，去附近的戴埠古镇或者山那边宜兴的集市去交换，只能获得一家人一天的口粮。加上兵匪横行，这就是父辈们所过的生活。如今解放了，贫下中农翻身做了主人，但是绝不能让村里的父老乡亲们重回过去的苦日子。

回到大队部，万长银和大队副书记杨志勇村委一班人商量如何整合南山村的现有资源，开展多种经营，增产增收。南山大队班子共有四人，书记万长银，副书记杨志勇，妇联主任三丫头，加上联队会计卢同达。

杨志勇是退伍军人，南山大队副书记兼民兵营长，他的家就住在铁山下，为了方便把铁山上的矿石运下来炼铁，他把自己家的屋基让出来砌了高炉，现在一家几口就住在山坡临时搭建的窝棚里。

万长银把自己刚才在路上的想法和杨志勇说了，然后请大家再想一些好方法来提高村民的生活质量。

杨志勇也是苦过来的人，他提出以后的食堂要粗粮和细粮搭配，不能再像败家子一样浪吃浪用。另外要开源节流，利用地区优质资源开矿、办厂，搞集体副业。

万长银一听，兴奋地用手把大腿一拍，你和我想到一块儿了，我们南山大队以后要进行劳动分工，召集手艺好的农民扎扫帚、编制竹器，还可以种植薄荷、苗圃，搞多种经营，发展集体经济，这样除了粮食收入，还多了一份副业收入。

只要队里账上有钱了，我们可以拿出一部分集体给每户分红，另一部分存着备用，以后即使遇到荒年也不怕，我们可以用这笔钱买粮食度过饥荒，我做几个大队的账的，效果好不好年终一比较就知道了。卢同达听了也表示赞同。

长银昨天晚上就和我谈了他的想法，我知道他心里有了计划是一定要去落实的，其他任何人阻拦也不行，他就是一匹头撞南山不回头的犟驴，但我们这种做法肯定有点冒险的，公社许书记那里一定不能通过。挺着肚子的三丫头也谈了自己的担心，这个孩子是万长银和蒋三妮的老四，产期就快到了。

实在不行我们就把生产出来的扫帚、竹器和地里种植的药材、树苗向宜兴、广德那边推销，这样目标就小了，万一公社、县里知道了要挨批，到时我们再停产好了。

这一年，林家族长在上海工作的养子林家驹带着全家下放到了家乡南山村。万长银安排林家驹负责大队竹器厂和苗圃的种植管理，林家驹的妻子方媛则被安排在南山村小学担任代课老师。

林家驹原先学的是机械，后来在上海国棉三厂担任技术员，他的几个孩子从小都在三厂的职工宿舍里长大，如今全家下放回到家乡南山村也有一种故土情怀，他想要用自己学到的知识来回报家乡。

一次，林家驹去隔壁宜兴去收购苗木种子，看到那边有一片一片的茶园，一座山连着一座山，满山盈翠，长势非常喜人。回到南山村，他找到万长银，提议南山村也把那些废弃的荒山利用起来，种植茶叶或者油桐等经济林木。

万长银一听有道理，马上去宜兴那边看现场，当场就拍板订购了五百亩茶苗。茶苗送到后，万长银和林家驹专门组织苗圃农场的群众进行人工栽培，经过精心管理，这批茶苗全部成活。

望着山上绿油油的一片茶苗，万长银很兴奋，准备来年在旁边的荒坡地上再种五百亩茶苗。

到了年底，南山大队迎来了一个丰收年。大队向国家交售了余粮，荒山已基本绿化，其中毛竹积蓄量一百二十万根，比之前增长了十五倍。新辟茶园一千亩，向国家出售毛竹三十六万多根，木材五千立方米，油桐十五万多斤，薄荷二万斤，板栗五万斤，苗圃育苗基地扩展到五百多亩。

南山大队的群众喜气洋洋，大家分了口粮，社员们还按所得工分分了红。别的大队年终分红每工只有一两毛钱，而南山大队年终分红每工高达一块二毛钱。

马地村的潘达生家有四个儿子，分别以朝自、朝力、朝更和朝生命名，他家原来穷得叮当响，这年年终分红，四个儿子加上潘达生自己一家五个壮劳力,每天起早贪黑,一年共做了一千五百多工,口粮不算,年终分红就有两千多元人民币。

老潘用布兜着从村里卢同达会计那领到的两千三百一十一点六七元人民币,一路小跑到家。他关起大门,把布兜里的钱往床上一倒,一家人就围着床开始数钱。这些钱除了分币,还有一角、两角、五角的,其中最大的票面是一块一张的。

老潘和老婆数着数着,欢喜的眼泪就流了下来。以前他家穷,没有一个姑娘愿意嫁给他家齐刷刷的四个儿子的任何一个,如今有了钱,第一件事就是盖四间大瓦房,四个儿子一人一间。有了房,家里还有存款,还愁娶不上媳妇?

这年三丫头怀孕,接着又生了一个男孩。

万彩霞复学读书的梦彻底破灭了。

万长银和三丫头平时忙大队里的事情,家里家外的事情都推到了万彩霞身上,她没有任何怨言,但她生气的是万长银的做事方式。

队里社员每次分粮,万长银负责把秤,卢同达会计负责记账。称其他社员公粮的时候,万长银不断用畚箕往稻箩里添粮让秤尾翘得高高的。轮到万彩霞来称粮,万长银却用畚箕不断地从稻箩里挖粮,一直到秤尾低得几乎挂不住秤砣。

为此万彩霞不知气哭过了几回。有时就连三丫头也看不下去,批评万长银处事迂腐。

南山大队开始富裕起来了。

七一人民公社是由原来的横涧乡和同官乡合并而成的,各个乡又有自己的村队,南山村这两年的变化使得周边大队的群众很羡慕。

县革委会主任吴广真和七一公社党委书记、县革委会副主任兼县委第三书记许志文都陆续收到有关万长银的匿名举报信，要求组织调查他的历史问题。当年万长银担任地下交通员时为何与组织失去联系，是不是禁不住考验叛变了革命，找个机会潜伏下来。如今有了机会，他就开始变天了。

万长银顶不住压力，跑到县革委会找吴广真主任和许志文副主任，向他们汇报了南山大队的一些情况。许志文副主任一听，说，好嘛！你个万长银，除了口粮，最多的一家分红能到两千多元，我堂堂一个县革委会副主任，一个月级别工资加上洗理费粮食差价补贴和自行车修理补贴加起来也不过九十一点三元，全年一家子把嘴扎起来全部收入也不超过五百元，你简直就是财神爷下凡！

当年春节后的全县第一次三级干部会议上，许志文把南山大队作为一个典型来表扬。不要以为社会主义道路就是贫穷落后，社会主义也可以吃香的喝辣的，女同志也可以穿金戴银，因为靠了党的政策富裕了嘛！

会议结束后，万长银到许志文副主任办公室向他表示感谢，因为有了他的支持，南山大队才有了日新月异的变化，乡亲才彻底摆脱了原来的穷日子，过上了幸福生活。原来鸡不吃鸭不啄的南山大队有许多穷光棍，现在南山村富裕起来了，家里有待嫁女儿的人家想着法子要把女儿往南山大队嫁。

见到万长银，许志文紧皱的眉头舒展开来了。他说，南山村一直就是我的定点单位。近二十年来，我走遍了南山村的山山水水，南山村的父老乡亲我有一大半能叫出他们的名字来，所以我对南山大队还有南山村人是有感情的。再说我过不了几年眼看就要退职养老了，看到大伙儿都能过上富裕幸福快乐的日子也是我最大的心愿。说罢，他把大手一挥，我们共产党人只要不抱有任何私心，做任何事情都是对的，你就放心去干吧！

有了许志文的默许，万长银的干劲更足了。他和林家驹商量，要把林家族长之前因发生矿难而破产关停的煤窑重新开起来。为了吸取过去矿难的教训，万长银和林家驹特意从镇江专区请来地质专家勘探出松岭和深溪岕几处煤层丰富的矿点。

南山村几处地下煤层都是岩层沉积而成的，煤层都在岩层的缝隙之中，林家驹和专家论证后放弃了原先掘进式的开采方式，矿工在岩层表面打火，然后把硝酸、氨与柴油混合，再加入适量的爆炸性液体，接着用泥土堵住孔道，这是为了引导爆炸点的侧面冲击力，确保爆炸威力足以冲破岩层。

工人在每个孔洞放入雷管后，用导线将所有的雷管连接，用电荷将其引爆，爆破过后，工人启动巨大的挖土机，把碎石和泥土清理掉。清理干净后就露出了坚固的煤层。

为了保护原来的生态环境，林家驹带人在开采岩层时，会将表层土储存起来，直到煤矿开采结束，再用表层土和岩石重新埋平矿，最后再种上茶苗、板栗或者杉树等经济林木。

由于埋藏条件较好，加上使用新的勘探技术，南山村煤矿出的都是优质煤，煤层里出的煤燃烧值在五千至五千五百大卡之间。一些经销商看中了这里出产的煤燃烧值高，灰分低，个别经销商为了赚钱就连煤矸石和开采出来的黑土也要。

南山村煤矿的优质煤炭吸引了苏浙皖周边省份的煤炭经销商，等待装煤的卡车和拖拉机等运输车辆队伍在煤矿前要排出一千米远的距离。这么多的车辆进进出出，这就给原来修的村路带来很大的破坏。

车道被载货大车压得坑坑洼洼，晴天时，车道上尘土飞扬，万一遇到雨天，道路一片泥泞，简直寸步难行。煤矿周边的村民虽然苦不堪言，但也舍不得亲手砸了大家手头这个钱袋子，最多只是找到林家驹诉诉苦而已。

林家驹觉得这样也不是办法，于是找到万长银商量，提出南山村必须实行村路硬化。万长银看到林家驹手里拿着的水泥公路设计图，知道他这是有备而来。于是就问，从南山村一直到横涧，这么长的一条水泥马路，光预算就要几百万，这笔钱从哪里来？林家驹说，全部由我们煤矿出。

万长银说，好！

修路的时候正是秋季，山里的气温要比平原圩乡低好些。林家驹打算在道路收冻之前把路基先铺好。好在煤矿在开采时要炸碎煤层之间的基岩，此外煤层里的煤矸石也比较多。林家驹就让人把这些基岩碎石和粉碎后的煤矸石作为路基铺垫在道路上，然后再在路面浇上混凝土。这样一条水泥马路就修成了。

当年秋收过后，山里的雨水多，连续下了一个星期的雨，山边涧河里的水很快就满溢了起来。雨还是在下，有几条正在修建的道路就被山上的涧水冲断了。万长银知道情况紧急，就马上和民兵营长组织青年和民兵抢修。

休息期间，万长银和林家驹他们一起讨论抢修方案。林家驹提出了一个问题，他说，这条路有几处是年年要被山上下来的洪水冲塌的，但我们为什么不把这水利用起来呢？白白冲走了，破坏了道路，还造成土地流失。

万长银说，对的，你和我想到一块儿了，我们可以在上游的梅花岕那边修建一座水库。丰水期除了可以蓄水，到了干旱期也可以抗旱。这是一举两得的事情，我们何乐而不为呢？

对的！今年冬天我们再修一座梅花岕水库！

时光荏苒，万家彩霞和杜鹃先后结婚成家。彩霞嫁给了马地的周家,离沸水塘娘家只有半里多路。杜鹃高中毕业后就到村办企业打工,一来二去就和林家驹儿子林浩熟悉了。

林家驹看到两小无猜的两人,便有意撮合。

某次酒宴,家驹向长银敬酒,笑言两家可结秦晋之好。万长银是个聪明人,当即爽快同意。一旁的许志文县长拍手称快,郎才女貌,可谓门当户对,加上知根知底,这个月老我当定了。

婚后杜鹃和林浩果然琴瑟和鸣,鹣鲽情深,一时传为佳话。

彩霞由于要带家里四个弟妹,只上到一年多的学,年纪大了只嫁了村里砖瓦厂的一个普通工人,虽然家庭生活也很幸福,但比起妹妹杜鹃一家显然要差了很多。她虽然嘴里不说什么,心底里还是觉得爹娘偏心,喜欢弟妹不喜欢自己和丈夫周禄成。

彩霞丈夫周禄成,小时候家里穷也没能读到书,几乎是个文盲。

婚后彩霞接二连三地生了两女两子,生活的担子一下就大了起来。村里一大堆男男女女在同一块田里干活,有时难免会有磕磕碰碰。丈夫周禄成又生性憨厚,三棍子打不出一个闷屁。在外受了气的彩霞回家只能把气撒在孩子和丈夫身上。

那时大家都忙,也不知道整天忙些什么,忙来忙去只是越忙越穷。在生产队忙完一天的彩霞回家后还有一大堆家务要做,所以脾气也变得越来越暴躁。家里的几个孩子中,老二周玲最倒霉,所以她自小就养成了倔强的性格。

彩霞有时骂得实在难听,周玲一气之下就跑出家门,有时一连几天也没人过问,于是年纪轻轻就开始混迹各种场所。

转眼之间,新一代的南山村人在成长。万长银的大儿子万礼同和林家驹的儿子林杰也先后高中毕业。万长银和林家驹虽然都对自己的儿子寄予厚望,但孩子们都高考落榜,只能由自己带在身边锻炼。万礼同进了父亲的茶厂,林杰则进了父亲的煤矿工作。

南山村茶场当时做的是红碎茶，就是那种小包装的袋泡茶，式样和模式几乎和进口的红茶一样，但价格相对便宜许多，因而占据了很大的市场。万礼同到茶场后，万长银安排他参加了县里在燕山岭办的茶叶培训班，并让他跟着茶场里茶叶制作技术车间的主任，学习茶叶审定技术。

由于条件的限制，当年能考上大学的很少，特别是农村中学，师资条件差，有的连续几年都是"光头"。为了培养南山村的下一代人，万长银和林家驹商量，通过捐资助学的方式，到县中专门为南山村的学生开一个学习班级，专车接送，开支就用煤矿和茶场的收益。

方案定下来后，万长银赶到县中和校长商量，南山村每年向县中捐助十万元人民币用于校园建设，条件是为南山村学生开设专班。校长正为老旧失修的校舍发愁，一听非常高兴，当即拍板和万长银签订了十年合同。

在县中开设南山村特色班之后，受益的不只是南山村村民。万长银的小儿子万哲和林家驹的小女儿林静茵也正好赶上了机会去县中上学。

看着弟弟妹妹都有上学的机会，特别是弟弟万哲还能进城去读县中，万彩霞想起当年自己上学的那段往事，心里多少有点不痛快。

一次，她去茶场采茶叶，正好看到一群工人在解木料用于扩建晾房，便央求工人们为三岁的儿子毛毛用边料拼做一张小圆凳。

茶叶采摘后，在炒制加工前需要将鲜叶晾青处理，即将采摘的鲜叶摊晾开来，经过一定的时间，用来挥发掉鲜叶表面的水分以及使鲜叶适当萎凋到合适的程度，而后再进行炒制加工。随着茶场效益的提高，茶园面积不断扩大，用于晾青的晾房也需要扩建。

工人们都认识彩霞,知道她是场长的女儿。平时彩霞也带毛毛来茶场玩,毛毛肥嘟嘟的,一张小嘴很讨喜。工人们也喜欢逗毛毛玩,听彩霞一说,马上用木料拼凑了一张小凳子,细心的工人还打算给凳子批点灰然后上层油漆。

好巧不巧,万长银从茶场办公室送走几位客户,顺路来到车间巡视,他看到工人们在鼓捣那张小凳子,又看到边上脸红耳赤的彩霞,心里知道怎么回事了。他张口训斥道,我和你说过了,要公私分明,公家的东西就是一根草也不能私用,说罢一脚就把小凳子踩散了架。

彩霞知道父亲万长银的德行,她抹了一把眼泪转身就跑开了。

万长银就是这种死心眼的人,他把最好的东西都给了别人,对待自己的家人,冷酷无情,他就是一个铁石心肠的人。就连三丫头也批评他迂腐不会变通,做事用心,但常常吃力不讨好。

彩霞回到家,毛毛就扑到妈妈怀里要抱抱。彩霞抱起毛毛在儿子的小脸蛋上亲了一下,然后不争气的眼泪就开始滚落下来。

这一幕恰巧被丈夫周禄成看到了,他吓了一跳忙问怎么回事。彩霞要强,她担心自己讲了想给毛毛做张小圆凳结果给不近人情的父亲踩碎了丢自己娘家人的脸,慌忙称道,刚才有只虫子飞进眼睛里,说罢还顺便用手擦了下眼泪。

周禄成为人厚道,也没有想得很多,只是说起茶场的事情来。他告诉彩霞,袋泡茶的生产受到了相关政策的限制,这就势必影响到南山村茶场的生产和销售,听说有可能茶场还要停产关门呢!村里人都说,万厂长这些天都是板着脸,每天虎出虎进的,他是为这件事不高兴呢!

这种传来的话也可以信吗?这个茶场是爸爸的命根子,他一定会想出法子来把茶场经营好的,你不见这些天正在扩建晾青车间呢？爸爸这个人呀，别看平时话不多，想出的点子别人都是从来没想到过的。

彩霞似乎一下子明白了父亲的苦心，作为村书记，为了村集体和全体村民，他自己的心里也承受着许多压力，只是平时不爆发出来而已。想到这里，彩霞心里不再生父亲的气，反而有一点心疼自己的父亲。

就在万长银为南山村茶场的前景发愁的时候，从燕山茶叶制作培训班学成归来的万礼同找到父亲。他对万长银说，既然政府限制红碎茶的生产，我们就应该向隔壁的宜兴学习，创造自己的品牌。我们的茶场按地理位置、土壤和自然条件和宜兴相比其实一样，都是属于低山丘陵的砖红壤，宜兴现在能打出他们的茶叶品牌阳羡雪芽，我们南山村也可以打造属于自己的茶叶品牌。

万长银听了觉得很有道理，他找来专门负责茶叶制作技术的周同安技术员，由他负责牵头成立南山村茶场优质名茶创制小组，周同安任组长，从生产到原料各个环节逐一把关，争取第二年通过省级鉴定。

茶叶的采摘一般分为冬春两季，尤以明前春茶为佳。为使春茶优质高产，万礼同利用茶叶培训班上农学院教授讲解的知识，提出要在冬季就施足基肥，来年开春，再增加有机肥料作为沟施的氮肥催芽育肥。

南山村茶场往年通常是春茶采摘前进行修剪，万礼同发现这样一来，茶树受到创伤一时难以愈合，茶树生长被人为抑制，茶树的出芽率降低导致减产，他和周同安商量把茶树的修剪改在秋季，等秋茶采摘后进行轻修剪。

传统的采摘方式是等茶园中的茶树牙叶达到百分之二十左右的采摘标准后才开始采摘，第一轮采摘结束之后要蓄养一段时间才进行第二轮采摘。

万礼同大胆创新，他提出不要搞传统的那种养大采，要实行细嫩采摘，见芽就采。这样虽然会增加人工采摘工资，但却大幅度提高了茶叶品质。茶叶品质上去了，价格自然高了，茶场收益也就增加了。

万长银看到儿子万礼同在成长，心里很高兴，南山村茶场有了周同安的技术把关，加上儿子万礼同的大胆摸索创新，是应该有前景的，于是他有退居二线，让年轻人挑大梁的打算。

就在这时，县委副书记许志文由于年龄的关系卸任去政协任职，临行前他找到万长银，希望他去乡里任副书记，专管全乡的乡镇企业。

铁打的营盘流水的兵。万长银也认为时机已经到了，就主动提出自己到了乡里后原来的茶场由周同安任场长，再说自己儿子万礼同也在成长，茶场交给他俩打理应该是一个不错的选择。

许志文听后笑了笑说，举贤不避亲，周同安一开始就是厂里的茶叶工程师，你儿子礼同我也是看着长大的，小伙儿机灵又有干劲，茶场交给他们我也放心！

周同安继任南山村茶场场长后，他和万礼同成立攻关小组，争取生产出一种有自主品牌，质量超过隔壁宜兴阳羡雪芽的茶叶新品。

阳羡雪芽经采摘、杀青、轻揉、初烘、复揉等工艺加工而成，采摘标准为单芽至一芽一叶，可以分为特级、一级、二级共三个等级，具有条索紧直，色泽翠绿，香气清雅，滋味鲜醇等品质特征。

清嘉庆年间，陈曼生宰溧期间，曾在他和杨彭年合作的一款合欢壶的壶肩上刻下"试阳羡茶，煮合江水，坡仙之徒，皆大欢喜"的字样。溧阳隔壁的宜兴也称荆溪、荆邑、阳羡，宜兴自古盛产名茶。苏东坡曾作诗云："雪芽我为求阳羡，乳水君应饷惠山。"至于铭中所提合江水，有人考证说源于四川省泸州市合江县，这个似乎扯得有点远了。显然陈曼生在合欢壶上所铭合江水就是指流经县城码头街的城中河，这里距他当时所在的县衙署仅一步之遥。

城中河之所以称合江是因为它是由三条江合并而成的，这三条江分别指南河（也称胥溪河）、竹簤河，及南北向的丹金溧漕河，在戴埠街处合并一起穿城而过向东流入宜兴境内。

阳羡雪芽因苏轼的一句诗"雪芽我为求阳羡"而得名，属于绿茶品种，主要采摘宜兴群体小叶种、楮叶种茶树鲜叶为原料，经杀青、轻揉、初烘、复揉等工艺制成。

"撞钟山鹳起，煮茗石罂香。岸曲盘涡急，人言古濑阳。"这是宋元时期著名诗人仇远吟咏溧阳的诗句，说明很早以前溧阳和宜兴一样盛产茶叶。其实作为吴头楚尾的溧阳，养蚕种茶的历史悠久，唐代茶圣陆羽就把溧阳茶收录于《茶经》之中。

万礼同通过翻阅资料，坚定了要创溧阳名茶的决心。他和周同安场长商量，邀请省制茶前辈、高级工程师张志成同志亲自来到南山村茶场做现场指导。

来年春天，张工再次到南山村茶场，察看现场后大家在一起开了个简单的碰头会，大家分析了周边和邻近省县的茶叶市场的行情，张工拿阳羡雪芽做范例，提出要想有自己的特色不应该复制，要有创新和超越，这样才有可能突破。

张工的建议给周同安场长和茶场技术员万礼同很大的启发。送走客人后，周同安和万礼同两人继续探讨如何通过创新生产出属于自己的品牌。

宜兴阳羡雪芽的主要特点是一芽一叶，万礼同突然灵光一闪，他脱口而出，我们南山村茶场出的茶为什么就不能选用独芽呢？

周同安双手一拍，独芽制出来的茶叶应该比一芽一叶的茶叶更加鲜嫩，味道也应该更加鲜美！这也就是所谓的突破和创新了。

他们一芽一叶，我们独芽，两者没有共同之处，各具特色，明春的新茶就这样焙制一定能成，万礼同也兴奋地说。

第二年春天，南山村茶场生产出了第一批有自己特色的独芽明前春茶，只见新制的茶叶独芽上裹着一层绒毛，异香扑鼻，冲泡之后，香气清雅持久，滋味鲜爽醇和，汤色清澈明亮，叶底嫩绿完好。

兴奋的周同安和万礼同邀来老场长过来品茶验货。

万长银闻讯来到茶场，他见成品茶条索微扁略弯，色泽翠绿披白毫，形似寿者之眉，再冲泡试饮之后顿觉妙不可言，不觉连连叫好。

周同安和万礼同忙请万长银给新出的茶取个像阳羡雪芽一样好听的名字。

万长银指着杯中的暗香浮动的茶叶，说，此茶出自我们横涧南山一带，茶型独芽，恰似寿者之眉，不如干脆就叫南山寿眉好了！

周同安和万礼同齐声说好。

新品茶试制出来后，经过试饮，受到各界好评，南山村茶场的客户络绎不绝，有的茶还在锅里炒着呢，就有客户在茶场办公室等着。他们边喝茶，边等茶叶出锅，然后称量，灌装，打包。各级政府部门也将其作为本地特产招待贵宾用茶。

南山寿眉因其品质高，口感好，一时为本地人追捧，供不应求。

茶场办公室里的电话此起彼伏，都是催货要货的。周同安心里很急，他走出办公室去茶场生产车间，那边工人们在忙着铺晾刚采摘下来的新叶，他信步走到制作车间，看到万礼同正在指挥几个工人在几口大铁炒锅里揉炒新茶，车间里热气腾腾，茶香氤氲。这道工序结束后就是筛叶，也就是把炒碎的茶片和茶末用茶筛筛掉，这样就可以称量分袋包装入库待售了。

南山村的南山寿眉新茶不愁卖，好多客户都坐在茶场办公室等着新鲜出锅的新茶呢！

万礼同见到周同安来到生产车间忙过来和他打招呼。周同安告诉万礼同，刚才接到乡党委李书记的电话。今年有一批人事变动，乡里的意思是让周同安去乡里任分管工业的副乡长。

万礼同一听就急了，说，南山寿眉的牌子才刚出来，茶场稍有点起色你就要走，以后怎么办啊？

周同安笑了笑，说，这个茶场本来就是你父亲万长银万老一手创办的，我在他手下做了几十年的技术场长，如今时机已经到了，该把茶场交给你了！

我年轻，没有经验，难堪重任啊！

这正是你的优势呀！这一轮人事变动就是为了给年轻人铺路，只要年过五十五的乡科级及以下干部一刀切，全部退至二线工作。

五十五年纪大吗？正当年富力强的时候。

万礼同听了不语，他知道自己父亲万长银也到了该退的年龄了，父亲是个闲不住的人，他退了之后又该如何适应以后的生活呢？

周同安不知道万礼同是在想他父亲的事情，见他沉默不语，便说，现在茶场正朝好的方向发展，上次订购的五只电炒锅已经快到了，那种锅子温度可控且受热均匀。另外我打算特聘省农科院制茶界的老前辈、高级工程师张志成担任我们南山村茶叶生产顾问。礼同你放心，尽管我人到了乡里，心还是在茶场的，毕竟我在这里待了整整十二年，我对这里还是有感情的，过几天你再跑趟省里，争取早点把南山寿眉的商标拿下来，有了这个商标相当于我们南山村的茶叶就有了身份证，有了身份证就可以全国各地走了。

关于商标的事情万礼同清楚，自从南山寿眉新品出来之后，万长银就向万礼同和周同安提议，让他们抓紧时间申请注册商标，以防夜长梦多，因为身边经常有自己产品被人抢注的事情发生，就像天山水泥生产销售了好多年，某天却被人告上了法庭，原因是产品侵权，因为有人看上了天山这个产品，事先抢注了，最后天山水泥不得不花重金购买了冠名。

南山寿眉这个冠名也面临着同样的问题，当初周同安和万礼同商量决定注册南山寿眉商标冠名，工商局负责商标注册的工作人员网上一检索，不料却发现南山字样已被人抢先冠名了。

得知信息万礼同不觉一愣，他凑到工作人员电脑前一看，发现注册单位是安徽一家塑料厂，注册资金也不过是十万，结合落地，他断定这是一家小型的乡镇企业。

回到茶场，万礼同和周同安商量，决定去安徽那边看看，是否有可能把南山的冠名转让过来，即使花点钱也值得。毕竟南山寿眉这个品牌对茶场来说实在太重要了。没有南山寿眉这个商标冠名，南山村茶场生产出来的茶叶就像一种没有灵魂的生命。

这季春茶过后，万礼同安排好茶场的生产管理，拿着上次从工商局商标注册处抄下来的地址，直接登上了去安徽那边的汽车。冠名有南山字样的塑料厂在安徽金寨县，属于六安市，战争年代从那里走出了许多将军，那个塑料厂就在大别山腹地，距梅山水库不远。

万礼同按地址找到了那个塑料厂，不料却发现这是一个濒临倒闭的乡办企业，里面没有生产的迹象，也不见什么工人在车间干活，厂区的一个角落里堆着一批塑料粒子等半成品，万礼同见状心底不觉暗暗高兴。

好不容易找到了厂里负责人，厂长是一位年近六十的老汉，一张粗糙的脸似乎饱经了风霜雨雪。

万礼同自称是订购茶叶包装的供销人员，找了好几处地方才找到南山塑料厂，现在欲订购一批塑料包装袋，所以特地找上门来了。

厂长一听连连摇头，他告诉万礼同，他们厂以生产化肥袋子为主，以前一直和省内省外几家化肥厂有合作关系，不过近几年由于俄罗斯化肥的进口量增大，国内地产的化肥由于成本高、肥效差而卖不动了，结果纷纷倒闭或转产，他这个厂就处在停顿状态了，现在正考虑是不是要关停注销。

万礼同闻听欣喜若狂，他借口天色已晚，自己孤身一人，再者他也正想转产办个相关企业，于是以恳请指点为由把老汉拉进了镇上一处环境不错的酒馆，两人边喝边聊。

金寨人淳朴好客，万礼同也以诚相待，以心交心，两人你来我往，频频举杯相敬。

安徽盛产名酒，特别是金寨的邻县霍山出迎驾贡酒，这一年贡酒和五粮液酒厂合作并引进了整套技术生产线，经过改良的贡酒窖香幽雅，绵甜爽口。一个时辰过去，两人便喝完了两瓶。

酒逢知己千杯少，一顿酒下去，两人便成了莫逆之交。

觥筹交错当中，两人各自谈了自己的经历和创业过程。万礼同只字没提自己想要"南山"这两个字为自己茶场的产品冠名，他最终以自己的诚意打动了对方。

没想到南山寿眉这款茶叶背后还有这样的故事！胡一凡听完三爷的述说有感而发，一代人有一代人的使命和担当，他们这一辈人是走在时代前列的奋进者、开拓者、奉献者，我们这一辈人身逢伟大时代，要想干成一番事业，必须积极主动学习新知识新思想，不断提升专业素养、丰富专业知识、提高专业能力、增强专业本领，在报效祖国、服务人民中实现人生价值。

眼见得三爷今天讲了很多,胡一凡怕老人家累着,再三致谢后告辞了。

从三爷那边出来,阳光正好。树叶是新的,空气是新的。胡一凡走到了南山小镇的温泉,看满山绿荫中的各色泡池,看涧溪中石砌的驳岸和拱桥,还有那株生长了近千年的榉树。

柴扉、围墙,日子就这样一天天过去。那些用时间的石头堆砌成的岁月,随着这光影一点一点碎落在那轮水车古老的咿呀声中。

沿着山路行走,脚底下是淙淙的溪流。抬头望去,是一片绵延的绿色的海。温泉区里,各色各样的泡池,参差点缀在参天古树的鸟语啁啾之中。

离开了温泉,他步入南山小寨闲逛。小寨入口处,在"翠境映泉"字样的牌楼下,一位略带倦意的流浪歌手抱着一把吉他,正在弹唱一首即兴改编的歌曲:

假如你来自南山小寨/请问你是否看见我的爹娘/我家就住竹海古街钓鱼湾前啊/卖着竹器的那家小杂货店/假如你来自南山小寨/请问你是否见过我心爱的那位姑娘/我离家那年她正好十八岁/她有一卷长发和一颗善良的心……

到了小寨的出口,转身过去又见一片竹林。竹林边上有一户人家,门前坐着一位慈眉善目的老奶奶,她正笑眯眯地和一群路人打招呼:你们是不是来挖笋的呀?我这里有刚采的一大篮竹笋,大家想要可以随便取——竹林里蚊虫多,你们城里人细皮嫩肉的,哪里吃得了挖笋这种苦!

多么朴实的一句话。南山早就为勤劳朴实的南山人种下了长寿的基因。作为中国长寿之乡，南山小镇才是人们心中的香格里拉，因为这里有着永葆青春的秘密，等待着来自四面八方的客人前来探寻。

回到村委，村助理蒋传庭和他打了个招呼，说道，胡书记，你肯定又去金山里三爷那儿听故事了吧？我们南山村的故事多着呢！要不要我也讲个给你听听，我是土生土长的南山村人，保不准要比三爷讲的还好听呢！毕竟三爷有自己的考量，他老人家不便说的故事我却能说呢！

只要是南山村的故事我都想听，胡一凡说，我发现我越来越喜欢我们南山村这个地方了，不消说我们南山村的山山水水和老老少少了，南山村的所有故事我都喜欢听！

错的、坏的、不好的故事你也喜欢听？蒋传庭笑着问。每到春天鸣桐里满山坡的加应子开成一片白色花海的时候，总会发现坡下、林边有一些瓶儿、罐儿和牛奶盒等垃圾物品，那是个别不文明的游客随手扔下的。我们村庄里的人和个别游客一样，他们的故事有好的，也肯定有不好的！

地上的垃圾我们可以及时清理，可村民们心里一旦有了不好的东西清理起来就有点麻烦。情与理，好和坏，这也是对我们村委一班人政治能力、履职能力、服务能力的一种考量呢！

那么我就捡些不好的故事讲给你听吧！蒋传庭说，你想不想知道彩霞家的丫头和人开设赌场，聚众赌博，抽头渔利，发放高利贷被判刑的故事？

我知道部分村民有赌博现象，至于细节、过程就不知道了。

彩霞家那个叫周玲的丫头很叛逆，年纪轻轻就开始混社会了，后来她在圈子里混出了点名堂，身边的人都叫她玲姐。你喜欢听故事，我就用她的真名来讲这个故事，其他涉及的人用化名。

周玲是凌晨三点的样子回到家的。她洗漱完毕刚躺下，身边的电话便响了。

玲姐睡了吗？电话那头是四姐的声音。

四姐原本姓肖，名叫艳秋，烧饼的场子没倒的时候，连她在内每局有四位家境不错的女子光顾，她年纪最轻，连同窑主、赌徒和看场子的小混混都大姐、二姐、三姐和四姐这么称呼着。肖艳秋心里很受用，时间一长，赌徒们像流水的酒席一样来了一拨又一拨，大家不知道她的肖艳秋的大名，只知道场子里有个叫四姐的。

没有。什么事？

昨天下午在场子上我看到斌哥两个跟班好像不太对劲！他们把钱捏在手里根本没出过，可电话却一直不停！是不是今天下午把我们的场子停一下？怕是有出千或者什么的呢！这几天我眼皮一直噗噗跳，总感觉场子上会出什么事！四姐心神不定地说。

四姐是周玲的小姊妹，两人从小时起就玩在一块，虽说不是同一个爷娘养的，但姐妹俩确实情同手足。去年周玲还帮四姐还了她在赌场上借的十五万元高利贷水钱。现在场子上要是周玲不在都是四姐说了算。

周玲说，这总不大好吧！我已经和斌哥、昆总他们说好了，再说我们场子刚开不久就放人家鸽子，以后还有谁来玩啊？斌哥的跟班可能是来混边线的吧！你下午加几个人把哨位再往前延伸五千米，十二点过后我就到！

挂了电话，周玲睡意全无。四姐电话里所说的斌哥叫林斌，年纪三十开外，只要提起这个名字，整个张渚、戴埠、广德一带无人不知无人不晓。林斌家出身豪门，曾是南山村的首富，祖辈在新中国成立前就和上海人开过煤矿，改革开放后政策允许了他父亲继承祖业，把村里的煤窑承包了下来，生意做得红火，是个妥妥帖帖的富二代，传说中的家中有矿就是指这样一类人。

家里有钱加上长辈特别是他姥爷的宠溺，自然养成了林斌飞扬跋扈的乖张性情，在学校书也不好好读，仗着家里钱多，整日里带着一群小伙伴寻欢作乐，恣意妄为，发起狠来就连老师也照样揍。初三那年，教学负责的化学李老师在课堂上讲了他几句，他就怀恨在心，趁着化学老师周末下班回家，带着几个小兄弟在半路上截住他，把他一顿痛打，把他的自行车也扔进了路边的涧沟。

等到年纪再大一点，林斌书也读不下去了，整天跟着一群社会青年鬼混，他老子见他不学好，就让他跟着自己到矿山去上班，整天看着，防止他再为非作歹，就这样林斌收敛了一些，没了外面的诱惑，收心了不少。

后来，政策变化，村里的煤矿由于埋藏量少，再者开采起来对周边的环境确实有影响，市里决定把同一批包括砖瓦厂在内的各种小煤窑关停，松岭煤矿也在其中。离开了煤矿，再加上少了管束，林斌就像一匹少了笼头的马一样，一头扎进了社会这口五光十色的大染缸里。

南山村隔壁的那个荆溪市，地处赣浙皖三省交界地带，一半丘陵，一半平原，胥河在这里绕了个弯然后一路向东而去。天时地利的优势，使得城乡人口一百多万的荆溪成为著名的娱乐休闲城市，坊间有"中国的赌城拉斯维加斯"之称。市区内星罗棋布的是众多的私人会所、棋牌室、麻将馆，这些都是固定的赌博场所，但数额较小，仅以娱乐为主，一般不属于警方的打击对象。

林斌聪明，从小鬼点子就多，再加上这么些年来和警察斗智斗勇，多少积累了一点经验，所以他所开的赌场是流动的。和固定的棋牌室不同，这些流动的场子赌局很大，小则一次输赢几百万，大则上千万，地点大多选在靠近江西、安徽一边的山区或市内一些偏僻地区和废弃厂房之内。

为了防止警察抓赌，这些场子采用的是游击战术，打一枪换一个地方。所以，在一般情况下警察难以接近赌场，除非有内线卧底通风报信。遇上赌码大一些的场子，赌场窑主放出去的岗哨远的有十千米，只要一有风吹草动，马上就有人用对讲机通知场子里的赌客安全撤退。

林斌的赌场收入主要靠抽庄风。赌场是他开的，场子里的一切，事无巨细都是他一手安排，他也就是所谓的窑主。赌局的形式分筒杠、牛牛或爬山。

除抽庄风外，开赌场的窑主还有一条主要的敛财方式就是放水或放水钱，这也就是社会上所讲的放高利贷。赌场形势扑朔迷离、变化万千，有时坐庄的庄主手气特别不好，输光了老本但偏又不甘心一直想扳本，那就得向窑主借钱，这样的钱就是水钱。

现在经济低迷，因还不起水钱而跑路的庄主较多，所以水钱一般都是一万日息五百，如果放在十年前，日息要高达一千。水钱到手之前双方要签字画押，借十万约定十天后还，还要扣去十天的利息，借主实际到手的只有五万！好多人因为赌博借了高利贷而家破人亡原因就在这里。

当初林斌迫不得已跟着父亲去煤矿上班，在父亲的严厉约束下确实收敛了不少，后来由于政策上的原因，煤窑关停，所有工人按政策买断了工龄，办了低保和失业保险。林斌也一样，他开始了自主创业，当上了窑主。

林斌这个窑主和他父亲的窑主不同，他父亲开的是煤矿，专门组织工人挖煤卖钱，来钱慢。林斌专门组织人赌博，靠抽头放水换钱，来钱快。林斌为之很是自得，比起他父亲开的煤矿来，他开的是金矿。

林斌十七岁时起就在赌场里讨生活，从看场子的小跟班做起，到后来去父亲矿上工作了几年，积累了一点启动资金，如今规模越做越大，掐指算来，他窑主也已经做了十多年。现在他手下养着十几个跟班，专门替他负责赌场巡逻、望风及后勤保障，每个人工资每场三百元，外加一盒高级烟，他们俗称边线或看场子的。

有了钱，林斌在周边一带可谓呼风唤雨，他的关系网四通八达。再者他为人仗义，生意也越做越大，以至于他的亲戚朋友们都把钱借给他在赌场放水坐收利钱，其中少则几十万，多则几百万，有的自己没钱甚至借钱投到他的场子里。

一开始周玲和林斌交往不多，再说大家毕竟隔着一个辈分，周玲年龄大了嫁到了城乡邻村那边，丈夫长年累月在外打工，自己则在家照看上学的女儿，发小四姐也经常到她家来玩。

四姐因为沉迷赌博，丈夫规劝无果，最终两人离了婚，儿子被判跟了丈夫。从此一个单身女人，成天在赌场晃荡，就像水里的一棵浮萍随波逐流，最后就成了林斌的马仔许涛的相好。

许涛是林斌赌场中抽庄风的专职三门头，一半凭借自己努力，一半冲着林斌的名头，他每天过手的钱何止千千万万，所以人称荆溪第一三门头。

周玲这丫头打小人就长得漂亮，三十出头，一米七二的个子，瓜子脸长头发，长得赤骨粉嫩的，尤其是一双丹凤眼顾盼留情，不知迷倒多少男人。

闲来无事，周玲有时也跟四姐到场子里玩玩。因为有许涛的关照，她俩几乎每天都有几百元的收入。

由于四姐和许涛的关系，林斌也经常邀请四姐和周玲吃饭、唱

215

歌消遣。林斌性情豪爽兼又出手大方,周玲对他印象不错,而林斌自从认识了周玲之后对她也有好感,只是平时业务忙,有时几天才难得见到一次,就这样双方相互爱慕,彼此之间只是隔了一层没有捅破的窗户纸。

就这样过了一段时间后,一起偶然的事件,使周玲的人生轨迹有了一个彻底的改变。

在林斌的赌场中,负责看场子的主要以外来人为主,按照地域分布大致分为二帮,一帮来自东北的,一帮来自苏北,这群人鱼龙混杂,有吸毒的,有溜冰的,也有刚从山上下来(劳教过的)讨生活。东北帮为首的家伙是个胖子,大家都叫他大胖。大胖觊觎周玲的美貌,一直对她殷勤不断,时不时地约请周玲吃饭唱歌,可周玲嫌他粗鄙猥琐,对此不屑一顾。

事发那天正是下午的场子。坐庄的是一位江西景德镇做陶瓷生意的老板,肥头大耳的,一看就是个福将。但当天他手气很背,不过坐了半个多小时的庄就输了一百多万。只见他一边擦着头上不住冒出的汗,一边吆喝着四周的人赶快下注。

在赌场,庄家手气旺赢面多的时候还可以,一旦牌烂手气背的时候下注的人就特别多。出来混着玩的,都是趁庄家牌烂的时候下几次注,赢了几把之后就不再出手了。周玲和四姐就是属于这一类人。

庄家牌烂,机会难得。

赌注就下在一张铺了块布的长方桌上,正被几十个人围了个水泄不通。别说女人,就算是男人也很难挤得上去押下注。

周玲手里捏着几百元钱,也想乘机押次注,她拼命地挤到桌子跟前准备下注,这时恰巧大胖也在旁边,这家伙顿时起了色心,就在周玲往前挤的时候乘机摸了一把她的胸。

周玲也不是省油的灯,她回手就抽了大胖一记耳光,跟着骂了一句流氓。这下好了,大胖手下的两个东北马仔见状上来就是几拳把周玲打倒在地。

这事发生得突然,等做三门头的许涛反应过来,周玲已经躺在地上爬不起来了。

四姐跑上去一看,周玲脸也肿了,鼻子也出血了,身上青一块紫一块的,正趴在地上哭。

许涛是个何等聪明的人物!他急忙拨通林斌的电话,说,大哥,场子上出了点小事,大胖把周玲打伤了!

林斌一听立马就火了,妈的!还有人敢在我的地盘上撒野?忙对许涛说,你别让东北佬走了一个,等我过来!

许涛马上按照林斌的要求命令下去。一听是斌哥的吩咐,大胖和手下也不敢轻易离开,只得乖乖在场子上候着。

不到半个小时,林斌到了,他知道原委后,也没说什么就转过头问大胖,兄弟这事咋办?

大胖也很识时务,忙说,斌哥,都是兄弟不是!我马上送玲姐去医院,先看着——晚上我再在大酒店请一桌赔罪,大哥你看?

林斌冷冷地说,先这么着吧!

大胖知道自己惹不起林斌这地头蛇,再说自己也确实理亏,所以只得装出一副孬样。

周玲被送去医院检查之后,经医生诊断,发现除了一些皮外伤外并无大碍,但四姐坚持要周玲住院,大胖也没办法,只得替周玲交押金办了住院手续。那两个打周玲的手下诚惶诚恐,又是买水果又是买滋补品,忙不迭地到病房赔不是。

晚上五点半,大酒店包间,大胖早早候在那里。

不一会儿林斌和许涛他们也如约而至。双方十几个人坐下,林斌看了看大胖,说,兄弟不对吧,赔罪酒,你不把当事人请来,你算哪门子赔罪?再说你打的人又不是我们!

大胖猛地一拍脑门,连说,对!对!斌哥说得对!我怎么把这茬给忘了!他忙向许涛要了周玲的电话,电话接通后,又诚恳地向周玲道了不是,接着说,请您过来吃饭,作为赔罪。

不去!那边周玲正在气头上,她没说几句就把电话挂了。

大胖一时无语,他看着林斌。

林斌也不说话,他冷冷地看着大胖,就这样僵持了几分钟。

这时,许涛走到大胖边,对着大胖的耳朵说了几句。大胖连说好!好!然后拿出一串钥匙,吩咐一手下说,柱子,开我的车去把玲姐接来!

柱子出去。过了十几分钟,大胖的手机响了,是柱子打来的,胖哥,玲姐还是不肯过来!

其实也不是周玲有意拿捏,她确实是不愿过来参加饭局。作为女人还有什么比脸面更重要的事情?现在她脸上一块青一块紫的那种丑样子,叫她如何肯过来?

林斌想了想,也就顺水推舟,说,既然周玲不愿意过来,那我们就开始吧,毕竟大胖也有诚意了!

大胖忙倒了一杯酒,站起来对林斌说,斌哥!这杯酒兄弟我敬你,只怪兄弟一时糊涂,还望大哥见谅,先干为敬!干了!

林斌笑了笑,说,兄弟今天也诚心了,这个面子我给你!

其实明眼人都知道,这是林斌在为周玲出头,他在不方便的时候也需要大胖他们撑场子,所以他也没勉强他们。

一场风波就这样就过去了。

晚饭结束之后已是八点多钟,许涛开着林斌的车。路上许涛对林斌说,大哥,我们去医院看看周玲吧!

林斌说，好的！

到了医院，泊了车，林斌对许涛说，你去买点营养品过来！

许涛说，病房里有的就是营养品，我看还是买束鲜花吧！

林斌笑了笑，说，好！

不一会儿，许涛捧了一大束鲜红的玫瑰过来递给了林斌。

一行人上得楼梯，进了病房，周玲和四姐正在看电视。

林斌把鲜花递给了周玲，一边关切地问道，怎么样，没事了吧？

周玲脸一红，说，谢谢斌哥，好多了！

坐了一会儿，许涛对四姐说，我们去外面逛逛，他边说边对四姐使眼色。

四姐心领神会，忙说，好的！好的！一边又回过头来笑着对林斌说，斌哥！我们出去一会儿，你可要好好陪陪玲姐啊！说罢带上门就走了。

林斌坐在周玲身边看了会儿电视，又问周玲，身上伤着没有？周玲娇声说，大腿上还给东北佬给踢了一脚。

哪里？我看看！

周玲弯着腰一点一点把裤子往上挪，林斌顺势就把她揽在了怀里。

周玲呻吟了一下，喘着气说，斌哥，我们多少还有点亲戚关系，这样不行的。

林斌说，是的，我们是有八辈子都打不着的亲戚关系，我们现在这就叫亲上加亲。

周玲本来就有些仰慕林斌，再加上心存感激，也就半推半就。她稍作挣扎，两张嘴就紧紧地绞合在了一起。

周玲在医院住了三个晚上，林斌就在医院陪了三个晚上。出院后没几天，林斌就帮周玲买了一辆车。周玲更是感激不尽，也就一心一意地跟着他了。

从此，林斌圈内的人都称周玲大嫂，圈外的人则叫她老板娘。在场子上周玲也以老板娘自居。周玲终于过上了衣食无忧、日进斗金的日子，她的腰包也一天天地鼓了起来。

周玲是个有良心的人，自己在混得风生水起的时候也没有忘掉曾经提携过自己的四姐。四姐也是个可怜人，孤身一人还带着个四岁不到的女儿，她原先也有一个幸福的家，丈夫是个小工头，婚后只是为了生计一年到头跟着业务单位天南海北去做工程，怀孕后老公心疼她就让她辞了手头的工作安心养胎。

在家休养的这段日子，四姐吃吃睡睡追追剧日子过得也自在，后来她家楼下相继开了一溜排的麻将室，看到里面人来客往的生意非常好，耐不住寂寞的时候手痒也去摸几把。

四姐胆子小，一开始只是小来来，几圈麻将下来只有百十块输赢，看到人家在一边玩大的像叉鸡、牛牛之类的有时忍不住也压上一两把。不想这东西有毒，玩着玩着一不小心就上了瘾。棋牌室是玩得不过瘾，便腆着个大肚子跟着窑主去场子里玩，遇到手气不好，手头的钱输光了便到场子里放水的三门头手里借支扳本。好在她家境不错，老公也算得上是个小老板，每次的水钱都能连本带利按时结清。

十赌九输，这是大家都知道的道理，但赌徒们都有这样心理，输了的都想把本扳回来。四姐手气好的时候，多少也有进账，但总是输的时候多，孩子生下满月没多久，她又出现在赌场里。这次她丈夫知道她赌钱的事情，而且输了好多钱，就对她经济上有所控制，除了给她一点生活费和保姆费，还告知亲朋好友不要借钱给四姐，后来四姐欠了高利贷，还不起，死要面子的她便偷偷地把家里的房产证偷了出来，请许涛冒充自己丈夫把房子过了户。卖房还了赌债之后，她不但没能翻盘，还把剩余的房款也输了个精光。

没了房，四姐只得临时租了个房，等丈夫回家后发现四姐把房子也赌没了，便把四姐一顿死揍，然后把她赶回了娘家。

四姐娘家人见此光景也恨铁不成钢，特别是四姐她爹也是在社会上有头有脸的人，一气之下干脆不认这个女儿了，他同意女婿离婚，还把她赶出了家门。

没了束缚的四姐继续混迹赌场，为了生存开始和人姘姘搭搭，后来结识了许涛，觉得他人不错，从此就跟定了他在各个赌场混，看到庄家牌烂也趁机押上一两把过过赌瘾。

随着林斌的名头越来越大，来他的场子上玩的赌客也越来越多，就连一些远路的赌客也慕名而来，人数多的时候一场就有二百多人。为了安全起见，林斌一般都把场子安排在远离城区或三省交界的偏僻地方，赌客们开来的汽车没处停，只好停在马路边上，有的时候一辆接着一辆有几里地长。好在每场赌局的时间也不长，只有两个小时左右。情况特殊，比如庄家倒台等，一场赌局往往一个小时的样子就不得不结束了。

俗话说树大招风。动静大了，麻烦就会接踵而至。有一次是下午的场子，地点选在安徽和浙江交界的山地毛竹林里。那里山路弯曲逼仄汽车进不去，只有一条近一千米的羊肠小道可以通到里面。

赌场八点钟准时开局。推庄的是安徽当地的一位工程老板，他手气很好，半小时不到面前就堆满了一沓沓的钱。在另一头下注的赌徒们则急红了眼，都想找机会把输掉的钱扳回来。就在这时，不知是谁喊了一声，警察来了，快跑！

许涛弯着腰正忙着帮庄家吃配钱，听到喊声转过头来就惊见许多警察从四面围了上来，其中一个还拿着摄像机在拍。慌乱之中，他刚跑出几步就被两名警察扭住了。

整个场子一片混乱，赌客们像一群突然被惊动的苍蝇一样一哄而散。可是今天来的警察特别多，为了组织这次行动，当地警方几乎动用了全部警力，外加城郊五个派出所的干警。他们事先得到线人的通知，上午就埋伏在附近山里，专等这些鱼儿上钩。

除了拼命跑出去的十几个人外，其余九十多人全部被抓，警方当场起获赌资就有三百多万元。据当地人讲，有一捡垃圾的老汉，在抓赌现场捡塑料瓶，仅从草丛中、石缝里就捡到五万多元的现金。

许涛做三门头每次都有一个抽庄风的包挂在胸前。这次，包里的十几万庄风也被警方悉数搜去。

林斌和周玲当时正在前往赌场的路上，所以他们躲过了这次行动。

赌场被抄过后几天，林斌和许涛、周玲等人聚在一起商量，探讨以后赌场该如何运作才可以更安全可靠一些。还是许涛点子多。他说，我们每次场子都有几百号人，这样目标、影响确实大，虽说斌哥公安局里有眼线，但事情弄大了谁也不敢出头帮我们。再说这么多人，就是里面混进几个公安便衣我们也根本觉察不到。斌哥你看这样好不好，我们把一个场子分成两个来开怎么样？这样人少目标也小，再说这样也不影响我们抽庄风——我们两边都可以抽庄风。

林斌想了想，说，让我考虑下再说呢。他知道倘若把一个场子分成两个，不仅目标小了一点，而且更安全了。庄风两边同时抽，肯定还要比以前抽得更多。但关键是另一边的场子该以谁为主，可派谁去。要是派去的人跟自己不同心，以后的局面就难控制了。再说场子上每天抽的庄风数目也着实不小，一旦失控，那就等于另一边的场子白白替人家开了。

晚上,林斌和周玲在一起的时候,他就把自己的顾虑和周玲说了。其实,当许涛提出分场子的时候,周玲自己心里就有了主意。既然林斌现在又提到了这件事,周玲就直截了当地对林斌说,斌哥,还是让我去吧!你对我有知遇之恩,我这一辈子是不会忘记你的!

林斌想了想,周玲也确实是个人选,于是他便同意了。为了替周玲把场面撑起来,他把许涛也分到周玲这边做三门头,再把一帮在场子里做保安看场子的安徽佬也分了过去。最后,他对许涛和周玲分别做了交代,每次场子上的庄风都必须当日交给他,做到一日一清,另外要求许涛把赌场上每次的经济往来、放水的对象、时间、数额做出明细账,月底汇总给他。此外,他还对场子的地点选择、安全保卫措施也做了详细的安排。

周玲如愿以偿地做了新窑主。自从分档之后,她工作格外认真负责,每次的场子都亲自把关,大小事务都安排得井井有条。场子开展得也很顺利,每天抽的庄风都由许涛亲手交给林斌,三个月下来上交给林斌的庄风已有七位数。

林斌对周玲的表现相当满意,只要有空,还时不时地过来指点一二。

第四个月底,四姐和周玲做月底汇总,该月累计所抽庄风有近七十万,周玲为自己能有这样的业绩而感到开心,说,这样下去一年赚它一千万根本没一点问题。

一边的四姐却撇了撇嘴,说,赚再多有什么用,钱又不是我们自己的!

四姐不经意的一句话让周玲愣了一下,她一时无语。

四姐看着周玲说,玲姐,我们每月留一些怎么样?反正斌哥也不知道庄风的具体数目！

周玲说，这怎么行？斌哥对我们这么好，再说让他知道了怎么办？

他怎么会知道！再说我们的场子这么忙，有时候一天要三场的，我和许涛已经说过了，让他每场留一点。

周玲没做任何表态，算作默认。

不管怎么样，钱总是好东西。不光是男人，大凡女人见钱总会动心的。何况这些钱都是周玲辛苦劳动所得，或者说是由于她的努力而得来，只是碍于林斌的情面，她实在不愿意往那边想。

四姐就不同了，许涛每天经手的钱她一分一厘都清清楚楚，尽管每场赌局下来，许涛也总是有意无意地给她千儿八百的，但她并不满足，她贪婪的欲望越来越大。经过周玲的默许之后，她和许涛的胆子越来越大了，每月私自截留的钱分周玲一份，她和许涛各一份。

但最后还是出问题了。

那一次，由场子上的老王推庄，他身上带来的钱输光后四姐私下借给他二十万元水钱，说好是每天六千元的利息。

老王是隔壁的荆溪人，是位身家千万专做建筑安装的老板。虽然大家叫他老王，但他年龄却不大，只有三十多岁，他唯一的嗜好就是赌。老王为人比较慷慨，场子中你来我往的几百、上千的根本不放在心上。别人借了他的钱，只要数目不是太大，他绝对不会开口向人家讨要。要是他借了别人的钱，说什么时候归还就什么时候归还，从不食言。假如他推庄，即使输得再多也总是面不改色，谈笑生风。在赌场上这就是资格。也就是好赌的人俗话说的输钱不输资格，但真正能做到这样的人却没几个，而老王就是这样的人。所以大家喊他老王，算是对他的一种敬重，也是对他的一种尊称。

不过老王在赌场上所谓的这种资格却没有给他带来任何好处，

他推庄手顺的时候即使赢得再多他也不会主动歇手圆档。别人推庄输得四处借钱，他摆门头的赢了钱反而把钱借给庄家扳本，往往是场子上赢了钱的赌客都开溜了，他伸脚踢踢赌桌下一个人也没有，直到再也玩不起来的时候才在最后离开。

有一次，老王的合作单位打来电话，叫他带人去开工。偏偏那几天他手气特别好，一个礼拜不到就赢了一百多万。于是，他就推脱说再等几天再去。不承想，几天后他不但把原先赢得的一百多万输光了，而且还倒贴进自己几十万的老本。

其实，人就是这样，走错了一步，以后步步都是错！一个人一旦染上了赌瘾就不能称其为人了，就连鬼也算不上。

要问老王哪里有这么多钱输呀？原因如下：其一，他通过做工程，原先积累了几百万的家底。其二，他人缘好又为人仗义，所以朋友多，到处能借到钱。

不过，即使你有再多的钱、再多的朋友，只要你不停地赌下去，总有一天会到山穷水尽的地步。

因为痴迷赌博，老王不但输光了家底，而且把能借到钱的朋友都借了一遍，结果这些钱毫无例外地都被他扔上了雪山。朋友们终于知道他有赌博恶习之后，最终一分钱也不愿意借给他了。更要命的是，由于一天到晚混迹赌场，他把原先的业务工程也荒废了。老王原先的一些业务上的朋友见他沉湎赌海，也有规劝过的，但那根本没用。

老王上了贼船是九头牛也拉不回来了，只好一心一意做贼。朋友们见他越陷越深，也爱莫能助。就这样，老王众叛亲离，到了山穷水尽的地步。

老王的资金链彻底断绝了。由于赌博，他从原先的一个千万富翁一下子沦为一个穷光蛋。这次他借四姐的二十万水钱，实际是他在资金链彻底断掉之后不得已而为之的。

四姐对此却一无所知。她以为老王会像以前一样信守承诺的。老王确实也够义气,刚开始,本金没还就每天给她六千元利息,就这样连续给了五天之后,老王却从赌场上消失了。四姐急了,打他电话却关机,连问了他的几个朋友,都说不知道他的去向。四姐慌了神,忙找许涛商量。

许涛说,别着急,他不会跑远的!我让两个手下去找找看吧。于是,他便吩咐手下两个东北望风仔去寻老王。

四天之后,传来消息说,老王在荆溪市一家宾馆内。

许涛立即带人赶去宾馆把老王控制起来,逼老王还钱。

老王没办法,只得四处打电话联系借钱。落地的凤凰不如鸡,赌鬼老王已今非昔比,两三天过去了却一分钱没借到。

开始老王向朋友们开口借钱,那也是有的。只是后来发现他只借不还,而且数目越来越大,特别是当他们知道老王借钱用于赌博之后,他们即使有钱也不借了。老王电话过去,他们不是推三阻四就是干脆不接。

许涛终于失去了耐心。他吩咐两个东北佬教训教训老王。

那两个东北佬也没轻没重,第一次开打就把老王打得路都不能走。第二天,他们还没见钱到账,还是要继续开打。

老王平素养尊处优惯了,哪里受得了这种苦楚。于是,他便趁上厕所的机会拨了110。十分钟后,警方就把老王和两个东北佬带到了荆溪市公安局。

这样一来事情就闹大了。

林斌第一时间就得到了消息。自从他当初开场子起始,老王就是他的常客。有时赌客少了,他还要老王带一批人来支撑场面的。所以他立刻赶到公安局替他交了罚款,把老王保了出来,并追问老王到底是怎么回事。

老王一五一十,把借四姐水钱的事情说了出来。

四姐的底细林斌很清楚。他心想,就凭她四姐身上哪里有二十万能借出来?这事肯定和许涛脱不了干系!于是,他就把许涛叫来问是怎么回事。

许涛硬着头皮过来了,他也不打诳语实话实说,那二十万确实是四姐借给老王的。

她哪里来的钱?你给她的?

不是。

林斌说,你跟了我也有八年了吧,我一直把你当兄弟,这几年来,大哥待你怎样?

大哥别说了!许涛羞愧地低下了头。他把和周玲、四姐三人私分庄风的事情一五一十地说了出来,但他没说这是四姐出的主意,而是说这是周玲的意思。

林斌知道事情的原委后,他沉默了一会儿,说,你把场子上的人撤到我这边来吧,把那边的场子关掉。另外你告诉周玲,以后我不想再看到她。还有老王借四姐的钱,你叫她到我这边来拿!

从此,林斌再也没有见过周玲。而周玲也心存愧疚不好意思主动联系林斌。

最倒霉的还是四姐。她眼睁睁地看着自己好不容易积攒起来的二十万一下子打了水漂。林斌说这二十万可以向他索要,可即使借她八个胆也不敢开口向他讨钱,她只能打断牙齿和着血往肚里咽。

自从周玲这边的赌场被林斌停掉之后,周玲感觉非常失落。特别是四姐,随着经济渐渐陷入困顿,她那一颗不安分的心又躁动了起来。

这天,四姐约周玲在茶社喝茶。两个小姐妹家长里短地聊了一会儿之后,四姐就把自己的想法告诉了周玲。

四姐说,就这样坐吃山空,总不是一个办法。我们也要为自己的将来谋划谋划!现在的样子,我们靠山山要倒,靠水水要断,还不如自己靠自己努力拼搏一次。

周玲看了看四姐,说,怎么个拼搏法?去工厂或者单位做苦力我们不甘心,自己做老板又没有合适的行当,再说资金也是个问题。

四姐说,你这个人就是实诚、不开窍,自己屁股底下坐着金山银山你却把它们当成土坷馒头,斌哥停了这边的场子,难道我们就不可以自己另起炉灶?

周玲听了还是有些犹豫,说,这样势必会影响到斌哥的生意,他会更加不高兴的。

你傻呀?四姐说,天下男人都是一样无情无义的。你想你也跟着他一段时间了,再者你负责这边的场子也有近一年的时间,你算算为他抽了多少庄风?现在倒好,还不是过河拆桥,他一脚就把你给踹了。

周玲听了无语。

四姐见机立马火上浇油,她又加了句,是他有负于你在先,你不必为此有什么纠结。实在不行,就算是我俩合股,水钱利息和抽的庄风我们五五分成。

周玲说,也只能这样了。

就这样,周玲的场子被林斌停掉之后又重新开张起来。现在,她经历了一次华丽转身,成了真正的老板娘。原先场子上的一些老主顾又回来了。她轻车熟路,原来帮林斌所开近一年的场子成了她的培训期。

开始,林斌对周玲重开赌场也不以为然,只是吩咐许涛尽量把周玲那边的赌客拉到自己这边来。他知道那些人去周玲那边撑场只是碍于情面，毕竟他们和周玲没有利益关系，他们在她那边肯定是待不长的。

果不出所料，开始几天周玲这边的场子上赌客还比较多，后来每场来的人就越来越少了，而林斌这边却是热闹非凡。

眼看着这场面就撑不下去了，周玲和四姐一筹莫展，再这样下去赌场迟早要关门大吉的。

在周玲的场子中有一个常客名字叫张锐进，小周玲三岁，是从江北过来的，他原来不是林斌那边的熟客。他得知周玲和林斌分开之后就开始追求周玲。周玲不得已，只得委身于他。现在，周玲的赌场主要靠张锐进和他的一帮朋友们在撑着。

四姐一直为老王的二十万要不回来而耿耿于怀，再加上周玲这边的场子赌客越来越少，心里自然憋屈得很。恰巧这时，四姐有个远房表亲通过社会招聘被荆溪市一个派出所录用为联防队员，并且担任线人工作。

作为线人，一旦有赌场经他发现而举报查获之后，查获的赌资派出所可以和他分成。比如：起获一万现金他可得提留两千。

一次，他在饭店吃饭时碰到四姐，两人就互相留了电话。他知道四姐是在赌场混生活的，于是就对四姐说，以后只要碰到大场子，赌资达到几十万、上百万的就和他联系，之后从派出所起获的赌资得到提成之后可以分一半给她作为信息费。

四姐当时就动了心。因为她和许涛的关系，林斌每个场子的时间地点她都一清二楚。她要找个机会报复一下林斌。一来为了借老王的二十万，再者，林斌那边的场子出事，赌客就会跑到自己场子里来玩。这可真是一本万利的买卖。但她这想法没和周玲说过。四姐知道，就是和周玲说了，周玲也是不会同意她这么做的，她只是在等待机会……

自从林斌把周玲的场子关掉以后，他自己这边的场子一直很兴旺，同时他也变得格外小心谨慎，大凡有大的赌客过来，注码几百万以上的，他都把岗哨放到各个场地公安局及辖区派出所的门口。这样，只要一有风吹草动，他就能在第一时间得到消息，然后组织赌客们安全地撤退。

四姐等待的机会终于来了。

这天，林斌一个做企业的朋友和他说，他有一个客户是浙江人，身家上亿，特别喜欢筒子杠，他明天来荆溪谈业务，晚上可以叫浙江人坐庄。

林斌满口答应。经过一番精心准备后，他把地点选在荆溪市工业开发区一废弃工厂的车间内。那车间长一千米，宽约四十米，前后左右都有门可以出入。

浙江人来的当天晚上，林斌特地在酒店为浙江客人设宴接风。席间，几个人推杯把盏，相交甚欢。待到饭毕已近八点，林斌就带着一干人急匆匆地赶向预定地点。

场子那边各方面的安全保卫措施都已安排到位。本地的赌徒们听到有大客户光临，也早已蜂拥而至。待浙江老板上庄坐定，赌局便正式开张。

筒杠每门两张牌，以麻将筒子、点数和对子大小论输赢。除庄家上手一门外，下家分左中右三门。其中，中间这门也就是所谓的天门，赌徒们一拥而上围住了赌桌，抢着下注。

这边正在热闹呢，就听得外面传来三声枪响，呼、呼、呼，赌徒们闻得声响，先是愣了一下，然后就像炸了窝一样四处窜。

浙江老板见这阵势就知道今天被人阴了，他勃然大怒，一把揪住林斌的胸膛破口大骂，你敢玩我，老子回去后和你没完。

林斌也惊呆了，他脸一阵青一阵白，心说，完了，他妈的有人砸场子！老子今天栽了！

这场赌局，开场不到半小时就被荆溪警方一锅端，现场收缴的赌资有近八百万，就连林斌本人也未能幸免。此后，警方陆续来了三辆公交公司的大客车，才把一百几十号人拉完。

按理说林斌在公安局也有线人的，但他为何事先没有得到消息呢？原来，这次警方得到线报后动用的全部是隔壁区市的警力，因此他放出去的暗哨等于聋子的耳朵只是摆摆样子。

这起事件可谓是林斌出道以来所遭受的最沉重的打击。除了收缴的赌资，他还必须按照道上的规矩承担参与赌博的一百几十号人的罚款。他几年积累的财富差不多一下子打了水漂。不光如此，由于他自己也参与其中，警方还要追究他聚众赌博的罪行。

林斌毕竟是林斌，他也不是个等闲人物。经他四处活动，甚至不惜血本动用各种社会关系为自己疏通。三天之后，他才灰头土脸地被放出来。从看守所出来，林斌暴跳如雷，他停场几天，发誓要查出漏风之人。

周玲虽然知道林斌的场子出事，但她压根不知道是四姐在通风报信，所以她的场子还是像以往一样正常进行。

林斌那边停场之后，周玲这边的赌客自然也多了起来。倒是四姐心里一直忐忑不安，她没想到会把事情捅得这么大。她知道林斌是不会善罢甘休的，所以心里一直七上八下的，总是感觉到会有什么事情发生。

林斌在那边追查内应。他查来查去，最终还是落在许涛身上。

许涛当然死不承认。

最后林斌拿出那天许涛的电话单，上面有他和四姐的一次通话和三个短信联系的记录，最后一个信息是八点零五分许涛发给四姐的。林斌问许涛发的什么内容，许涛死不开口。

事已至此，林斌已经很明白，他不需要许涛再说什么了。他已经把圈内知道场子时间、地点的人的电话单子一一打印了出来，目前只有许涛的电话记录显示他和外界联系过。他挥了挥手，马上就有手下拿来一把铁钳和一把砍刀放在了桌上。

许涛脸色煞白。他哆嗦着对林斌说，斌哥！看在多年的兄弟情分上你就饶我这次吧。

林斌冷冷地说，别废话，要么把嘴里的牙齿全部钳下来，要么留下一只手掌，你自己选吧。

许涛知道自己今天难过这一关，他狠了狠心，咬紧牙关，一刀便把自己的左手掌给剁了下来。

惩处了许涛，林斌心底的恨仍无法用语言来形容，他恨透了周玲和四姐，尽管他根本不知道那只是四姐一个人的主意。

两个贱货，分老子的钱还要砸老子的场子！你们等着瞧！他当下就吩咐手下密切注意周玲赌场的动向，一旦打听到确切的时间和地点后立即向他汇报。

一天后，他得知周玲赌场的有关信息之后便叫来两帮外地人，他们携带着钢珠枪，还有砍刀、铁棍等凶器直奔周玲的场子而来。

周玲全然不知林斌会来砸场子，当时她也在场，她哪里见过这世面，当时就吓得呆若木鸡。说时迟，那时快，二十多亡命之徒舞枪弄棒一拥而上。

大胖一马当先，他左右开弓把周玲和四姐打倒在地，然后一手揪住她们的头发，他用枪戳着周玲的头咬牙骂道，你这贱货，敬酒不吃专吃罚酒的娘儿们，上路去吧！说罢分别对着她俩的脑袋连开几枪。

一会儿的工夫，周玲的场子上就重伤三人，死亡二人，轻伤不计其数。

林斌得知场子中打死人后，知道这下闯大祸了，吓得连夜逃往外地。

警方接案后立即通缉林斌。

天网恢恢，疏而不漏。三个月之后，林斌被抓捕归案。这起案件是本地有史以来最大的带有黑社会性质的由聚众赌博而引发的杀人案件。

林斌和大胖他们正羁押待审。林斌的亲朋好友，他们看到林斌赌场当初兴旺，打算坐收渔利，纷纷借钱给林斌放水，结果都血本无归。

只有周玲的六岁大的儿子，半夜里时常从梦中惊醒，哭喊着要妈妈……他不知道，他的妈妈自从迷上赌博那一天起就已经踏上了一条不归路。

蒋传庭一口气讲完了故事，末了又补充道，除了人名，故事里的人和事都是真实的，他们许多人也和我们身边的人相关，不只是周玲、四姐、林斌他们，周边乡镇都有这样的人。他们在本地赌不过瘾了，还去澳门和迪拜赌。

我们老一辈辛辛苦苦创业守业，却忽略了对自己子女的教育，最后没让他们走上正道，不得不说这是一件很遗憾的事情。

赌博真是害人又害己。

胡一凡听完故事唏嘘不已。

可不是嘛！因为好赌，结果弄得家庭支离破碎的例子实在太多了。

蒋传庭告诉胡一凡，村上还有个曾经做工程的老板，拿着承包方的钱，东补西凑，年头还看着有点人样，口袋里还有几万，吃饭、喝酒、歌舞厅点小妹伴唱，潇洒得很。年中在讨债和被讨中，手机麻将成了爱好。一副牌十几分钟上千元红包转账出去了，一晚上万把块钱没了。年尾回家，讨债的到家里来要，他躲房间里，口袋里五百都拿不出来。爹妈到处问别人借，去菜场买个菜，人家直接问，十年前的两千元什么时候还啊？

还有一位曾经的朋友，父母年纪大了还在外面拼命地赚几块钱替儿子还账，儿子在外面赌，家里三套房都赌完了，儿媳妇也上了黑名单，手机里都是手机贷，几百几千都要借。征信纸两个人加起来一百多张，查询贷款审批机构一年四十多家，一个月三万多要还，看着心里不知道什么味道，银行转贷出来的钱只能把外面欠的还了，家里唯一的一套房也没有了，只能出去租房子。看着上年纪的父母，热水瓶大小的孩子，这日子何时是个头呀！

胡一凡听完故事，心情很沉重。现在村民们富裕了，在物质条件充裕的同时应该精神生活方面也要得到相应提升。在新一轮美意田园乡村建设中，要把村民文化广场的建设提上日程，利用村委的闲置地段建设高标准休闲文化广场一座，高标准绿化，配备休闲座椅等设施，打造村民休闲娱乐的好去处。

为此他连夜赶写了一份相关报告。

第二天一早，在村务办公会上，胡一凡把报告分发给村委班子成员请大家公开审核评议。

那敢情好！文化广场建成后村民在家门口就能享受到优质的公共文化服务，提升群众的获得感和幸福感，林国良首先表示支持。

万家浩看了胡一凡的方案也很兴奋，说，你还真和我想到一块儿了。新一轮的拆迁安置即将开始，吸取上一轮的教训，有的人拆迁后分了几套房，因为赌博不到一年就输了个精光，结果落了个家破人亡的局面。他决定找召集林国良、许承清等村委班子商量一下对策，也立一个村规民约，给嗜赌等不良现象通下风，消消毒、灭灭菌。

第四篇

图 新

上

就在这一年，省委副书记、李代省长带队到在南山村召开全省丘陵山区农业综合开发现场会。会上有专家提议利用南山村的地区优势，整合南山小镇现有的鸣桐里加应子花海景点和金山里沸水塘温泉，把南山村打造成戴埠镇第二处5A级国家旅游度假区。改建成的南山村将由温泉养生区、度假酒店区、单栋式酒店区、休闲体育区和特色商业区五大区域组成。

南山村鸣桐里加应子花海5A级景区和金山里5星级温泉度假酒店的项目，得到与会省、市领导的一致认可。

本地市区领导随后做了表态发言，表示要利用新一轮美意田园乡村建设这个契机，抢抓政策机遇，增强责任意识，提升服务能力，加强宣传引导，进一步加大项目谋划力度，提高项目谋划质量，下好先手棋、打好主动仗，全力以赴做好南山村鸣桐里加应子花海5A级景区和金山里5星级温泉度假酒店项目的规划、储备和申报等工作。

南山村鸣桐里加应子花海5A级景区和金山里5星级温泉度假酒店项目方案确定之后，万家浩、林国良、胡一凡和许承清等村委班子成员开了个碰头会。会上大家商讨了一些事宜，然后进行工作安排。

林国良提出了自己的担忧，难的就是整体拆迁金山里让位度假村的问题。村委不能替村民们打包代办，毕竟要让他们离开祖辈生活的村庄，大家多少有些不舍。另外拆迁村民下山后如何安置也是一大难题。

这个过程对村民来说确实是一种煎熬。祖辈生活过的地方，说拆就拆，然后大家就像无根的草，风一吹就散了。从情感上来说，确实有点不舍。有人这样附和。

我们应当预见到即将面临的困难，万家浩补充说，拆迁过程中也不可能是一帆风顺的，其中肯定有阻挠，我们要充分考虑到村民的情绪和意愿，听听大家的意见。

胡一凡补充说，安置房的建设虽然有一个周期，但政府已经考虑到村民们因拆迁过渡带来的生活困难，在安置房验收合格之前，将按每人每月五百元，每户不低于两千元的租房补贴作为过渡。

那就可以在城里租个两居室了，许承清说，这对村民的生活影响不大，等安置房验收合格，大家可以高高兴兴搬到新居了。

隔壁李家园村南山竹海5A级景区打造完毕之后，每到节假日游客如云。村民在家开开民宿、饭店一年就有二三十万的收入。不具备条件的，也可以在景区打工，年纪大点的做保安和服务员，一年也有几万元的收入。

所以我们村委一班人要起到带头作用，首先要做好自己家人和亲属的工作，配合上级政府下好这一步棋。金山里整体搬迁打造鸣桐里加应子花海景区和温泉度假村，最终获益的还是老百姓。

最后，村委一班人决定分头走访村民，倾听他们意愿的同时顺带向他们宣讲这次搬迁和整体开发的意义。会上大家分类开列了部分上门对象，对于一些原籍不在金山里的人，他们还拟电话征询意见。

万家浩告诉胡一凡，村委还要专程拜访村里几位德高望重的老人，倾听他们的意见和建议，特别是像三爷那些百岁老人，他们年岁大了，对村庄和故土怀有特殊的感情。

一边的蒋传庭对胡一凡说，小胡书记，你还不知道吧，我们国良村主任可是给你讲故事的三爷家亲女婿!

胡一凡有些吃惊,说,这个我还真不知道!看来还是我们国良主任把这个秘密保守得好呀!

万家浩、林国良和胡一凡他们遴选好走访对象后分两组进行走访,他们分别规划了第一天的走访路线。万家浩和胡一凡一组,林国良、许承清和蒋传庭又一组。

胡一凡和万家浩走的线路是从村委所在地到金山里,然后经过鸣桐里、牛场、马地、河洛港,所有对象走访完毕后再顺路回村委。

仲秋的南山层林尽染,大山就像被彩墨泼染过一样,依然翠绿的是成片的竹林,椰榆的叶片已经全部泛红,粗壮高大的树干错落有致,栾树翠绿的枝丫间铺满了一层红色的果实,有风吹过,林涛阵阵,天空不时有路过的雁鸟发出一声长鸣。

仲秋到了,南山村又将迎来一个平凡的冬天。

一行人到了村路,向右拐进了金山里,涧溪里的水车在涧水的冲击下缓慢地转动,一边的油坊和磨坊显得有些萧瑟败落。溪边粗糙发黄的叶片已经掉落了一半,涧底的浅水里,一群小鱼正在追逐飘落水面的落叶。

金山里是个老村,除了后建的二层楼房,一些零零散散土坯和石砌的旧房很久没人住过了,里面堆满了杂物,有的则改建成了猪圈和羊舍。

金山里老了,老得像一个脸上堆满了皱褶的世纪老人。年轻一辈的金山里人早就抛弃了生他育他的村庄到城镇去落户,一旦走了出去,就不愿意选择归来。

万家浩和胡一凡一路走访了村里的几位老人后,他们接着又往四爷和三爷家的方向走去。

四爷今年一百零八岁,比三爷小两岁,老得像皱了皮的松树。老爷子现在儿孙满堂,儿子和两个孙子都在城里买了房,可如今他和四奶奶还是住在七十年代建造的二层小楼里。

儿孙们把他接到城里去住,可老爷子用不惯城里那种抽水马桶,每次上厕所宁可走上十分钟左右的路去有蹲坑的公共厕所,所以过不了几天就闹着要和四奶奶一起回金山里。

尽管有四奶奶照料老爷子的日常,但随着年岁的增长,老爷子的身体一天不如一天。此时,他躺在卧床上闭目养神。

四奶奶见到村委里来人,忙叫醒在竹床上小睡的四爷。四爷见到胡一凡他们,挣扎着起身要让座。

胡一凡和万家浩赶忙摆手,他们搬了条长凳坐到老爷子床前,像往常一样和老爷子谈心。

南山村的这些百岁老人对于全国知名长寿村南山村来说,个个都是活着的宝。所以村委每年的四时八节都会定时去看望他们。

四爷有些心不在焉,但他表示这些年村民的生活好了,说明村委的工作是对的,他对南山村新一轮的开发建设表示支持。

探望完四爷,万家浩和胡一凡等信步往三爷家走去。

三爷见到村委来人,心情很好,他听了万家浩的汇报点头称赞,老人家表示村委这批年轻人除了有干劲还有远见,叮嘱村委在项目推进的过程中要关注民生,把解决群众拆迁安置过程中的困难和难题放在首位。

临别,三爷有点感触,他握着胡一凡的手说,我是幸运的,活得这么长,看得多也听得多,享受过生活的美好,我也盼着早点去见我的老伙伴们。你们年轻,未来的世界都是你们的,要好好干!

胡一凡听了,忙安慰三爷道,未来的日子还长着呢,您老且放宽心,我们南山村正是有了像您一样的一群顾大局、识大体的长寿老人，我们南山村的发展变化才会越来越好，我们都希望请您来为我们做见证呢！

三爷不作声，他摆了摆手，算是和胡一凡他们道别。

从三爷家出来，万家浩领着村委一班人又去拜访了前任村长。

胡一凡刚到南山村的时候已经拜访过老村长了。老人家今年八十三岁，是南山村的第五任村主任。只是近年才出现一点帕金森的症状，不过思维还很清晰。

万家浩先向老村长介绍了南山村作为美丽田园乡村的远景规划。老村长连连说好，他哆嗦着不时向胡一凡他们跷起大拇指。

前一阶段，刚对南山村进行了一番村级改造，修了一条村路，把一些危房修建改建了，增加了一座农家书屋，把空房改建成了老年活动室，并且增加了周边的绿化，把涧溪边的几棵三百年树龄的椰榆树修剪保护起来，挂了营养液进行保育，原本有两棵树因为水位下降，夏季开始奄奄一息，现在已经恢复了活力，泛黄的枝叶开始变绿。这样一来，金山里整体环境比原来好多了。

谈到村子的远景规划，胡一凡把打造鸣桐里加应子花海景区和金山里整体搬迁，改建成国家级5A级景区及5星级温泉旅游度假酒店，村民们如何择地安置等后期工作进行了传达解释。

老村长听说要搬迁，不觉愣了一下，他闭了会儿眼睛，然后睁开说，不破不立，旧的就得要让路给新的，老的就要让路给少的，世界上的事其实都是一样的，只要是对子孙有益的事，你们尽管去做好了，这个搬迁温泉项目我同意。

过来串门的一位老汉抢着说，感谢政府，现在大家生活条件都好了，村上每人每月有三十元劳保，村里的地和山租出去，每人每年可分得租金七百二十元。一般人家都有田，因为水改旱，水库公司收去了稻就不种了，平时种点黄豆、山芋和苞米等，这样每亩也能领到四百六十块钱的补贴。就拿大伯家来说吧，老大在开民宿，老二眼睛不好，但每月也能领到残疾人补贴八百元左右，老三在花海景区开缆车，一个女儿嫁在村上，一个女儿嫁外地，条件也不错……

前几年政府在沸水塘村花了一百五十万元打造美丽田园乡村，统一景观，把菜园、养鸡养猪的地方都拆了，这样村里确实好看多了。现在村道比较整洁，地面基本上都打扫得干干净净。

村里紧靠加应子花海景区，好多户人家都把自住房改成酒店和民宿，生意也比较好。

实事求是说，现在生活条件提高了，老百姓思想境界也提高了。一个村的大小事项，像给田里灌水、放水、看山呀什么的你们处处都要照应到。

你们为村民做实事，大家都看得到。总的来说就一句话，共产党的初心就是为人民服务。你们做干部的，一切都在为老百姓着想，我们大家都支持。

我们通公路了，漂亮的一号公路都修到家门口了。提到过去，老村长深有感慨，我们原来有兄弟姊妹五个，两个姐姐，兄弟中我是老大。初中毕业后先后在生产队里做记工员、会计、大队会计、村主任和十年的大队书记，又在乡办企业待过，后来又回乡承包茶场。我们这一代老书记和现在的相比自己感觉有两件事值得一提：

第一件是大兴水利建设和乡村道路建设做对了。当时全市都在搞大中小型水库建设，梅花岕水库就是我们带领全体村民用肩挑起来的。第二件是乡村道路拓宽，路基建设，我们每个生产队都按劳力分摊，出工出力。

记得一九七八年大旱的时候，为了抗旱灌溉，我们各个生产队统一，都自己挖了一口井。这些都是有利子孙后代的好事。

我和老伴有两个儿子一个女儿。我们现在有两个重孙，大点的都念幼儿园小班了，我都做太公了。侄儿是我们这里第一代大学生，念的是重庆大学。现在孩子们发展得都比较好，孙子一辈全是本科生。

我大儿子租了村民的六七十亩茶叶山，我和老伴闲时帮他照应照应，顺便带带孙儿。小儿子又在城里机关工作。我和老伴就在家种种菜、养养鸡，他们平时忙，有时周末会回来一起聚聚。

感谢党的政策好，应该说我们对现在的生活是满意的，感到很幸福。

老村长最后表了态，说道，只要是村委集体讨论通过的事，我和三爷他们一样都无条件支持。

告别了老村长，万家浩对胡一凡说，我们再去趟菊子家。菊子娘这个胖婆子是个不好缠的主，但我们也得尊重她，听听她的意见。

提起菊子娘，胡一凡头皮有些紧，他不太情愿地跟着万家浩去菊子家，幸好菊子家大门紧闭，一个人影也没有，胡一凡这才松了口气。

胡一凡是省委组织部选调生，也就是所谓的大学生村干部。他的到来就引起了全村人的好奇。从解放到现在，风风雨雨，南山村的干部都是土生土长的南山村人，文化层次也高低不一，村民对这位新来的大学生羡慕的同时还带着一点宠溺的味道。

胡一凡年轻帅气，在学校是团委干部，平时经常组织同学们进行志愿服务，到了大三第一学期就加入了党组织，德才兼备。村子里的一些年轻姑娘和小伙倾慕他的学识人品，总是有事没事就往他那跑。

林月盈暑期回家休假，为了完成学校布置的社会实践任务，便央求父亲林国良和村委书记万家浩打了个招呼。万家浩的父亲万大成和林礼志都是第一代村干部，两家人当时在同一个院子里住过，算起来也是世交。他二话没说，便把村委办公室的一个空座位安排给了她，让她做胡一凡的下手，在村委参加社会实践两个月，实践结束再打村委证明。

同在一个办公室，加上有更多的共同语言，两个年轻人在一起相处的时间长了，相互之间便慢慢地有一种说不出来的情愫，所以语言或者动作上多少有点不寻常。

有人说得好，世界上有几样东西无论怎样拼命掩饰也是隐藏不住的，贫穷、咳嗽，还有爱。

世上没有不透风的墙。

大学生村干部胡一凡和南山村茶场林场长女儿林月盈相好的事情很快就传遍了整个南山村。

菊子娘胖嫂知道这件事后自然有点失落，她心里酸酸的，同时无缘无故地又生出一股怨气。说起来那个林月盈和女儿小菊还是同班同学，是一对无话不谈、形影不离的好姐妹，就连每天上学放学都是一同出一同进的。可菊子娘就偏偏见不得菊子和林月盈好，只要见到菊子和林月盈在一起就要对着菊子骂出各种难听的话，害得林月盈打老远见到胖胖的菊子娘就早早躲开了。

其实，菊子娘有心病。

菊子娘年轻的时候可是村里的一枝花，可是这样的一朵鲜花落到最后还是嫁给了菊子爹。她只怪自己年轻的时候不谙世事，看人看走了眼，不然的话，现在她肯定是风风光光地当上了茶场场长夫人，而不用整天在茶场累死累活地采茶叶，去赚这几个辛苦钱。要知道，在茶场起早摸黑，一刻不停歇，一天也采不了五六斤鲜叶！自己当初要是应了林国良，恐怕就连整个茶场也是自家的了，自己不再用整天吃辛吃苦才混上百十块的小工钱。

可话说回来，当初的事情也不完全是菊子娘的错，怪就怪在世事难料。当年林国良追求菊子娘的时候，长得又瘦又弱，关键是腿脚还不灵便。遇上这样的事，就连最普通的女孩也要在心里打上十八个问号。

有好心人也劝林国良，叫他不要痴心妄想，癞蛤蟆也能吃得天鹅肉？可偏偏林国良是个有野心的人，从他当初勇敢追求菊子娘的举动中就可以看出些端倪。

不承想风水轮流转，三十年河东三十年河西，昔日的癞蛤蟆已经成了英俊潇洒风流倜傥的企业家；自己当年这朵鲜花，如今也成了一朵即将开败的喇叭花。

菊子娘眼见得以前上上下下到处是缺点的林国良越来越有出息，出落得一天好似一天，而自己的老公却空有一身蛮力，只会整天闷声刨土地，心里不由得像翻了五味六味瓶。她现在看整天在村委办公室出入的林国良，真是越看越有男人味，用行话说就是浑身上下都是范儿，竟然没有一丝半毫的缺点，就连他拖着那条沾满泥巴不好的腿，从雨后的茶园里上来到田头也是一种帅气和风度。

怪只怪自己时运不济。菊子娘是个要强的人，她打断牙齿往肚里咽。不蒸馒头争口气，菊子娘要强要在心里，自小菊生下来之后，她时时处处和林国良老婆较上劲了。不管什么东西，只要林月盈有的，小菊一定也要有！为此她没有少被小菊埋怨，但她依然我行我素，乐此不疲。不过使她欣慰的是，如今小菊也出落得像一朵鲜花一样了，而且远远胜过了当年的自己。

直到高中毕业人家林月盈考上了大学，自己女儿小菊却只能在家待业，这不禁让她心头一阵阵难过。最近又听说林月盈四年大学读完最后还要回南山村工作，她那颗失落的心才稍稍收回了些，觉得自己家小菊又一下子和林月盈拉近了距离。

小菊得知自己的好姐妹林月盈和村干部胡一凡相好后心里多少有些失落。开始她也中意这个有才华又有干劲，雪白粉嫩，长得像瓷娃娃一样，但却又一点也不娇气的大学生村干部胡一凡。可没想到那胡一凡却被林月盈抢了先机。再说论相貌，她小菊可怎么也不比林月盈差呀！小菊嘴上不说，但见了林月盈面始终有些不快。林月盈每次和她搭话，她也是爱理不理的，两人之间的关系比以前明显冷淡多了，弄得林月盈有些莫名其妙的。

菊子娘胖嫂看在眼里，更是急在心里。

这天，万家浩、许承清、林国良和胡一凡等村委一套班子成员在村委办公室开碰头会。主要议题是讨论如何应对长岭青锋茶对南山青锋茶的侵权案。

南山青锋茶是南山村继南山寿眉后由林国良一手创制的绿茶新品种，其外形色泽绿润，挺秀显锋，茸毛披覆，匀整光滑，犹如青锋短剑；内质香气高爽，汤色绿明，滋味鲜醇，多次在省地方名茶评比会中获得第一名，并且获得过省优质产品的称号。可是这个已有几十年历史的南山青锋茶老字号最近却被人盯上了，邻村的长岭茶场后来居上，他们也想抢夺青锋茶的冠名权，打的就是青锋茶这个名号。

其实也怨不得别人，自从南山村的这支青锋茶在市场一炮打响，接着又先后获得省级奖项后，它的品牌就一直被人盗用至今。南山村地处丘陵山地，包产到户后，重新分了田亩和山林。松岭村村民们看到村里的茶场效益好，便利用自家山地零零星星地种了茶园，到后来几乎家家户户都有几亩茶叶山地，每到茶叶上市季节，村民们采了新叶，晾晒干净之后，就在家里用铁锅炒炒，成品一出,再去村里茶厂讨要些现成的包装,回家用封塑机一封,如假包换的水货青锋茶就这样出炉了。

整个松岭村以秦姓为主,仅有的那一户姓肖的还是他们秦家入赘的女婿。自从林国良创出青锋茶这个品牌之后,村民们见有利可图,纷纷在自家园地里扩大了种植规模。

林国良知道这件事,他也是睁一只眼闭一只眼的。肥水不流外人田,毕竟都是乡里乡亲的,有的还是沾亲带故的,他们中有的辈分比林国良还要大,林国良见了,还要低头哈腰叫好听的。

最好喝的自然是明前茶的青锋茶,也就是茶场在清明前采摘制作的新茶。这种茶的叶片生长期长,经过一冬的蛰伏,膏肥嫩香。再者由于气温低没有虫害,几乎没有任何农药残留。一些老客要的就是青锋茶的牌子,他们指名道姓就要喝这种明前青锋茶。可是这种新茶产量也低,有时一天也出不来几斤。

看到新茶一时供不应求,肖得望动起了歪脑筋,他到外地浙江一带组织货源冒充本地青锋茶出售。浙江一带纬度低,气温高,茶叶生长旺盛。本地第一道青锋茶开采的时候,浙江一带的茶园已经采过三道四道茶了。由于茶叶生长期短,浙江一带的茶叶叶片薄,开水一冲就全部贴在杯壁上了。而本地头道清锋茶条索均匀,片片都是肉节节的,热水冲下去,全部锋尖瞬时向上,齐刷刷地立在杯里,那阵势就像挨在一起一条条大小均匀争相露出水面喘气的鱼阵。这一条条绿色的鱼,香气四溢,一泡二泡三泡历久弥香,直至七开八开也余香缭绕。那假冒的青锋茶则完全不同,只消泡个两开三开就味寡如白开水了。

由于外地冒充的青锋茶质量次,价格自然也低,竟然一时也供不应求。市场需求量一大,肖得望也不屑于到茶场去讨要零零碎碎的包装了。他避开青锋茶厂,私下找些小的印刷厂,自己大量印制青锋茶的包装，自己在家生产假冒的青锋茶。现在他家就如一个地下青锋茶厂，在那里生产的假冒伪劣青锋茶源源不断地流出了松岭村，在一定程度上也影响到了青锋茶的声誉。

对于这种损公肥私的行为，胡一凡看在眼里，急在心里。他指出若不想砸了青锋茶的牌子，那就必须回收村民手里零散的茶园，按照股份制的方式，实行统收统销，这样才能极大可能地保护集体资产不再流失。

此外，青锋茶场可在原来的基础上再扩建五百亩，由村民集体投资每户筹出一万元成立南山村绿色生态园，以青锋茶为龙头，结合山里的竹笋、板栗、竹园鸡、茶园鸡，集垂钓、住宿、休闲娱乐于一体的生态园，只要有了一千万元投入，这个口就可以盘活了，他自信满满地说。

有人表示反对，说，这一下步子跨得太大，万一投资失利，难保不被村民们抱怨，这件事还得大家好好议议！

万家浩听了点点头，转身对蒋传庭说，到时听听你家三姑的意见，她和三爷一样都是老前辈了，都为我们南山村的发展做过贡献。我们南山村的两大主题文化，加应子花文化和寿文化少不了他们出谋划策。

胡一凡见大家有疑惑，便从包里取出一叠事先已和万家浩商议决定的关于筹建南山村绿色生态园项目可行性分析报告，分发与会的村委班子成员人手一份，请大家审议。

许承清看后连说，好！好！把整个南山村都纳入南山村绿色生态园，这个创意好！今后我们南山村除了加应子花海景区和金山里温泉度假村，还能融合绿色生态园，这样整个村庄就成了一个大旅游度假区，届时每家每户都腾出一间房，装修成标准式客房，淋浴设施、电话等齐全，不光是鸣桐里，还要让整个南山村都成为一个家庭式连锁酒店!

何光荣总结说,不愧是科班出身,有远见,后续发展潜力也非常大。大家都点头表示同意。

林国良说,这个方案好确实好,但毕竟只是纸上的东西,到落实还有一个过程,而且这个决议最终还必须得由村民大会全体村民表决通过。

万家浩把手一挥,当场决定说,既然大家都说好,那么快马还必须加鞭,各村民小组马上布置下去,明天上午八时在村委召开全体村民大会。

第二天,南山村村民大会准时召开。会场里人头攒动,大家议论纷纷,矛头针对的都是大学生村干部胡一凡。私下都说他嘴上没毛,办事不牢,为了证明自己,也不能让全体无辜的南山村村民替他做垫脚石。

当听说要全体村民每户出资一万元办那个什么生态园,胖嫂第一个就跳了出来嚷道,凭什么要拿大家的钱去给你们折腾呀?到时折腾不出什么名堂,一句话说亏了就亏了,我这一万元就是存银行还可以涨利息呢!要我拿钱出来,那就是稻秆敲锣——想(响)得美(没)。

马上有人表示支持,说,你们村委确实想得美,只想从我们村民口袋里掏出钱来供你们吃吃喝喝,你们村委每年在许光华家的土菜馆吃喝消费开支还少吗?入股也行,要入就干股,你们村委有本事让我们全体村民年年准时来村委领钱,要不就是烟囱里安家——没门!

一时村民议论纷纷。

一看这阵势,主持会议的胡一凡有些尴尬,他用眼光求助似的扫过一同坐在会议主席台上的何光荣、许承清和林国良他们,可他们个个正襟危坐,无一人愿意出面搭腔。

一边的菊子娘见了,用眼睛剜了一眼林国良,说,我们都是本本分分安稳过日子的人,从来不想招惹是非,也不贪图什么不义之财,我家菊子也一样,不像人家读高中时就开始和男生眉来眼去的,为此还差点吃了学校处分!

大伙听了哄堂大笑。

胡一凡觉得有些莫名其妙。坐在一边的林国良则讪讪的,他有些尴尬,知道菊子娘指桑骂槐,说的就是自己女儿林月盈。

菊子娘胖嫂见状不免有些得意,她接着说,我自家打油自己吃,不贪不义之财,更不奢望年底能分红提成!还是一句话,要我家出钱,还是青石板上栽萝卜——没门!我也不想在这耽搁自己的采茶叶工夫,我劝大家也别做青草大头梦了,天上不会无缘无故掉馅饼,还是让他们村委几个人自拉架势自个儿玩去吧!说罢扬长而去。

有人笑话她,将来花海景区和温泉这块地的分红你有本事也不要,你们几户不是要死要活,不肯拆迁吗?

当真硬气,叫你家老公明天不去温泉上班了,拿了那份死工资干吗?还不如和其他人一样开个民宿,做做现成老板娘,那该多好!

众人听了不禁哈哈大笑。

你们不知道,我家孩子多,底子薄,当真能像温泉一样好,花海景区的钱我也愿意投,可经不起耗呀,你看隔壁人家宜兴不是也搞了竹海,你们看看一天到晚机关枪也扫不到几个人,哪里还会有收益啦?我只是担心,真金白银投进水里也响一声的,到了花海,就怕石沉大海哇。

其他人听了觉得有理,于是纷纷告退。整个会议不欢而散。

胡一凡回到宿舍,他有点郁闷,回想起菊子娘的话,不仅心底有些隐隐的失落,也有一种被欺骗的感觉。他打开电脑上了网查看一些相关信息,然后又登上了QQ,看到QQ头像的小企鹅在一闪一闪地跳动,他打开了会话框,发现是林月盈发来的。

　　事情进展得如何?

　　还好!

　　有人说什么了吧?

　　没!

　　注意别忙着!

　　嗯!

　　下了!

　　他淡淡地回应了一下,就退出了会话框用电水壶去烧开水,等他泡好茶重新回到电脑前的时候,发现QQ显示的小企鹅一直在跳,他便又打开对话框来看。

　　在吗?

　　…………

　　在吗?

　　你一定听到什么了吧?

　　…………

　　在吗?

　　是的!

　　肯定是菊子她娘胖嫂?

　　嗯!

　　说的什么?

　　还能说什么呀?

　　我可以解释吗?

这还有什么可以解释的！

爱就爱了，谈就谈了。

没有结束！

那个他还在吧？

我和他是不可能的！他是一个转学生，外地来的，我是班级里的团干部，按照班主任的要求多关心他，多联系，现在人家已经回到宁夏去了。

结束了？

没有开始怎么会结束呢？晕！

原来如此！胡一凡打出了一个笑脸，原来恋爱确实是要谈的，这不一谈误解就消失了！

哈哈！

你呀，小心眼了！

林月盈发了一个捂嘴偷笑的图像。

我爸说了，你那个农业生态园的设想有点悬，先要解决的是资金问题，承包给个人也不行，风险太大，一般人不愿意出资，其次和原有的茶场有冲突，合并经营也不失为一种途径。

有可能失去茶场的经营权，你父亲当然会有自己的想法，我看还是等等机会。

这阶段他正在烦呢，不光是隔壁的长岭村包括我们南山村，现在几乎家家都有几亩茶地，现在打的牌子都是村里用的南山寿眉和南山青锋，特别是菊子他爹，茶场用的包装他明目张胆地去印刷厂印，然后用拖拉机载回村里卖，村里哪家做了茶叶都到他家去买包装，父亲也很为难，因为毕竟是乡里乡亲的，怕伤了大家和气。

是呀！大家都在占村集体的光，大家都在做这两个牌子，质量上就没有保证，有的人家为了赚钱，以次充好，寿眉还好，就差点要把青锋的牌子砸了！听说为了这个牌子的冠名，老场长孤身一人去了安徽金寨，一气干了一瓶四十二度的迎驾酒，那简直就是用命换来的，我们得想办法不能让他们这样胡搞下去了，我不是本地人，再加上刚来村里工作，关系简单，这个恶人还是由我来做吧！

第二天下午，果然有工商局的行政执法车开到长岭村和南山村，分别从长岭村的肖大全家和菊子家查获了两大车地下小印刷厂印刷的假冒南山青锋茶叶包装。

村里人知道这是胡一凡在搞事情，这下有人不乐意了，特别是镇长下来检查工作，胡一凡自掏腰包在花海土菜馆吃了一顿饭，没有按照村里的规定签单，这就等于坏了规矩。

不光是部分村民，村委班子个别人也觉得胡一凡不懂事理，特别是他提出村务要公开，向全体村民定期公开所有收支，方便接受群众监督。

关于村务开支这事，不但是南山村本村，全县各村明着暗着都有点说法，村委里的人担心，这样一来，他们村委这班人都成雷锋白替村民干了？

有人偷偷地向万家浩告状，被万家浩一顿臭骂轰了出去。苦的还是土菜馆的老板王五斤的弟弟王九斤，南山村是全县有名的富裕村，每天人来客往的特别多，有公务也有私事，靠村委的招待费哪一年不是十几二十几万的消费，他不知在许承清跟前嘀咕了多少次，把账务公开叫作断人财路的事体。

胡一凡提出的综合田园乡村项目不光是在全县，在全省也是第一个，乡镇都看着这个项目能立项，就连主管市长也打来电话亲自过问，眼看着日期到了，这一千万元的资金却没有一点踪影。

放下电话，万家浩苦笑着说，投入高回报大，设想确实是好的，但风险也大，搞好了大家分红、大块吃肉，搞不好，大家蹬鼻子上脸,把锅端了一起骂娘。胡一凡年轻,加上又不是本地人,到时他拍拍屁股动身了,我却成了杨白劳,钱是一家一户凑起来的,他们都是些白眼狼,共富贵可以,担风险共患难估计做不到。

旁边的何光荣说,天下事合久必分,分久必合,合合分分,分分合合,这次的田园综合体也算是我们南山村的一次大合并吧。

合久必分,分久必合,分分合合天下事,一个村的村事也一样。在戴埠镇党委周书记的委托下,胡一凡成立了一个工作专班,就南山村的田园综合体进行一次初级论证。前期的鸣桐里加应子花海景区和金山里温泉度假村的项目经过专家论证,已正式列入筹备之中。

综合体专家论证会这天,胡一凡准备好了材料,带领村民们进行了模拟演讲,准备了幻灯片,实物和图片投影其中还插入了视频和解说,不少村民第一次见到这些东西,都啧啧称奇。

南山村村民议事堂内各路专家、县区镇村四级干部、村民代表聚集一堂,有的交头接耳,有的神色严峻,有的幸灾乐祸,也有的举棋不定,表情复杂,在周书记的殷切目光下,胡一凡开始做演示汇报。

南山村的田园综合体位于江苏省溧阳市南部山区,东距江苏宜兴各类著名溶洞二十千米,南距安徽太极洞十五千米,西距江南第一石坝十千米,北距国家4A级天目湖旅游度假区十八千米,置身于旅游黄金通道网络之中。综合体于二〇〇〇年九月正式对外开放,它地处苏浙皖三省交界处,是鸡鸣三省之地,隶属戴埠镇。景区因位于江苏省最南端,是溧阳的南山区,故称南山。虽不是陶渊明"采菊东篱下,悠然见南山"中的南山,但这里层峦叠嶂,高低错落,此起彼伏,山清水秀,竹丰林茂,风景秀丽,好一个别有洞天。

南山村的田园综合体是一个集资源利用、生态保护和旅游观光于一体的世外桃源。这里的生态环境宜人，山水相映成趣，风景如诗如画，方圆几十里无一点污染。车抵马地，前方就是加应子花海镜湖。在两山夹峙中的一汪清水，像一面明镜镶嵌于山中，山水相映，风光旖旎，景色迷人。大坝边，停靠着十多只竹筏，可载着来客到湖中一游。沿着山路前行，满山遍坡长着粗圆、挺拔的毛竹。路边，野花盛开，粉蝶飞舞。行至"鸡鸣三省"的官道，沿着一条由麻姑石砌成的山路，向上攀登，左侧涧河里的流水一路跳跃，欢唱而下。登上山巅，苏浙皖边区的风光尽收眼底。

相传这条昔日的官道，是官府运输、邮传的要道。明惠帝朱允炆从京都（今南京）皇宫的暗道逃到鸣桐里后，就是沿着这条官道翻越过山，逃亡至云南的。走出官道，继续向南前进，只见群山抱合，冈峦重叠，两边的青竹，直刺云天。

夏天到此游览，仿佛走进了清凉世界，山风吹来，一身炎热随之拂去，让你领略万亩竹海的无穷魅力。跨上登山石阶，旁有八角亭。亭中有一口水深四米的古井，望之幽然。在此小憩，泡上一杯清茶，面对云天竹海，真是惬意无比。由此登山，一路有卧虎石、观潮亭、野猪林、吴越弟一峰等景点，若翻过山头，就来到久负盛名的深溪岕古松园。园中有清乾隆年间种植的松树二十四棵，其中最大的一棵需二人合抱，高约三十米。

漫游蔽日加应子花海、信步傍水长廊、荡漾碧波竹筏、品茗南山寿眉，使人心旷神怡、神采奕奕。景内峰、峦、岭连绵起伏，高耸峻拔和数万亩加应子花树依山抱石、千姿百态、情趣别致。春风拂面，大地苏醒，漫山遍野的加应子花海形成了田园综合体独特的风景；夏风习习，花海浪潮起伏奔腾，形声雄浑，山间溪水清流泻玉、淙淙有声，竹筏荡漾在高山镜湖中，令人心旷神怡；秋天，崇山峻岭、竹丰林茂，怪石嶙峋，满山红叶点缀着碧海蓝天，加应子花树深处形态各异的竹木小屋，给游客以乡土、古朴、原始和自然的惬意；满目清冷的冬天，这里仍是茂林修竹，绿水青山，尚有雪给竹海以银装素裹，火树银花，正是：春山溪冶而如笑；夏山苍翠而如滴；秋山明净而如妆；冬山素裹而如睡。

南山温泉旅游度假区、南山脚下的加应子花海景区和南山村田园综合区连带成片，即将成为客人到溧阳来观光旅游必定要去的两个地方。

胡一凡把视频点了暂停，最后总结说，经过南山温泉旅游度假区、南山脚下的加应子花海景区和南山村田园综合区三区融合，我们整个南山村今后集观光、旅游、度假、会议等活动为一体，将会发展成为具有"行、游、住、食、购、娱"一条龙服务的省级旅游度假区。经过开发整合，今后我们南山村的村民除了旅游门票的收入，还可以家家开饭店，户户做民宿，充分享受旅游开发带来的红利。

胡一凡的发言完毕，引来了阵阵掌声。

会议接下来的环节南山村村民代表进行举手表决，结果全票通过。

接着，周书记请来参加会议的县委叶书记总结，他说来南山村参加论证之前他还有些担心，可现在这种担心完全是多余的，他提出了三个"没想到"，一没想到这么顺利全票通过，二没想到规划如此细致周到，以后五十年、一百年的规划都在里面了，三没想到南山村的干部队伍是这么有魄力、有能力。

路很长，大家还需要继续努力，最后叶书记鼓励道，只要不是为了一己之私，只要是能让村民们有更大的获得感和幸福感，大家放手去干就行了。

南山村的金山里整体拆迁建设乡村田园综合体和南山温泉项目的方案经专家规划论证和村委集体通过之后，综合工作随即展开。

在村委召集全体村民召开拆迁动员大会上，胡一凡代表村委发言，他阐述了关于整体搬迁金山里，配套加应子花海景区打造温泉度假村的意义，今后的南山村将是全国著名的温泉之乡，休闲旅游乡村，环境打造好了，前来参观游览的客人就多，客人一多，除了门票收入，家家还可以开饭店、办民宿，这是一举多得的好事情。

会上菊子娘又第一个跳出来反对，我家住在金山里好好的，菊子爹的爹的爹就是土生土长的金山里人，凭什么要我们搬迁，我们在这里住惯了，不想住到马地、杨树头还有神山什么鸡不啄鸭不啄的穷地方。

众人一听都笑了，那些地方穷吗？安置得不好吗？清一色的两进小别墅，里面设施齐全，还可以腾出两个房间来做民宿，只要挂在网上，一月不下十单，最低四百元一单，一年就是四万多元的收入，比起你现在的破二层楼不知强多少倍了。

菊子娘脸一红，说道，我就是恋现在的家，一年四万元多吗？现在不愁吃穿的，我和我家死鬼还有菊子共分到二亩水田和近十亩山地，这些都流转出去了，靠这些租金加上分红还有和补贴，杂七杂八的一年就有二万元的收入，加上菊子上班的工资，我们娘儿俩做做吃吃就足够了，我们就赖在这里了，你们要搬就搬，我家偏偏不搬。

台下的菊子听她娘在胡搅蛮缠，脸臊得通红，她望着胡一凡和在一边摇头叹气的万家浩，拉着她娘的手要把她拖出会场，你不嫌丢人我还要脸面呢！当着那么多的人，你说些什么呀？

林国良对大家说，人挪活树挪死，真正的含义就是，人不能死盯着一处不放，尤其是在没有出路的时候，关键时刻要懂得变通。好了也要更好，当初穷得叮当响，现在一步步日子好起来了，但这还不够，这次金山里整体搬迁让位温泉就是为了大家以后有更好的生活。

我们为了大家，可谁为了我们呀？要人没人，叫天不应，呼地不灵，你们热热闹闹，我们在家冷锅冷灶的。菊子娘甩开菊子的手，不甘心地说道。

你还年轻，即便是菊子她爹走了你还可以再嫁招夫生子让菊子做帮手，台下有人打趣道。

众人听了一时哄堂大笑。菊子娘脸一红，她瞄了一眼台上正襟危坐的林国良，骂道，放你娘的狗屁！

村民大会继续进行，村民们依次轮流发言，大家忆苦思甜，畅想未来。

我每月有养老金一千七百多元，老伴每月七千多元。家里一亩地租给人家种水稻，还有七八亩山也租给人家种茶叶了，租期二十七年的。包括原先的杨梅山都种茶叶了，茶叶比杨梅不知贵多少了。现在的人条件好了，讲究养生，都喜欢喝茶。我们南山的环境好，生长的茶叶品质好，上海人都很喜欢喝呢！

我平常没什么开支，就买点荤菜吃吃，这辈子是吃穿不愁了。我在家身上穿的都是儿子不穿的工作服，料子厚实牢固，上山干活方便，不会被树枝勾坏。家里羽绒服有七八件的，都是细佬家（小孩子，此指儿妇孙辈）帮我买的，我难得穿。

印象最深的是小时候家里人多，大家都没得吃，特别是"大跃进"时期，当时有句俗话叫来了预借粮，前吃后亏空，所以我没念到书，八岁就帮人家看牛，现在的小孩子八岁还要抱在手里的，当时吃食堂的时候只能打点粥喝喝。那时我们松岭村能分到六分田一个人，连着分到的南山竹海那边的大山共有二三亩地一个人，现在竹海那边都被租用了，我们和周边村上的人一样，每户每人能分到六百七十元一年，两人一千三百元，三人靠近两千元，以此类推。

他们蛙竹棵那边的山没我们这边多，当年分山的时候，他们村的队长说我们山不要，我们这边的队长说你们不要就给我们吧，后来我们就多了点他们不要的山。日子好过起来还是分田到户的时候，因为那时候粮食就够吃了。平时种种田，再卖点山里的毛竹，还有点大栗树，一年也有几百块钱的收入。

现在我嘛帮人家打打工，挖挖树什么的，做做歇歇，自由点，一年打工也有二三万元一年，够吃用就好了。家里交了新农保，一月能拿到三百九十元的样子，两人就是七百八十元。田么还有一亩八分地，给种田大户承租了，每年付我们七百元一亩，这点钱去买买吃吃，不用再辛辛苦苦去种了。医保每年交七百三十元，只要住院看病就能报销一大半。现在我家生活条件还是老三最好，他养了两个女女，大的在扬州，小的在扬州念书现在也在扬州找了工作。平时的生活么就是家里养几只鸡，素菜自己种，荤腥要自己去买，总的来说茶饭也是过得去的。

现在生活家家户户都是好的，做做吃吃总归够了，除非懒不肯做，我对生活也是满意的，看到有钱人也不眼热（红），因为钱没底，多的还有更多的，这个需要看家底的……

我在杨树头村上是第三代。我家也是从苏北射阳过来的，记得二三十岁的时候去过射阳老家两次，现在基本上断了联系。那时苏北条件艰苦，地还比较少。为了追求更好的生活到这边来，因为这边山多、地多，只要肯出力，一家人混个温饱基本不成问题。

我们深溪岕村上姓邓的不多。我爷爷生了三个儿子，他们和我父亲一样，帮这里有山的人家剖大篾，靠做点山上的活来养活全家。这里地主和富户山多田多，我父亲这辈就帮他们剖大篾。因为毛竹剖开后把沿面的篾青剖开后变轻了，方便运输，这些剖好的大篾运到没竹子的地方去用。那时竹子的功能相当多，可以编竹篮、秧篮、挑箕、簸箕、竹匾，所有农家的生活用品都可以用毛竹制成。

我父亲有兄弟三个，当年跟着爷爷一起逃荒过来帮人剖篾。那时条件差，人的寿命非常短，我七岁时父亲就过辈（去世）了，后来两个伯伯相继过辈，所以对爷爷的印象就更不清楚了。现在我们董家，大伯有三个儿子二个女儿；我有一个儿子二个女儿；二伯只有一个女儿，在无锡。我二伯母是无锡知青，"上山下乡"那年到我们这里插队落户嫁给了我二伯。后来知青落实政策回城，孩子也跟着母亲的户口去了无锡。

我父亲这辈到这里确实吃了不少苦，除了剖大篾，还要帮人家做做长工、放放牛。到了我们这辈，这里也读得起书了。一九五八年横涧办普中，第二年我去读书，一九六二年毕业回乡后生产队里做做队长什么的。现在的个人收入除了老年补贴每月二百元，我做村民组长政府一年也补贴我五六千，平时自己再打打工多少也都有点收入。我今年七十七岁了，因为这里环境比较好，大家显得比较年轻，不看老。

现在大家生活条件都好了，沾了花海景区和温泉的光。一代人胜过一代，日子越来越好过，如果没有共产党这么好的政策，我们这样的人有这样的好日子过哒？我们这里的人每年的收入固定，生活条件是相对好的，区别不过是资产多点少点。再拿我家来说吧，算起来还是我自己儿子混得不好，现在住在县城花园小区，年收入只有九万多元，我的两个丫头，她们的年收入都有二三十万元，大女婿在无锡开了理发店，小女婿帮房地产老板开车，他们平时节假日都会回家来聚聚，昨天还全部回家了。

各村民小组的代表们依次发言，讲的都是过去吃的苦，现在享受的福，大家聊过去，畅想未来，获得感和幸福感满满的，对村委的规划也是信心十足。南山村的新一轮美意田园乡村打造的所有规划经村民代表大会全体通过了。

就在这时胡一凡得到了四爷病危的消息。

万家浩在电话里说，四爷快不行了，四奶奶已经通知远在非洲的水庚准备回来奔丧了。

胡一凡听了一惊，忙问道，应该没什么问题吧，前几天我们去看他的时候老爷子还是好好的，怎么一下子就病得这么急了？

万家浩说，那天去拜访四爷，老爷子知道年底村子要拆迁，当时人就不好了。老人家早就说过断头话，已经是一百多岁的人了，早就活够了。

此时的四爷喉咙里咕噜咕噜地已经说不出话来。他瞪着两只瘆人的眼睛，一口气吊着就是咽不下去。

四奶奶知道那是四爷还在等水庚来见最后一面。四爷临终之前还有话要对他讲。

时令尽管已进入小雪，可整个南山似乎还逗留在秋天里。十里长山，绵延起伏。栾树粉红的花蕾下面是翠绿的叶子，榔榆和枫杨树的叶片刚刚开始泛红。山坡上到处是开着红色、白色小花的酢浆草和灯笼草。透过山脚下的一片加应子树林，影影绰绰地可以看到那儿停着几台黄色挖机。

水庚肯定是赶不回来了。水庚离家南山村肯定不止十万八千里。

那天医院通知临清赶紧把四爷送回老家南山村，要不老人家这口气就要断在医院了。不过当时的四爷意识很清醒，他挪了挪挂在胸口的氧气包对临清说，回家就回家吧！我不怕死！

四爷知道，人老了就老了，只有一口气断在家里，才算得上寿终正寝。听老人家这么一吩咐，临清忙在医院叫了辆救护车。

临清安顿好四爷上了救护车，带上四奶奶一路就往南山村方向过去。在车上颠了一段路后，四爷又问，水庚到哪了？四奶奶把四爷的手握得紧紧的。她低下头小心地告诉四爷，估计快到家了，听说他和临仙已经上了飞机，就快见到人了。

临清知道老爷子的心思。四爷对临清说过，自己百年之后那是绝对不可能进西山那边的集体公墓的。四爷为自己在南山看中了一处上风上水利子孙的好地。四爷的肺已经烂成渣了，他这一口气耗着就只等水庚来了后好当面交代后事。

这边临清正皱着眉头在和姐姐临仙通话。临清告诉临仙，姐夫恐怕见不着老爷子最后一面了。

临仙无奈，只得把他们那边的视频发了过来。镜头扫过一片蔚蓝的大海、白墙黑瓦高耸的教堂尖塔、成排成排的桉树、红瓦盖顶的民居和块石铺设的街巷，自己丈夫水庚正在装着玻璃房的留尼汪机场大厅满地打滚，哭天抢地痛不欲生。

守在一边的四奶奶知道已经瞒不住了。她断断续续对四爷说，老头子呀，水庚他们怕是短时间内赶不回了。你看临清也在，他一直在你身边代替水庚为你尽孝呢！不是一家人不进一家门，临清是临仙的弟弟，也算是家里人。老头子你宽下心，这些年临清跟你学得也不算少，平日里你虽然看不得他偷懒耍滑，这恰好说明他是个实在人哩！你的罗盘和书我早就替你收拾好了，等水庚回来我就亲手交给他。水庚他要是实在不稀罕，你也不要再勉强他了。这罗盘和书还是干脆让临清接着吧！

临清听四奶奶这么一说，马上扑通一声跪在了四爷跟前。他带

261

着哭音脆生生地叫了声，师傅！四爷一听眼珠子翻了翻，两只手终于无力地挂了下来。四奶奶号啕大哭顿时晕厥过去。

四爷羽化登仙了。

一路颠簸，车子终于到了南山村。临清安顿好四奶奶，全权代表孝孙水庚为四爷料理后事。

世事无常。好好的人说没就没了。南山小镇的街坊邻居闻讯都赶来帮忙。他们和临清一起卸下四爷家大门在堂前铺设灵堂。几个人七手八脚为门板上躺着的四爷用热水净了身，然后换上早已准备好的寿衣。

水庚在风景秀丽的留尼汪岛上通过视频遥控着家里的一切。他反复叮嘱临清，老爷子生前是要面子的人，死后也一定是个爱面子的鬼。这个丧事要当成喜事来办，千万不要考虑花销。临清点头称是。他马上电话通知镇上两班响器的所有人马全部过来热闹热闹。

不一会儿，院子里的灵棚搭了起来。接着八音和鼓手也陆续到齐，他们围着一张铺了圆台的桌子团团坐定。按照南山村的习俗，凡是有客人前来向逝者吊唁，八音和锣鼓就奏起哀乐提醒主人出门迎客。客人吊唁完毕转身离开，两班响器便奏乐送客。

南山村的习俗是报喜不报丧，但前来吊唁的人依然很多。不时有哀乐从村落里一直飘到村外。路过的行人听到了，便好奇地打听村上又有谁老了。得知是四爷，便叹息着离开了。

活神仙四爷的死讯很快就像长着翅膀的小鸟一样飞遍了十里八乡。

四爷的风水师职业属于家传。

四爷的父亲也就是水庚的太爷，就是十里八乡有名的风水大师一清先生。一清祖上以贩牛为生，据说当年在县城青安草市还有一排店面。到了水庚爷爷这辈，生意明显黯淡下来了，一清只好改行当了个牵猪，照样游走四方八面，靠脚力吃饭。牛贩子大家懂的，这个牵猪的营生就是牵着一头硕大的公猪走村串巷给母猪配种，配种的同时还捎带仔猪阉割。除了收取几分钱的手术费还有附属产品，那就是阉割下来的小猪睾丸什么的。现在那东西用大蒜爆炒一下是绝对的美味，可在旧时却是人人嫌弃的废物。当年下放到鸣桐里出来改造的牛鬼蛇神中有一位是原国民党省党部的秘书。这位原国民党省党部秘书特别好这一口，作为回报，他便教水庚太爷一清如何看风水。后来落实政策，右派一家又进城了。右派临走时把罗盘和一只青布裹的包交给了水庚的太爷一清。那个包里面都是一些杨派风水典籍，如《疑龙经》《撼龙经》《天玉经》《堪舆图》《峦头指迷》《阳宅大全》。书中的内容不但能替人看风水，而且能调风水，效果神奇。除此之外，最著名的就是那部江湖失传已久的风水秘籍抄本《杨公倒杖十六法》。

　　一清敏而好学，深得其中精髓。"文革"期间，风水被看作封建迷信。水庚太爷爷离世，一清不能光明正大地替老爷子看墓地，只能因势而定，水庚太爷爷出殡那天，棺材抬到一清示意的地方停下，只见他用手中仅有的一根扁担东西南北挥舞一圈，口中念念有词，最后把扁担一甩，然后就根据扁担的走势，定下了水庚太爷爷的坟向。乡人戏称，一清大师做风水，小来来，扁担一竖定风水。后来，风水又逐渐盛行，一清大师辞世前，除了让四爷继承自己的衣钵外，还理所当然地替自己选了块上风上水利子孙的宝地。

　　俗话讲得好，龙生龙，凤生凤，老鼠的儿子会打洞。四爷自小跟在一清大师身边走东串西，耳濡目染也深得个中三昧。比如，如何设计公鸡劫来治蜈蚣地；要治羊子地，如何架构虎头虎身虎尾巴来个羊落虎口……

　　四爷出去替人看风水，除了手里捧着的罗盘，他肩上必定背着装有术数之书青色囊袋，其中就有那本堪舆奇书《杨公倒杖十六法》。至于四爷如何出名，甚至风头一时盖过自己父亲一清大师，这也不是一句两句话就能讲得清的。

四爷看风水十里八乡传得最多的是这样一件事：

某年某月某日，四爷应邀去南山村东边的山前村去帮人家看风水，从画诗村一路过去，途经藕石桥村时看到有户人家正在砌新房，房基就落在两个水塘的中间。山前村属于高乡，而那个藕石桥村却属于圩乡。高乡山多，圩乡水多。圩乡人家把房屋建在近水的池塘边也属正常。可四爷见了却大惊失色，他连忙找到户主要他立即停工，否则一定会大祸临头。户主一听，觉得晦气，顿时怒火中烧，不由分说便把四爷赶走了。

最后，四爷只得叹息着离开了。有好事者追着四爷问缘由。

四爷回说，他把那个房子建在两个水塘之间，人住在里面横看竖看都像一个哭字——前塘连后塘，寡妇泪汪汪，户主把房子建在哭丧之地上了，我怎么不替他着急呢？只可惜他冥顽不化，所谓天作孽犹可恕，自作孽不可活，那我也没办法了！

四爷果真一语成谶，那户主新房盖好没过一年便绝症而亡。乡人感觉十分神奇，此事一传十，十传百，十里八乡的人都来请四爷看风水，每次都非常精准灵验。就这样，四爷继一清大师之后，成了方圆百十里内的活神仙。

村民们都知道四爷事先早就为自己在南山村看好了一块藏风聚气利子孙的埋身地。水庚生意如今做得那么大，一直做到了"一带一路"的非洲。借着"一带一路"这个平台，水庚和同学在马达加斯加首都塔那那利佛成立了一家有几百号员工的建筑公司。

水庚公司的风水就是四爷一手布的局，大厦整体呈扇形，弯曲的立面按照坐北向南的后天八卦图分布，扇形的左翼为青龙，右翼为白虎，意谓龙腾虎跃。在青龙和白虎的环抱中有一座五层的太极宫，太极宫的两边各有三根大理石立柱，立柱和太极宫顶部的圆柱正好七星照会。此外，在内广场和外广场之间分别有三桥相连。整个公司气势雄伟，藏风聚气，当真是好风水的典型格局。

按照规矩，人死停丧三天。停丧期间要选好墓地，三天过后再入土为安。四爷生前就有吩咐，自己百年之后南山西山那边的集体公墓他是绝对不会去的。他生是南山人死也要葬在南山上。

四爷生前为自己相中的那块上风上水的宝地是个天大的秘密，具体地点和方位只有四爷徒弟临清知道。

丧日当天下午，临清通过微信视频和水庚讨论了一会儿杂事，然后便背起那只装有《杨公倒杖十六法》等奇书的青囊背包，捧着那只宝一样的罗盘上了山。四爷手里传下来的这只罗盘也叫杨公盘，盘上刻有三层二十四山向，从北开始，依次序排列分别是壬子癸、丑艮寅、甲卯乙、辰巽巳、丙午丁、未坤申、庚酉辛、戌乾亥二十四方位。

鸣桐里位于南山的南坡，据说村上常有祥瑞之兆，传说村子对面的山上曾经栖息过凤凰，最著名的就是村里曾从高高的南山顶上降下过一把黄金伞。鸣桐里北有南山作为倚靠，两边分别有南山东山和西山左右拱卫。金山里往南，从南山上下来的涧溪像一条玉带一样围绕着整个南山。前有照，后有靠。山环水绕，郁郁苍苍。整座鸣桐里就像一只天然的绿色大元宝，这就是相书上所谓的元宝地。

光是找到了宝地也没用。寻龙点穴，这个点穴相当重要。点穴最能考验风水师的功力和道行。风水师找到了龙穴，必须在上面钉上一根桃木桩，目的是防止破土立坟时里面的真气外泄，否则一旦真气外泄，后辈子孙即使有福报也无福消受。

临清熟门熟路。他很快就在南山的南坡替四爷找到了那块吉地。此地背靠高大的南山，前面是弯弓一样的南山河，左右两边分别有一高一低的两个小山包即朝山或案山作回护。高这边属青龙主男主；低这头属白虎主女主。临清手托罗盘，口中念念有词校正好了方位。一切准备就绪，临清从包里取出根一头系有红绳筷子长短、锅铲柄粗细的桃木桩就要钉下去。

就在这节骨眼上，胖嫂气喘吁吁地追到了山上。娘舅呀！天底下也没有这种道理哇！这块是我胖哥家的山地，四爷的坟冢怎么可以竖在这里呢？

鸣桐里的居民都是当年从河南光山和罗山一带逃荒过来的，属于外迁户，村民之间都有未出五服的血缘关系。论辈分，胖哥和水庚应该是同房兄弟。水庚老婆是临清姐姐，胖嫂喊临清娘舅一点没错。

俗话说死者为大。再说四爷这辈分在这里的，胖嫂这一出肯定不合规矩。跟着胖嫂上来的胖哥讪讪地一副难为情的样子。临清知道这主意还是出在胖哥身上，自己不便当面明挑，只好让家里女人来做挡箭牌。临清看了看这对活宝夫妻，他二话没说收起木桩和罗盘转身就下了山。

第二天一早，临清又上了南山。他沿着山前山后转了几圈，一番觅龙、察砂、观水之后重新选中了块吉地，然后就对准龙穴把桃木桩钉了下去。真是无巧不成书，临清这次替四爷寻到的吉地还是胖哥家的山地。

胖嫂带着胖哥急急忙忙赶了过来。这次胖嫂没有给临清好脸色看。胖嫂一上来就拉下脸责备道：娘舅呀！南山山那么高、南山下的戴埠河那么长，你什么地不可以挑，什么水不可以选，偏偏要和你胖哥家过不去呀？我们家的便宜绝不能让四爷给占了。

临清这次有备而来,他不慌不忙地从包里掏出一条红纸包裹的长糕和两沓百元大钞端端正正地摆放在罗盘上,然后双手托着罗盘送到胖哥胖嫂面前请他们接。

　　胖嫂见了罗盘上红彤彤的两大沓人民币两眼开始放光。还是胖哥理智,他赶紧一把拉过了胖嫂。说,这不是钱不钱的问题,政策规定四爷要进集体公墓哩!

　　临清手托罗盘举了半天。他见胖哥胖嫂不为所动只好用微信视频和姐夫水庚联系。临清姐姐临仙连了微信,只见视频那边孝孙水庚一把鼻涕一把眼泪,说着说着便双膝下跪恳求胖哥胖嫂去接那利市。

　　胖子你放心,上有政策下有对策,我这边有人的!更何况原则也可以左右呢!水庚哀求道。

　　水庚哥,弟妹书念得少,你别跟她见外,可现在不比以前了,即使有人也得按政策办事呀!胖哥依然觉得很为难。

　　一边的临清也劝道:光是占了好风好水也没用,也要看一个人的道行的。有的人福报浅,好运到了能不能镇住和消受也是一个问题。且不说我师傅四爷德高望重,我姐夫水庚生意也能做到"一带一路",说明我们家底硬着哩!

　　此情此景,胖哥开始犹豫了。胖哥和水庚既是发小又是同房兄弟。胖哥实在抹不开这个情面,他抖抖索索地伸出了手。胖嫂突然对着视频里的水庚喝道,哥,你跪下也没用!就是四奶奶亲自过来了也没用!

　　人算不如天算。人的一生当中总会有许多机缘巧合。按照四爷的意思,自己的衣钵理所当然要孙儿水庚来接的,用四爷的话来说,水庚这个孽种偏偏是那种定不下心来喜欢到处折腾的人。

　　本来临清是要跟着姐夫水庚出去管理工厂工程什么的,但他平日里闲散惯了,哪里肯到非洲,便托词说家里总要有人照应着,两边老人年岁大了,留着个人多少有点照应,有事没事就往姐姐家跑,高兴了就和四爷喝点酒,陪陪老人唠唠嗑。临清本来就对风水八卦之类的感兴趣,因为只需一条三寸不烂之舌便可混吃混喝混营生。四爷也有意无意地指点一下临清,所以这几年他跟着四爷学得也不少。有时四爷隔天酒喝多了,或者遇到雨雪天有人来请,地偏路远的,他就让临清去代劳。临清每次临危受命主家都说满意。

做风水的,只要主家满意就好。主家满意就是最好的风水!这样四爷也就宽了心。后来四爷年纪大了,脚头懒的时候也就多了,临清每次出山都能不辱使命。

按照规矩,同房里凡有长辈仙逝之后,小辈们要合着主家一起守夜尽孝。傍晚时分,胖哥迟迟来到水庚家。

胖哥先到四爷灵前磕了三个响头,他嘴里叽里咕噜祷告了一番,意思是拂了四爷心意,多有得罪,请四爷大人不记小人过。

临清坐在灵棚里的圆桌边喝闷酒,见胖哥过来的时候有点尴尬,便主动邀请胖哥坐下一起喝。

说起喝酒,整个南山村的人没有一个能喝得过临清。临清平时一斤两斤白酒下去只能算是漱漱口。水庚娶临仙那年,临清来南山村送亲曾有喝趴一村男人的纪录。临清有点郁闷。临清从山上下来之后就一直开始喝了,已经明显有了醉意。他大着舌头主动提出要和胖哥赛酒。愿赌服输。赌注就是先前临清替四爷看好的那块坟地。

胖哥贪酒。可他心有余悸。他知道临清是出了名的海量。可胖哥身高体宽喝上一箱两箱啤酒根本不成问题。白的我明摆着喝不过娘舅,但是啤酒我倒可以试一试。胖哥对着临清这样说道。

临清说那也可以。我们赌一把,不喝白的喝啤酒。谁先喝趴了或者谁先憋不住先要上厕所就算谁输。胖哥你要是输了就把那地让出来。我天亮就去烧纸钱敬土地爷、六神、地祖和山神,然后就让小工砌墓墙。

胖嫂听到精瘦精瘦长得像猴样的临清竟然不知天高地厚要和胖哥比赛喝啤酒,也就在一边看笑话。丧事用的酒水已备齐都是现成的,临清当即亲自动手去搬来六箱啤酒和胖哥一人面前垒起三箱。

两人边喝边聊。胖哥向临清解释,娘舅,按理我要向你道个歉的,不是我难说话,死者为大,何况四爷又是长辈,他的这点心愿我要满足的,但现在形势不同了,我们南山村最近被纳入省级特色田园乡村综合体建设试点村,别说新坟,就连旧坟也要迁到西山公墓哩!你看到那几台挖机没?就是过来拆我鸡场的!今年市场行情你也知道的,猪瘟流行,包括周边区县所有猪场都关停了,猪价飞涨引起一系列的连锁反应,鸡肉行情也一路看涨,可眼看着政府正在我们南山村打造国家级加应子花海景区、温泉度假村和美丽田园乡村综合体,这是好事呀!作为村民我们都要无条件支持!

这个确实是有点可惜的。如果换了我,政府补偿不到位我是绝不同意拆的,他们派来的挖机总没本事从我身上碾过去哇!临清望着胖哥咧了咧嘴。还是娘舅眼界高,放着城里好好的工作不干,要回乡下和我们一样刨土。

乡下好呀!空气新鲜,环境也好。我大学里学的专业是跟环保有关的,我打算在我们南山村办个生态农场呢,目前还在和政府谈的,初步意向已经达成了!

你们读书人的事我确实也不太懂,只能说是人各有志了。君子一言,驷马难追。为了了却我师傅四爷的遗愿,我们这顿酒还是要继续喝下去的。临清志在必得。

胖哥自然不甘示弱。半个时辰不到,两人脚下就分别排起了十二个绿油油的空啤酒瓶。两人接着开启了第二箱。又是几瓶下去,胖哥白胖的脸上开始出现粉色潮红。

胖哥喝多了,舌头也大了。好处不能全让水庚和四爷一家都占了,他边喝边絮絮叨叨地和临清讲了一大堆陈谷子烂芝麻的旧事。四爷也没有传说中的那么神,四爷也有看走眼的时候哩!胖哥告诉临清。

当年四爷确实替水庚太爷找到了块风水宝地。四爷从此成名了。四爷替人看风水,看到哪里旺到哪里。特别是你姐夫水庚初中毕业就开始混社会,不知怎么地就有如神助,做什么行当就什么行当成。只是可惜四爷道行不深,结果在点穴的时候就把方位搞偏了。

四爷替水庚太爷摆放的位置是子午位也就是正南方向。子午位只属于庙宇,庙宇钱财取之于十方但用之于十方,这是泥水木匠都懂的道理——水庚生意做到了非洲但却没积攒下来多少钱。

胖嫂道,四爷还躺在这儿呢!你就在一边乱嚼舌根。不怕四奶奶听到了用粗扫帚赶?胖哥啐了一口,随手自己扇了自己一个耳光。嬉皮笑脸地念叨,四爷请原谅,多有得罪!一气又灌下大半瓶啤酒。

各人福缘不同。富贵之地确实不是谁想得就能得到的。四爷知道水庚太爷的阴宅错放了子午位。他乘着一年乱岁动了个位置把它换成子午卯酉,却不料又误占了桃花位。果然八音响器里就有一位女鼓手看上了四爷死活要跟四爷过。结果把四奶奶气得跳了两次河。要不是三爷最后出面仗义制止,四爷和四奶奶真的就"老"燕双飞了。就像你姐临仙担心水庚要在非洲当酋长有了三宫六院,所以才死活要跟着他去非洲的。好笑的是,临到三爷过来认四奶奶,四爷却舍不得了。

胖哥的脸色越喝越红，临清的脸色却像过水的猪肺一样开始发白。勉强喝到二十瓶的时候，胖哥开始打起酒嗝，腿肚子也微微颤抖起来。临清镇定自若，不过脸色却是像A4纸一样惨白了。又过了一个时辰，哥俩把第二箱啤酒也喝完了。临清说，胖哥你还是愿赌服输吧！你啤酒能喝一箱两箱不上厕所但我更能喝，啤酒我能一直喝下去，连喝三天三夜。

胖哥不认输强撑着继续喝。第三箱啤酒开箱只喝了半瓶，他就顶不住了。胖哥的尿哗啦啦地从裤脚管直往脚底跟流，结果淌了一地，他喘着粗气对临清说，娘舅，你的酒量直通东海龙王家的，我认输。说罢便趴在胖嫂的肩上被胖嫂扶回家去了。

临清果真有如神助。临清不但喝完了自己的三箱，还把胖哥喝剩的那箱啤酒也喝得一滴不留。临清一直喝下去，直喝到天光放亮，村边鸡场里的鸡叫过三遍。

大家都说四爷显灵了。

临清听了只会在一边偷偷地乐。心里的话：啤酒我哪能干倒那个胖哥呀！胖哥的腰差不多要比我粗三倍的，要不是我趁机在屁股下面裹了几层尿不湿，我三个加起来也喝不动他一个人哇！偏偏胖哥是个实诚人，他没看出来；胖嫂呢，精的只是面子和嘴巴，也算是个没用人。这就和风水一样，其实里面都是玄机啊！

《葬书》云："天光下临，地德上载。天有一星，地有一穴，在天成象，在地成形。葬得其所，则天星垂光而下照，地德柔顺而上载也。阴阳冲和，五上四备。夫葬以左为青龙，右为白虎，前为朱雀，后为玄武。此言前后左右之四兽，皆自穴处言之。"

临清看风水和四爷一样师承的还是杨公的峦头派，不论阳宅阴宅吉地都强调坐北靠南，左右青龙白虎护卫，背有靠山，前有明堂，近有案山。其中就包括了觅龙、察砂、观水、点穴、定向五个要诀。所谓觅龙就是了解山脉走势,山水相连,可以通过附近的河流湖泊作为参照了解山脉的走势。砂就是穴前后左右分布的小山或者高冈,砂的布局除了有待于接受天体能量,还能疏通风流地面的气流,使风通畅,让水缓流。至于水则必须仔细察看水的源头,水的流向和水势大小。穴就是吉地的位置,找到了位置给吉地定方向也很重要,因为方向决定了采光和避风。

天亮了。临清放下酒瓶,他稍微收拾了一下,吩咐起早赶来的几个小工一起登上了村后的南山。

登上了南山,临清没多久便熟门熟路找到了龙穴。这块吉地坐南靠北,西边有靠山挡风,前面明堂开阔,是一处阳光充足的地方。临清用罗盘试了试,不料发现子午偏右约三度的方向有一棵粗大的银杏树挡着。他重新校了罗盘,把指针对准了子午稍稍偏左的方向。临清口中念念有词,最后在龙穴正中钉上了桃木桩。找到吉地定向后,敬完土地、六神、地祖和山神,临清告诉工人立碑定向的方位,只等吉时一到便破土动工。

安排完山上的工作,临清下山去接待前来吊唁的亲朋好友。水庚那边已经登上留尼汪飞北京的航班,估计十小时左右就可以落地北京。从北京坐高铁到南山村鸣桐里也就五小时车程。

正当要下山的时候,临清接了个电话。放下电话的时候,临清脸色都变了。他急急地打开微信和姐夫水庚语音。临清安慰水庚,不急,等我见到了小宁他们再说。临清挂了电话,匆忙下山赶去四爷家。

远远地听到四爷灵棚里唢呐、锣鼓等各种响器正在热闹。转过村头就见南山村城管局一辆带有执法两字的白色摩托车。车子旁边南山村管片的城管小宁手里捏个烟屁股正在路口候着。

临清知道小宁这家伙不是个好东西。

书念得多就成书呆子了！临清为胖哥感到惋惜，好好的鸡场，说拆就拆了，这事要是换了他临清，真的要和政府坐下来好好谈一谈，不满足条件就是告到北京也不怕，毕竟理在自己这边呢！

小宁见临清过来了便绷起脸迎了上去。临清看到小宁，气不打一处来。活人还管得了死人的事吗？他愤怒地责问道，人都死了还不让人家入土为安。不积阴德，会有损福报呢！小宁一副公事公办的样子，他冲临清嚷道，你们没看过我两个月前在鸣桐里村委会公告栏上贴的通知？白纸黑字加镇政府的红印！见临清犹豫，小宁从摩托工具箱里掏出一张通知。

通知抬头是溧阳市人民政府，上面写道：

为进一步改善农村人居环境，争创省级优质美意田园乡村，进一步提升我市整体形象，报经溧阳市人民政府同意，决定将画诗村委、山前村委、南山村村委、藕石桥村委列入溧阳第一批美意田园试点村，各村委自即日起停止为村民出具、办理下列事项的各类证明、手续：1.新批宅基地和其他建设项目用地；2.新建、改建、扩建房屋；3.办理入户或分户，但因婚姻、出生、士兵退伍，经批准的外省市投靠直系亲属、具有合法住宅房屋以及刑满释放等情况依法必须入户或分户的除外；4.改变房屋和土地用途；5.转让、抵押、出租房屋；6.以征地范围内的房屋为注册地址新办工商营业执照。

特此通知。

戴埠镇人民政府2020年8月1日

临清很窝火。他拿眼睛瞟了一下那通知说，死者为大！再说四爷也是十里八乡响当当的人物，就算市里领导见了也要和他打招呼呢！临清说得没错。临清记得姐姐临仙和姐夫水庚结婚的时候，就有一位市里的大领导来参加过婚礼。领导身边还带着一个年纪轻轻白白净净戴眼镜专门替他拎着一个大公文包的秘书。四爷当时还当着领导的面让水庚和临仙喊过他叔的。

小宁见临清态度强硬，只得搬来救兵。他掏出电话向领导做了汇报后回头对临清说，你先等着，我们张局已经在路上了，他马上就到。说话之间就听得路口有汽车喇叭响，一辆城管执法车已经停在了路边。小宁赶快跑过去帮着拉开车门迎接领导。

车上下来两人，一位是镇城管局张局长，另一位是镇分管副镇长。他们一脸严肃地对临清说，这件事事关重大，南山村接着要打造成国家级美意田园综合体试点村了，整个村庄将按照5A级旅游度假区的标准打造，市里主管领导也很关注，不定市里大领导也要亲自过来呢！

死者为大！临清直截了当地说，这件事我还真做不了主。你们有什么直接和四爷去说吧。说罢掉头就往村里走。

临清心里不踏实，他总觉得有什么不对劲的地方。他赶紧电话联系姐夫水庚，让水庚想想办法，最好能找个能说得上话的领导和镇里打个招呼。比如，原先市里那个凯叔，他肯定和镇长书记他们熟。水庚告诉临清，凯叔已经获悉老爷子的死讯，凯叔已经盼咐司机驱车前来吊唁了。水庚让临清赶快到村头迎一下。

凯叔和四爷属于世交。那年凯叔儿子大婚，婚后小夫妻俩卿卿我我，恩爱有加，凯叔看在眼里喜在心里。眼看着一年多了儿媳却一直未能开怀，经过医院检查夫妻双方都没有任何毛病，多方寻医问药还是怀不上。

凯叔急了，便邀四爷上门去看看。

四爷到后，绕屋转了一圈，转到卫生间时便出来对凯叔儿子说，侄媳月经不正常，不是超前就是落后。凯叔儿子问为什么？四爷没有回答，领着他来到卫生间，敲了敲里面的不锈钢水管，问道，这根管道是在你的床头通过？答说，是的。

凯叔儿子婚房的主卧内有卫生间，但在主卧的北面，由于套型布局设计不合理，主房的南面是厨房，自来水主管道在厨房，卫生间的自来水必然要通主卧室，正好在床背的墙头里通过。这和农村地下水经过宅基下流淌几乎一回事，在风水术语中称为花水，一旦放了花水，不但容易造成妇女病导致不孕不育，而且容易犯"桃花"引起外遇而有败家风。一旦问题症结找到了，解决起来也很容易。如今的凯叔孙儿孙女齐全，着实羡死旁人。

这边临清返身回到村口，就见一辆汽车停了下来，司机正打开后备箱从里面取出花圈、鞭炮、冥币还有黄色烧纸之类。临清赶紧上前从客人手里去接这些奠物。看到张局和镇领导毕恭毕敬的样子，临清就知道这是凯叔前来吊唁师傅四爷了。

今天凯叔轻车便服连秘书也没带，只带司机一人来到南山村。他看到临清就问，你就是水庚老婆临仙的弟弟临清吧？临清答道，是！凯叔说，你辛苦了！临清忙说，自家人应该的！

几个人沿着村巷一前一后往四爷家灵堂走去。临清你不知道吧？四爷的事我能做一半的主哩！

远远地看到临清他们过来，两班响器便奏起了哀乐。到了四爷的灵堂，凯叔先在四爷的灵前磕了三个响头，起身安慰悲痛欲绝的四奶奶节哀顺变，然后凯叔坐在小凳上和躺在一边的四爷拉家常。

老叔呀！小侄还要和你商量这件事呢！咱们南山山清水秀，风景独好，省里打算把南山村打造成美丽田园乡村综合体配套加应子花海景区和金山里温泉度假村作为全省的样板，以后咱山村就成了一个风景旅游区，家家开民宿饭店接待来自全国各地的游客。老哥你是个明白人，我的意思你应该懂吧？

时令到了小雪，可今年南方的天气还在暖春里一样，前几天阳光还暖煦煦地从南山山顶上像条金色的瀑布一般倾泻下来，挂在头顶上，穿过延绵的十里长山，透过村前竹林的碎叶缝隙照过来，一下子跌进四爷的院子里。

老叔呀！你是做风水的你也知道，这世上哪有什么风水，凡是使人觉得身心愉悦、有美感的就是好风水！外面一直在传我乖孙是靠老叔风水调理得来的，其实这都是旁人瞎说的。我也不愿拂了老叔面子，只当没听见。这确实不是迷信，真正靠的是科学手段。

给别人留条活路就是给自己留一条退路。年长的人要给年轻的人让路，死去的人要给活着的人让路，这个是一样的道理。凯叔絮絮叨叨继续说，以后咱村要做旅游景点的，山地上的零星坟冢，包括老爷子的都要统一搬迁到西山的集体公墓。死了死了，一了百了。死人总得给活人留活路。好端端的一个旅游景点冷不防地冒出一座坟墓，不但煞风景而且瘆人。老叔你说呢？上门都是客，吓坏了游客可不好。不光咱鸣桐里，整个南山都是上风上水利子孙的好地。西山现在是冷清了一些，但一边是革命烈士，一边是老革命。今后我们早晚总是都要去那边陪你的，老兄弟们在一起可热闹呢！

凯叔说罢又对四奶奶说，看了一块好地，只要把祖坟葬到这块地上就能发孙辈，可这行得通吗？这地是国家的、是集体的，不是你想葬坟就葬坟，你想造房就造房，哪怕风水再好你只能望地兴叹。再好的风水宝地都是国家的，你无法去占有。老婶子，你放心让四叔去那边吧，让他去和我家老爷子作伴！水庚这边我已打了招呼，这和买房子一样，楼层也有好坏呢！赶紧让临清先去挑一个……

下

　　这天，胡一凡打算再去看看三爷，他还没走出村委大楼，就见林杰开着一辆崭新的汽车箭一般从身边冲过，同时不忘嘀的一声鸣了下喇叭，算是和胡一凡打了个招呼。

　　看着一溜烟而去的汽车，胡一凡摇了摇头。他知道，上次蒋传庭和他说过的故事里，所谓的斌哥就是以他为原型。

　　林杰开赌场犯事后坐了几年牢，出来后身无长物，一开始还收敛了些，自觉和先前那些狐朋狗友断了联系，他娘见他整天在家无所事事，便叫他找个单位去上班，可附近的厂家都知道林杰的德行，不想引火烧身，林母无奈便哭哭啼啼地去找了村委。

　　胡一凡刚到南山村挂职实习锻炼没多久，那时林杰正好刑满释放。为了林杰的工作事宜，万家浩特意在村委会上和大家通了一下气，抱着治病救人的目的，最后大家同意让林杰先去加应子花海景区做个保安。

　　让我去做保安给人家看大门？林杰得知消息，他在家对母亲气急败坏地说道，我的事你就别瞎操心了，你不觉得膈应人我还觉得丢脸哩！

　　林母抹了一把眼泪，说道，你看你妹妹那样多好，虽说她小你十多岁，但却让人那么省心！你这么一个大人，人家像你这么大年纪的哪个不是有了家小，你倒好，一人吃饭全家饱，光棍一个，走到街上，少不了村上人指指点点，让人笑话。你爸在村里干事，大小还是个干部，大家的眼睛都盯着呢！再说你姥爷那么好面子，上次你出事他好好的一下就病倒了，我原以为他挺不到你出来了，还好终于熬过来了……

　　林杰不听则已，这一听就像点燃了的爆竹一下爆了。他在家实在受不了母亲的唠叨，咣当一声甩门而出，决定出去自谋生路。

　　自从上次开赌场出人命后被判刑，林杰在家和父亲不见面还好，一旦碰面就像两头愤怒的斗牛，互不相让，结果几乎断绝了父子关系。

　　几经辗转，林杰到城郊的一家重组的钢厂通过招考当了一名车间工人。在车间他工作很卖力，再加上肯吃苦，每月也能有七八千元的收入。

　　就这样干到第三个月份上，一天加完夜班，他和同班的工友相约到城东花园排档宵夜，酒酣耳热之际，有人过来敬酒，林杰抬头一看是以前自己赌场看场子的小弟大壮。

　　大壮见林杰现在生活落魄，便邀请他加盟自己的拆迁公司。大壮的拆迁公司专门承包开发项目的拆迁工作。但凡拆迁项目，拆迁户和拆迁方都想获得利益最大化，一旦洽谈不成功，就会拖延项目进度。大壮的拆迁公司就招揽了一批社会闲汉与拆迁户斗智斗勇，最后签订拆迁协议，完成拆迁。

　　林杰在大壮的拆迁公司干了一段时间，见里面有些名堂，和大壮一合计，就以他老娘的身份注册了个拆迁公司，开始四处承揽拆迁工程，一时间就混得风生水起。

　　林杰原本就是混赌场上的，做窑主放水钱，三教九流的什么人没打过交道？个别难缠的钉子户，遇到林杰就等于倒了八辈子霉。不肯拆，想要更高的价格？好，你就看着办吧！掐电断水这些还是小儿科。倒霉的户主不是今天被人砸了玻璃，就是明天院子里被扔进了屎尿，要不就是大门上的钥匙孔被人用502胶水给封了。有的钉子户家里还养了看门狗，不出几天就只剩下一张血淋淋的皮。就算报了110，警察来了见状也是见怪不怪，人家都签完协议拿了拆迁款搬迁走了，你凭什么要当钉子户呀？还是见好就收吧！

对付钉子户，林杰的损招简直层出不穷，个别死倔的钉子户最后终于崩溃了，见到负责拆迁的工作人员就磕头下拜，求放过一马。就这样，林杰所在的拆迁公司因为拆迁方面高效，许多开发商包括个别负责政府拆迁项目的单位纷纷来找林杰负责安置。

再说通过拆迁安置方案后，金山里村民积极配合政府双方协商一致，在拆迁项目部签字画押后就先后搬出了世代居住的金山里村。只有少数村民为了获得更多的拆迁赔偿在和开发商讨价还价。

很快，开发商的机械进场了，被扒倒的房屋七零八落的，原本人欢马叫的热闹村庄几乎成了一座空城，几场雨过去，废墟上便开始长出荒草，整个金山里村便在沉寂中慢慢衰败了。

为了给拆迁下来的居民异地安置，考虑到物价因素，加上安置房的建造还有一个周期，政府最后给出了每人每月一千元的租房补贴作为拆迁过渡费。就这样，整个金山里村的人就像站在雪地里撒一把黄豆，一瞬间人就消失不见了。

分归分，但日子还是要继续过下去的。

时间转眼又到了腊月十八。蒋传庭数着日历对胡一帆说，按照惯例，南山村马地马灯队又要起马了。

马地原来是南山村北坡山脚下的一块平地，据说以前做过军队的养马场，马地村因而得名。

再说跳马灯。跳马灯是南山村的一种地方民俗娱乐活动。据说起源于春秋战国时期。当时地方发生瘟疫，无良药可治，百姓为驱邪避灾、送走瘟神，便扎起纸人纸马，扮成各种神灵，嘴里念念有词，跳出各种障法，以祈福消灾，寄托劳动人民一种祛邪、避灾、祈福的美好愿望。

南山村的马灯至今有六百多年历史，以岳飞等将领在南山地区抗金为背景，结合道教中的乾坤八卦、六十四阵。马灯表演由列阵开始，各位将领骑马手执兵器相继亮相；紧接着模拟抗金英雄的战斗场景捉对厮杀，众人摇旗呐喊，一时锣鼓喧天，杀声阵阵，场面蔚为壮观；最后鼓乐齐奏，马队围场巡游，表演在众将欢庆胜利的喜庆气氛中结束。

这些马灯由毛竹编织成马头，马尾，系在身上糊上颜色鲜艳的纸。表演时，表演者脸上绘彩，竹马拴挂于腰间，马颈别在腰上，一手拎马头另一手执刀枪，着近似戏装的绣花马灯服，但要使较长的后裾盖住竹马的尾部。

道具有盔甲、战旗、战袍、刀、枪、锤、棒等十八般武器，排灯等，加上传统的鼓乐器件大小十余件。参与者众多，有具体人物二十余位，有武打和布阵等表演，人物穿梭演变，气势恢宏。

马地村除了过去养过马，还以自己的传统项目跳马灯闻名周边地区。每逢节庆或其他重大场合，大家都能欣赏到马地马灯队的精彩表演。

南山村这次整体拆迁打造加应子花海温泉度假区和5A级美丽田园乡村也连带了附近的马地，首当其冲的就影响到了金山里的马灯队。

眼见得起马的日子一天天临近，头马老林再也沉不住气了。

老林沉不住气是有原因的。他们马地村年年腊月十八起马，然后在大年初一开始出马，穿村走巷，呜嘟嘟、呜嘟嘟、罄罄咣；呜嘟嘟、呜嘟嘟、罄罄咣，人欢马腾，一直热闹到正月十六杀马为止，而原和马地村一河之隔、老林所在的金山里却已接连三个年头停了锣鼓歇着马，屁响的动静也没有。平日里看到村里那些年轻后生只知道玩玩手机打打牌，一副玩物丧志的样子，老林就担心，如果今年再不起马,他们马地的马灯队就有绝代的危险了!

金山里的马灯跳的是大马灯。金山里的马灯队有十二匹高头大马,除了会头,还有旗督、战将、马童、护卫、唢呐和鼓手等,连头带尾共有一百五十多人马。他们走马穿阵,东征西杀,为四乡八邻、各村各户降魔去秽、送福添寿,煞是威风。

隔壁蛀竹棵也有马灯队,可他们马地村的马灯队跳的只是那种上不得台面、只能在灶头间转转的小马灯!除了红橙黄绿青蓝几匹小竹马,加上骑手、护卫、旗督、鼓手、搭婆,还有什么渔公、樵夫、书生、商人等等总共不到五十人马的规模。更要命的是,他们蛀竹棵的六匹小竹马,在镇里宣传委员的鼓捣下,还竟然厚颜无耻地打算申遗!这不明摆着已经不把他们金山里放在眼里了吗?眼瞅着这阵势,他们蛀竹棵小马灯的风头就要盖过金山里的大马灯了,他老林怎么能不着急?

在金山里马灯队,老林不是会头,会头另有其人。在马地马灯队,老林跳的是头马,也就是先锋官的角色。老林的头马后面紧紧跟着督旗和其他十一位战将。每当呜嘟嘟、呜嘟嘟、馨馨咣;呜嘟嘟、呜嘟嘟、馨馨咣的唢呐和威风锣鼓声一响,老林就禁不住浑身发痒,那唢呐和锣鼓声分明就是一种集结号,在召唤着他和他的战友们奔赴另外一种特殊的战场。那个战场就在田间、在村头、在场院、在街陌里弄、在各家各户门前、在乡亲们喜庆的笑脸上。

老林最引以为豪的一件事,是有一年老林带着他们金山里的马灯队一路过关斩将,从镇里跳到县里,再从县里跳到市里,再从市里跳到省里,以第一名的身份,在省城新建的体育场里,当着数万观众的面,参加了全运会开幕式前的暖场表演。

演出完毕,一位黑人外宾激动得不得了,他伸出一双胖乎乎的大手紧紧抱住老林,嘴里叽里咕噜地冒着洋话,意思是说他觉得这场面太震撼了，他希望老林能跟他去非洲，让他和他的马灯队在非洲落地开花，发扬光大。其实，这个插曲根本算不了什么，用老林自己的话来说，他们马地的马灯队一不小心就跳进了中央电视台的新闻频道里，全国八九十几亿的人都坐在电视机前看，能不厉害吗？

腊月十六这一天，老林再也坐不住了。天刚刚有些放亮，老林就出了门。他在小区门口的仙仙面馆扒完一碗鸡蛋挂面后拔脚就往8路车站台赶去，跨出店门还没几步才想起十块钱的面钱还没付，便又急忙折了回去，红着老脸掏出早已准备好的那张十元纸币交给了仙仙，嘴里一边连连说对不起。

仙仙接过钞票脸上立马笑出了一朵花，说道，老伯你也太见外了，不就一碗面钱嘛！忘了就忘了呗，还要折返回来干吗？实在不行下次一并付也行！我知道，您那是心里噎着其他事情呢！

老林心里怎么可能会没事呢？他老林做惯了急先锋，不像那四个旗督，就像四具木头傀儡，遇事就成了缩头乌龟。今天他要去幸福花园找他的老搭档老董，两人合议一下，今年他们马地村的马灯队也要和隔壁的蛙竹棵一样赶在腊月十八这天起马闹一闹。

金山里太平马灯队有六匹公马、六匹母马，共十二员战将。老林头马开路，老董梢马殿后，相当于压阵将军。往年出会之际，老哥俩一前一后，配合得天衣无缝，中间手拿令旗的四大旗督，虽说是元帅的角色，按理排兵布阵什么的都要依靠他们，可是只要马队一出，他们只有跟在头马老林和梢马老董之间转圈的份！

对于压阵将军老董，好多人颇有微词。仰仗着厚彩浓妆，他老董竟然像年轻小伙子一样，专在团场内冲看热闹的漂亮的小媳妇和年轻姑娘下手。有机会就摸人家的脸。这不明摆着为老不尊吗？年轻小伙子这样闹很正常，人家年轻，趁机和中意的姑娘们调调情、渲染下现场气氛，他老董这样做就有些不像样了！为此他没少被老太婆拿着杀威棒教训过，可江山易改本性难移，经过董老太婆的几番修理，老董不是没有再骚，而是变得更骚。

就这样，老董这匹梢马就变成一匹名副其实的骚马了，弄得远乡八里的姑娘、小媳妇儿见了老董都要绕道走，而老董却乐此不疲。

老董的风流韵事算起来应该有一箩筐的，可老林心底很清楚，他老林自己也干净不到哪里去，他自己欠下的风流账加起来至少也有半箩筐了。有一年，村上顾老八的一位远房亲戚从上海来乡下拜年。姑娘洋气得很，一副上海人的做派，就连讲话也是细声细气的，可人家就是没见过世面，挤在围场前看稀奇，发现老林的身段不但高大而且帅气英武、雄赳赳的，直接被他撩到了。偏偏人家姑娘痴情，团场结束后不依不饶追着一定要会会他。不料等老林卸了妆，才发现他竟是一个半大老头，结果人家姑娘是哭着回大上海的。

说来话长。改革开放后，就在金山里决定村里的马灯队重新出会之际，老林和老董之间还有过头马之争。当初，会头村长老万有意老董，毕竟两人多少有点沾亲带故，老万的一个表嫂是老董舅公家的女儿，再加上老董嘴巴活络，不像老林。老林人如其名，耿头耿脑，有话直说，一点都不会转弯抹角。

那年腊月十五，就在金山里马灯队准备起马的节骨眼上，老林老婆碰巧遇见老董从村边的小店拿了两瓶好酒和两条好烟，于是便多了个心眼，结果真的看到老董鬼头鬼脑地摸进了村长老万家。

所有这些老林心里其实都有一笔账，虽然老董有缺点，但那只是小节问题，老林和老董反而有英雄末路、惺惺相惜的感觉，这些丝毫都不影响他老林和老董从年少时就开始培养起来的友谊。

腊月里的天，一直是阴沉沉的，远远近近不时有鞭炮噼噼啪啪的爆炸声传来，空气中飘来的火硝和硫黄味道中还隐秘夹杂着咸鱼和熏肉的特殊气味，这就是所谓的过年的味道呀！腊月晴，正月雨；腊月雨，正月晴。只要赶上正月是晴天，路上不泥泞，马灯队的后生们在朝门头和走团场的时候就可以少吃点苦头了。站在站台上，老林在等8路车，他的心却跳得欢。

老林一直住城东，老董住城西，公交车来去也很方便，不过是几站路就可以直接到老董所在的盛世花园小区。

上了车老林掏出身份证在驾驶员眼前晃了晃，然后在车门边的投币口投下了一枚黄灿灿的五毛硬币。普通市民投一元钱乘一次车，六十岁以上的就可以半价。为了方便乘车，老林一有机会就收集这种硬币。老林寻思着，再过两年等他领取了老年证，从此就可以免费乘车，犯不着再费尽心思去集这种硬币了。如今生活条件好了，村村通了公路，只要不出县域，全市范围内都免费游。

8路车就是从马地、蚌竹棵两个村的方向过来的。这是一趟早班车，里面空空荡荡的没坐几个人。老林投下硬币的同时还不忘用掌心拍了一下投币箱，那架势就像马背上的将军掌击马背在催马前进一样；汽车一颠簸，马就开始跑了。呜嘟嘟、呜嘟嘟、馨馨咣；呜嘟嘟、呜嘟嘟、馨馨咣。老林心情畅快，他摇摆身子踩着熟悉的马步往里一路走去，直到最后一排才找了个靠窗的位置坐下。

车子还没到盛世花园站，老林就早早地立在了后车门。汽车一停靠，车门唰的一下打开。一阵冷风扑面而来，老林哆嗦了一下，他裹了裹棉衣然后一脚跨下车去。

进了花园小区，老林如同一只不慎钻进了地笼的螃蟹，东奔西撞一时失去了方向。老林掏出上次老董留给自己的纸条，纸条上留着老董的住址还有电话号码。他一连问了两个路人，然后一幢一幢地数来数去，偏偏找不到标有地址的那幢楼，不得已便掏出老年机，开始拨老董的电话。老林眼睛老花远视又没戴眼镜，只得伸长胳臂读着那几个阿拉伯数字在手机上一个数、一个数去按键。

电话接通，老董得知是老林来访，非常开心，他赶紧出了楼道到路口候着。老林东摸西摸，见着老董赶忙跑了过去，一阵寒暄之后，两人便一前一后上了六楼。老董原先也住城东，不过原先的主家老板娘是个厉害角色，住了一年之后挑东挑西，然后提出要加价，老董勉强同意。第三个年头，老董终于忍无可忍了，便在城西重新找了个出租房住下了。

这是一幢老小区，剥落的褐色外墙是这幢大楼苍老的脸上的深刻皱纹，到处留着因岁月而留下的斑驳泪痕，像极了一幅抽象画。小区附近原先有所中学，政府大力发展新区，学校也随之搬迁，这个老小区就一天一天冷落下来了，随着原房主的陆续离开，接踵而来的是一批外来租户，因为便宜。

到了楼上老董家，老林进门四处打量了一下，发现室内装修和外墙可有一拼，头顶天花板上的扣板部分已经翘起，一副摇摇欲坠的样子，整个墙面积了一层污垢，黑乎乎的，墙角上到处都有各色油彩涂鸦的痕迹，有小动物，像小鹿、小鸭、小鸡、小狗和小猫等，还有森林，顶部还有一轮洒着金光的像块烧饼一样的太阳。从这些童心未泯的作品来判断，此处前任租户家有孩子，这里曾经塞满一个天真无邪的孩子的笑声，笑声溢出屋外，足以给他/她留下一生幸福的回忆。

这老董真是够抠的，真是本性难移呀！就连政府每人每月一千多元的租房补贴还要抠着省点出来，这次拆迁，除了田亩补贴之外，拆面积还面积，再加上一个户口补贴五十平，老董分到了二套半房子，可这抠门的老董竟然住在这样的房子里。

老林心里一嘀咕，这动作眼神多少就有所表现。老董心细，他知道老林想法，一时红了脸，讪笑着说，这不是过渡吗？再说眼看都快熬过来了！前几天我回去看了看，见到桩机已进了村子旁边的安置小区，估计这些天在打桩做地基哩！只要再熬上一年半载的，最迟到明年年底就肯定能住上新楼房了！现在这房子是旧了点，我和老太婆也不计较，大家都是苦出身，这里有水又有煤气用，这就足够了！再说还可苦些钱来装修新房，一月苦几百，一年就好几千，好几千就可以添置一台大彩电或空调了！如今田亩什么的都被政府回收了，小区里又不准养鸡鸭，没了外来收入，只能把细点过日子哩！

老林叹了口气，说，还是服你呀老董，会过日子！你就是那种跌倒在地上也要抓把土在手里才安心的那种人！老林知道，拆迁，高兴的是村里那些年轻人，像老林、老董这样的老辈人多少还是有一丝隐隐的失落，拆迁后，如今村子已经成了一片废墟；好端端一个村子的人马就像抓在手心的一把雪，随手往地上一洒，瞬间就消失了影踪……

老哥俩坐下谈起各自家事，老董接着诉苦，虽然拆迁后分到了两套多房子，可自己家田亩少，没有拿到多少田亩补贴，加上近年老太婆身体状况不太好，前几年又去省城动了次大手术，这一来二去，又花去了不少积蓄，这两套房拿在手里，将来装修也是一个大问题，有意出手一套套些现用来装修，又因为是拆迁安置房，一时办不下证，人家像躲瘟神一样避之不及，幸好这安置小区迟迟未能交付，否则的话这两套安置房就是烫手的山芋了。

提到自己，老林有些黯然。这次金山里拆迁安置，老林家也分到了两套别墅。老林原本打算，两套房儿子一套，女儿一套。大点的给儿子一家三口住，小的一套暂时自己住，等到自己百老归天后房子就归女儿。毕竟女儿孝顺，小外孙豆豆也非常可爱，是自己的心头肉。

开始小林也答应得好好的。大套给自己，小套归姐姐。不承想这小子后来却瞒着老林一个人跑到拆迁办林杰那里签了协议，结果两套房子上的都是儿子小林的名字。那就意味着这一大一小的两套拆迁房女儿一点名分也没有了。

纸总包不住火。这事泄露出去之后，女儿、女婿和外孙豆豆来看望老林的次数明显少了。老林知道那是自己伤了女儿的心，于是便找儿子商量。儿子忠良说这件事情还要和自己媳妇商量，商量的结果就是从此儿子房间里就会时不时地传来激烈的争吵声和夹杂器物落地时的乒乒乓乓，心惊肉跳的老林听了只会摇头。老林知道，他们夫妻俩这是演戏给老林看，这个龟儿子和他老子一样是个孬种！

再说房子刚拆迁那会儿，知道老林至今单身，有好几个四十才出头的小女佬过来要和老林相亲，要不是这个拆迁安置房迟迟不能交付，这个事情也许还不会黄。电视上讲，某卫生组织，经过对全球人体素质和平均寿命进行测定，对年龄划分标准做出了新的规定，该规定将人的一生分为五个年龄段：零到十七岁未成年人；十八岁到六十五岁青年人；六十六岁到七十九岁中年人；八十岁到九十九岁老年人；一百岁以上属于长寿老人。想想也是，他老林现在身子骨还硬朗得很哩，他还要在金山里的马灯队再当他五年、十年头马！

至于前来相亲的那几个女的，老林最中意的还是那个叫花花的女人。花花人长得雪白，脾气也好，不像其他人一样目的性很强，一上来就急吼吼地提出要在房产证上添名字。花花是个可怜女人，打小就死了父亲，是她娘一个人把她和弟妹几个拉扯大的，可惜遇人不淑,她去世的丈夫也是个好吃懒做的东西,平日里也不见有多少钱拿回家,后来迫不得已才去开面的,直到有一天好端端地就把车开到涧溪沟里后送了命。

这事之所以最后终于没成,那是因为老林心里头还是有着老太婆。老太婆和老林一样喜欢马,当初老太婆不知和老万据理力争吵了多少回才帮老林争取到了头马这个位置。老林是个有良心的人,特别是老太婆在他一无所有的时候义无反顾地嫁给了他这个出身不好的富农子弟,跟着他吃苦受累没半点怨言,不想生活条件刚好起来不久便撒手人寰。这一生老林亏欠她实在太多了,如果喜新厌旧他老林就不是老林了。老林就是老林,老林绝不会不仁不义。

两人东家长西家短地聊了会儿,彼此都感慨拆迁后村上人的变化。拆迁前,原来村里的那些田呀、地呀和山林呀好多都是抛荒没人要的东西,毕竟辛辛苦苦一年下来的收成还抵不上那些农药种子钱,所以只好送人的送人,请人代种的代种,后来政府开始拆迁征收了,原先那些抛荒田的主人一下子就冒出头要那三万元的田亩补偿费,结果村里闹得鸡飞狗跳,有些原本和和睦睦的老街坊、老邻居为此甚至还对簿公堂。

老哥俩唠来叨去,最后终于到了正题上,老林对老董说要和老伙计们联络一下,今年也要和马地村一样在腊月十八起下马,过年大伙再热闹一次。老董听了头也没抬一下,嘴里吐出了一句话,像一盆冰水泼了个老林兜底凉,把他本想联络老董一起去游说村长老万准备起马的希望浇灭了。

老董到底说了什么?老董的原话是:

村子都拆了,还跳个啥!

村子都拆了,还跳个啥!老董下意识抛过来的一句话像把小刀子剜得老林心痛。村子拆了可人马还在的呀!老林心里不服气,怪只怪金山里拆迁后的安置小区盖了好久还没盖成，所有村民不过是像游击队员一样化整为零散落在城区各个角落，只要村长老万一声号召，凭他老林为人处世，肯定能拉出一支人马来，继续走街串巷，浩浩荡荡，八面威风。

老林不甘心。老林心里、眼里都是马。老林已经把老董排除在了同盟之外，既然老董他没了昔日的那种热情，不如自己单枪匹马去找村长老万。老万当了金山里三十年的村长，而今虽然退居二线，但他威望始终还在，起不起马还是老万说了算，更何况老万还是金山里马灯队的会头，金山里马灯队事无巨细都由老万说了算，就连村里马灯队所有的器材家当都由老万保管着呢。为了这些宝贝，老万还特地租了个地下车库集中存放。

对于这些家什，老万确实是上心的。六月六，六只黄狗洗冷浴。到了每年六月的晒伏季节，老林都要跑到老万家，帮着老万把这些家什一件一件搬出来晒，太阳火辣辣地照在这些红黄绿色的旗呀、鼓呀、马呀上面，衬着老万黑红的脸膛。整整三天，老万像一条忠实的老狗，当宝一样看守着这些家什，时刻提防那些前来捣蛋的雀呀、鸡呀、鸭呀和狗呀，当然还有个别熊孩子。

老万住在城里的富人区。老万租住的是城东一套三室二厅的大房子，和东胜公园毗邻，左脚走出东胜兰苑小区右脚就可以跨进东胜公园。加上小区南面一字儿排开的分别是大华百货、千仞超市，房租当然要贵了许多。当初拆迁安置，老林原本打算和老万做邻居的，但打听到此处租金如此昂贵，就不得不打消了这个念头。

老万配租住这样的小区。老万就是老万。金山里的这次拆迁安置，除了三万一亩的几十亩的田亩补贴，老万还分到了八套房。老万是村主任，开始老万只是心疼原来那些没人种的抛荒地，后来手头收的无主抛荒田实在太多了，老万和老婆种不下，只得请人代种,这样陆陆续续的,老万手上就积攒了几十亩地。临到拆迁,原先的户主全都一下子冒出头来问老万要拆迁补偿。老万正犹豫着要不要给,可老万的儿子小万不同意,认定那些个户主有失契约精神,坚决不给。还放言让那些街坊邻居去和老万打官司。官司果然一边倒,老万仅田亩费就赢了一百多万,儿子小万也成了远近闻名的拆二代。有了钱,小万把班也辞了,整天和一群死党朋友泡在一块儿,称之为享受人生。

主意甫定,老林拔脚就动身去找老万。从老林那到老万住的小区也有直达公交,前前后后也不过五六站的距离。眼见得29路车很快就到了站,老林掏出怀里的老年机看了看时间,抬脚上车,然后挤到后座找了个空位子坐了下来。

几分钟后车子到了教堂,后门下了几个人之后又从前门拥上一群人。老林知道,这群男男女女刚在教堂做完了礼拜。车子一路摇晃到了五中,一拨人下去后又上来几个人,老林用眼睛一瞟,惊见蚝竹棵树的阿财和阿发也跟着上了车。老林见到他们就来气,赶紧别过头冲窗外假装什么也没看见。

阿财和阿发兴致不错,听他们的话音正是进城添置马灯队行头的。在蚝竹棵树,阿财和阿发在马灯队的角色分别是搭婆和颂王卒。搭婆又叫凤阳婆,也就是媒婆。搭婆和颂王卒一起插科打诨,在走马过程中,搭婆和颂王卒交会时总要招一下手,两个人七搭八搭,有点打情骂俏的样子。在金山里,老林是头马是先锋官,在老林眼里搭婆和颂王卒不过是下三滥的角色。从正月初一起马、到正月十六出马,头马一直是英雄一般的存在。杀马那天,头马和马夫经过一番纠缠厮斗,最后终于被放倒,马夫拔刀刺中头马脖子中事先藏好的假血,在观众的一片惋惜之中,一年的欢庆仪式方才结束。

可人算不如天算，隔河相望的马地村和蛀竹棵却迎来了两种完全不同的命运。马地村村子偏，人丁不旺，也没见得出过什么人才，所以拆迁也就没他们的份，不料他们蛀竹棵却因祸得福，因为国家接着又出台政策，要求搞美丽田园乡村建设，马地村作为首批试点村上报省里，要求地方政府统一规划建设实施。

看到阿财、阿发他们红光满面，兴致勃勃的样子，老林气就不打一处来。老林心想，就你们那个破村落还算得上美丽田园乡村？除了几个老头老太看看你们村里还有几个人啦？用石灰水掸掸，造一些徽式的马头墙，再把进村的道口用水泥一浇，家家户户开旅馆开饭店做民宿，只有傻子才会过来吃住。

前一阵子，蛀竹棵大张旗鼓着手部分恢复以前的古街和古建筑。为此老林还特意赶去看了看他们新盖的那些草屋。不看则已，一看就尽是些外行的东西。小瓦六算、平瓦五算。可这些个草屋的水发，不足五算，连盖平瓦都嫌太平，根本起不了防风抗雨的作用，要知道，老辈人住的草屋水法至少有六算半，盖好后应该有像俄罗斯建筑一样的穹顶，净整些假的复古东西不就是瞎胡闹吗？

望着阿财、阿发他们一脸傲娇的神情，老林撅起屁股蜷在座位后面心里憋屈得很，直到两站过后他们一前一后下了车，他的心情才稍稍有些放松。汽车又过了三站，下一站就是老万住的小区，老林从后座挤到了车门口，车门刚一打开，老林便一脚踩了下去……

老万住在二幢三号门三〇三室，对面就是千仞超市，看房的时候老林来老万家做过客，他轻车熟路直接上楼就去敲门，可是屋内一点动静没有，再稍稍用力敲，依然没有任何回应。老林觉得有些不对，他退回楼道口查看了一下单元号牌，发现没错，于是重新上楼去敲门，还是没人回。老林估计老万这两口子出门了，便掏出手机翻老万电话，电话里回应说，您所拨打的电话是空号！老林一愣，再拨，电话里还是那句，您所拨打的电话是空号！

老林没辙了，他好不容易找到房东。房东开始很排斥，直到老林耐心地向房东解释之后，房东才告诉老林说老万已经退租了。老林接着追问，房东告诉老林，一个月前老万得了一次小中风，为了方便看病老万已经搬到人民医院附近的世纪城小区了。老林闻听顿觉有种不祥之兆。老万身体一直棒棒的，中风一定是他那不省心的小子闹的。果不其然，房东告诉老林，老万以前一直好好的，前一个月不知为什么三天两头有人堵门向老万讨债。原来小万在外赌博输了很多钱，更要命的是还借了不少高利贷，眼看着这个窟窿再也堵不住最后只好跑路了。债主们一时找不着小万，就一波接一波地上门来向老万讨债。老万气急，终于扛不住倒下了。

老林知道为什么老万的电话打不通了，为了避免被追债，老万原来的电话肯定不能再用了。老林慌了，他匆匆赶到世纪城小区。

此时已近正午，老林顾不得饿得咕咕叫的肚子，在小区门口拉住人就问知不知道一个中过风名字叫老万的人，大家奇怪地望着慌慌张张的老林都说没见过。老林再问小区门卫，几个人说都不认识，其中一位对老林说，既然中过风又在医院看过病，为何不到医院住院处十楼脑外科查看下门诊记录，或许可以在那里找到点线索。

一语惊醒梦中人。老林拔脚就往人民医院跑。上了十楼，老林找到值班护士请帮忙查病历。值班护士打开电脑输入老万名字，果然有，就在1074房间4号床。

护士以为老林是老万的家人，一脸严肃地告诉老林，老万的病情不容乐观，老万上星期刚动的手术，今天才从ICU转到普通病房，这是他两个月内的第二次中风手术了！

望着躺在病床上浑身插满管子的老万，老林的眼泪就要滚下来了。老万老婆见到老林一把把老林拉到一边，一把鼻涕一把眼泪诉说原委，因为小万欠钱跑路连累到老万，她现在都不敢告诉旁人老万在这里看病，生怕那些债主找来讨债，老万就是被小万活活气成这样的。

老林安慰了老万老婆几句，他又问起老万负责保管的那些竹马及锣鼓家什的下落。老万连命也快没了还留那干啥？那些东西原先是存车库的，老万中风搬家时我让外地收垃圾的民工给处理掉了！

老林一听顿时惊呆了！他拿眼睛定定地看着老万老婆，一句话也说不出来。村子拆了，人也散了，到哪里去跳呀？难不成在电梯间或者消防通道里跳？就连马头也转不过来呢！老万老婆接着数落道。

老林这下彻底死心了。人有时就这样，死心不过是一瞬间的事。心头的那个伤口不断被撕扯，血一点一滴始终在淌，滴着淌着，血尽了，心也就凉了。出了医院的电梯间，老林一连抹了几把眼泪，不知为什么。他知道，今年金山里的马再也起不起来了，尽管竹子有现成的，红颜绿色的绸缎、锣鼓唢呐家什也可以买到，但要重置一副行头，没个十天半月根本不行。

马没了，再也起不了马了。老林在城市里游荡，一时没了主张。开发商真的很厉害，把老百姓从地里直往天上赶，他老林现在终于成了城市流民。老林心里空落落的，老家拆了，根也就断了，老林发现这样落寞的天气里特别适宜怀旧。老林不想回家，不想见到家里那对冤家的脸色，他走到公交站台，不知何去何从。就在这时，一辆8路车摇摇晃晃过来了。老林迈脚上了车，车厢里空空荡荡的，汽车一路哐当哐当像一匹折了一条腿的蹩脚马一样哆哆嗦嗦地往马地村和金山里的方向过去。

不一会儿车就到了原金山里站台，站台边的电线杆上还留着那份迁坟通知：为了加快芜申运河河道疏通及沿岸景观带建设，沿芜申运河南段原蚌竹棵至金山里周围三千米范围内的坟墓迁至西山公墓，至公告日起三个月之内没有动迁的墓冢一律当无主坟处理。

这样一段文字看得老林又是心酸了一阵，儿子小林见到那迁坟的五千元钱，早抢在老林前先签了字，手快得很！对于钱，儿子一向不含糊。老林知道，如今的儿子已经变得有些贪婪了。

天色向晚，不远处有一台桩机正在一片废墟之间哼哧哼哧一下接一下地打桩。老林再次回到被拆的老宅前，老宅现在已经完全成了一片废墟。就在一堆断壁残垣中，老林惊见一只猫，它就端坐在一截凸起的断砖上和老林四目相对，眼神凌厉而且狠毒，老林心里不由得一紧。老林不太喜欢猫，相对于猫来说老林更喜欢狗，因为猫比较阴冷，它就那样远远地盯住你，目光犀利、严峻，等你靠得足够近了，它才蹿进路边草丛，隔了一段距离停住后又回过头继续用凶狠的眼神监视着你，你忍不住吆喝一声，它才不情不愿地消失在草丛中。在猫眼中，世界上似乎只存在两样东西——猎物和敌人，除此之外别无他物。

按照习俗，腊月乱岁起坟，但老林始终下不了决心要动那个伤心伤肺的念头。老林转到路边小店，买了瓶酒还有水果、香烛，他打算顺便给老伴再上次坟。思念到极致，连每一次呼吸胸口都会痛。老林心痛得厉害。老林摆上供果点起供烛，接着打开那瓶洋河大曲。他坐在老伴坟前，絮絮叨叨地和老伴说着话，然后开始喝酒。

一瓶酒很快就光了。老林开始有点迷糊。老林终于醉倒在老伴的坟头。老林老伴的坟头干干净净，远远望去，老林老伴的坟和老林就像清宫戏里的官员在暗夜里戴的一顶花翎帽子，趴在坟头的老林就是帽檐边垂下的那条黑色顶戴。

老林感觉自己轻飘飘地开始爬高了，他越爬越高，越爬越高，高出树梢，高出南边的山顶，高出云霄和星星比肩；风飒飒的，老林看见老伴坟头的自己就像春天池塘里一截蝌蚪的尾巴……

不知过了多久，传来一阵鼓乐声，就在呜嘟嘟、呜嘟嘟的唢呐和锵锵咣咣的锣鼓声里，半空中突然杀出一队人马来，领头的正是老林他自己。在阵阵仙乐之中，老林笑了，笑得很开心。

蒋传庭这个故事讲得有点煽情，就连胡一凡听了也几次差点落泪，回到自己办公室，他坐在那里想了很多，暗暗下了决心，南山村的父老乡亲，我知道我个人的力量是薄弱的，但是我要竭尽我的力量去帮助你们。也许我的步履沉重缓慢，但是请你们相信，我在一步一步走向你们。

南山村鸣桐里加应子花海景区、金山里温泉旅游度假村项目和南山村5A级美意田园乡村综合区建设项目进展得很顺利。中标南山村鸣桐里加应子花海温泉旅游度假区项目是一家注册在北京的房地产开发企业，名叫北京达海房地产开发。该公司于二〇二〇年通过招拍挂方式，并取得南山村鸣桐里加应子花海景区、金山里温泉旅游度假村项目和南山村5A级美意田园乡村综合区建设项目地块的土地的使用权取得该地块的出让合同中约定，土地受让人必须负责规划拆迁范围内所有房屋等建筑物及地上附着物的拆迁补偿和安置，并承担全部费用。

这个拆迁方案也就是俗称的毛地出让。为此，北京洪大公司通过公开招标方式，委托本市杰鑫房屋拆迁有限公司负责该地块的拆迁，而杰鑫公司自行委托林杰、大壮等人负责具体拆迁工作。

就这样，林杰摇身一变，成了南山村鸣桐里加应子花海景区、金山里温泉旅游度假村项目和南山村5A级美意田园乡村综合区建设项目拆迁安置的负责人，南山村一百零三户村民所有房屋面积的测量、店面的装修以及附着物等评估都由他一人说了算。

一时间林杰成了村里炙手可热的人物。

眼睛一眨，老母鸡变鸭。有道是风水轮流转，鸣桐里原本是老林家的根基所在，这一拆，他们林家就要胜过万家了。村民们就此议论纷纷，对平素不待见的林杰娘也不自觉地高看了一眼。

林杰娘想不到自家儿子也有今天，不觉扬眉吐气，在村子和人说话喉咙也比往常响多了，得空便在林杰耳边唠叨村里谁谁谁的不是，还有谁谁谁为人还不错，就差把村里一百零三户近四百号大大小小老老少少上上下下从头到脚东家长西家短地编排了一遍。

林杰可不吃这一套，他瞪了一眼一手拎着锅铲，一边吐沫飞溅的老娘，抢白了一句，你懂个什么！然后甩脚就往门外赶。

又不在家吃晚饭呀！你怎么不早说？别忘了去姥爷那里问个好！林杰娘追在林杰后面又关照了句。

那边林杰已经启动了门边的汽车，随着马达的轰鸣，林杰的那辆越野车在村路上裹起一阵扬灰绝尘而去。

胡一凡看着林杰的车绕过村委，向市区方向过去，不觉摇头叹了口气。

刚才村民老吴头前来向村委投诉，说自己是鸣桐里花海景区项目的拆迁户，为了拆迁全家生命受到严重的威胁，本月十三号夜里二点半左右，来了几个不法之徒用砖头把我家窗户玻璃打碎，十四号下午二点左右，他们变本加厉用钢珠枪把我家玻璃打碎七八扇。幸亏我老母亲在里面，如果打到人后果无法想象。昨天去镇信访办，有位周主任接待了我，他对我说不会再次发生这样的事，会给我一个明确的答复，我相信了领导的话回家了！谁知昨天晚上十二点左右，他们又来用砖打碎我家三扇窗，更没想到的是，他们竟然把一个点燃的花炮扔进我家，如果发生了火灾，我们全家有命吗？

请小胡书记为我们做主，主持公道!

胡一凡安慰了老吴几句，转身到村书记办公室汇报情况，然后再商量对策。

林家几代人就怎么出了这个不肖子孙!还没进门，就见万家浩在骂骂咧咧，简直无法无天了，完全是黑社会性质的行径，洪大公司让林杰做拆迁，简直就是自己找头虱子往自己头上爬，麻烦的事情还在后面呢!

随着拆迁安置项目的顺利进行，金山里村民异地安置别墅群也在建造中。这个别墅群除了有村民们的安置房，还有一部分作为商品房销售。安置别墅群在一个向阳的山坡下，山坡下面是一条宝带一样的涧河一直通到横涧，周边是加应子花海风景区，就连择地安置的部分村民也开始懊丧不已，为自己当初的易地安置感到后悔。他们有的选择马地安置，有的选择松岭，有的选择杨树头，还有的选择同官，相比之下，都没有沸水塘这块安置房好。

这些从老村里拆迁下来的村民，他们有的投亲靠友，有的租住了私房，大家翘首以盼，都等着沸水塘的安置房可以早日交付，年前可以住上新房，就在这个节骨眼上出了问题。

村民们盼来盼去，他们等的安置房却没了。

这天，万家浩和林国良正在市里开三干会，却接到胡一凡从村里打来的电话，说出大问题了，让他们赶快回村委一趟。

万家浩问到底出了什么事情?

胡一凡说，电话里一时讲不清，反正出事了，天大的事，我这边已经顶不住了，你们赶快回来处理一下吧。

万家浩听了电话筒里闹哄哄的声音，加上胡一凡急促的语气，知道出了大问题，赶忙向书记请了假，捎上林国良，火急火燎地开车往村里赶。

万家浩和林国良从溧阳县城急急忙忙赶到马地村委，里面有十几户拆迁户已经在等着了。他们群情激奋，正围着胡一凡和许承清争论着什么，个别村民甚至开始有推搡行为。还有两位妇女坐在地上，一把鼻涕一把眼泪，正哭天抢地。

万家浩见状，忙拉过胡一凡问情况。

胡一凡满脸通红，说，他们协议的拆迁安置房，被开发商当商品房卖了！村里年届七十的伍长生听说他家的拆迁安置也被卖了，当时就一口气没上得来，伍家几兄弟正准备抬尸到村委来讨说法呢。

旁边的林国良一听，顿时觉得天旋地转，他眼睛发直，一下就直挺挺地倒在了地上。众人手忙脚乱，赶快把他往村委办公室抬。

整个南山村一下乱了套。

这些讨要说法的村民手里都抓着一份拆迁协议，这些协议有的是年前签的，有的是年底签的。开发商建起了高楼，本来说好今年春节过后正式拿房，不料大家过去一看，发现开发商的分房已经乱套，有三四十位安置户发现，自己协议上标注得清清楚楚的房子，要么被别的安置户先拿了房，要么被当商品房卖了！

我们等了一年多，一家老小在外过渡，欢欢喜喜盼到可以拿房了，没想到这么坑！村民们围住了万家浩气愤地说。

开发商之所以敢一房二卖三卖，是因为抢着要回笼资金，听说北京洪大公司的老总和儿子都喜欢赌博，今年在澳门一次就输了几个亿，眼看就要崩盘了，所以垂死挣扎，在崩盘前捞一笔再跑路。

有村民在旁边散播一些小道消息。

万家浩和胡一凡赶紧联系开发商北京洪大公司，可是老总的电话怎么也打不通，联系销售部的主管，销售部说他们也不知道问题出在哪里，他们只管销售，其他事情他们一概不问。

胡一凡和万家浩这下急了，开发商敢于卖掉在安置协议上已经分给拆迁户的房子，这简直就是无法无天的事情，可现在明明出现了问题，可他们还是顶着压力在卖。

万家浩及时和镇党委书记联系，他们向镇领导做了汇报，镇政府紧急叫停了销售项目，然后联合住建、工商、纪检等部门联合调查。

据了解，开发商北京洪大房地产开发公司有一房二卖甚至三卖现象，涉及的拆迁安置户达五十六户！其中有些房子还出现"双拆迁"，即一个房号同时出现在两份拆迁协议上。

不少幸运儿可能是担心被人抢房，拿到房子后立即开始装修。许多村民都担心自己家的拆迁房被卖，纷纷到村委及销售商那打听情况，一时人心惶惶。

为什么会出现一房二卖甚至三卖的问题？万家浩和胡一凡他们组织村委一班人代表全体村民到开发商那了解情况，他们在北京洪大公司办公大楼截住了开发公司负责人之一吴祝伟，他表示，这些问题正在解决，大部分经过协调要么调换房源，要么现金补偿。而开发商答应调换的房源都是些低层或采光等条件不理想一时卖不出去的房子。

村民们肯定不答应。他们甚至有人租了辆大巴，准备把大家拉到市政府大楼，以聚众的形式向上级政府讨要说法。

万家浩、胡一凡和许承清他们一边忙着安抚村民，一边进一步了解情况。

按理，所有拆迁安置协议都是一式四份，开发公司存放两份，拆迁公司一份，安置户一份。可是开发公司的拆迁协议和拆迁户手里的安置协议却有不同的版本，这也就是所谓的阴阳合同。

拆迁安置户杨大毛的原房是76平方米的营业用房，在拆迁安置协议上，安置面积填写为267.6平方米，房款一栏写着房价计算及优惠条件参照拆迁安置补偿协议书和本地块拆迁方案执行，超原面积按开盘价计算。

但是这只是一份被开发商标注为公司持有的协议书。而另一个版本则是拆迁户手中的协议，可以看到，那一份协议上则写着产权置换、两不贴、原面积置换现造房无差价，无附加费用。

就此，开发商北京洪大房地产公司也在喊冤，我拿260多平方米的营业房，补偿拆迁户76平方米的房子，还一分钱不要对方贴，门面房一平方米两万的价格，你算算我亏多少！吴祝伟说。

令人奇怪的是，这不同的版本合同上都有着拆迁户的签字，还有拆迁公司——杰鑫房屋拆迁有限公司及地产公司的公章。

拆迁户手中协议上的开发公司公章，是假的！吴祝伟说。

涉事村民坚决反对合同造假一说。毕竟白纸黑字，还有开发商的公章明明盖在那。

对于造假一说，村民们非常不满意。村委通过调查发现涉及阴阳合同的，竟然有二十四份。据说，开发商所备案协议与拆迁户协议的出入，达到了七千多万元！

怎么可能是造假！村民邓广华说，他们的拆迁是开发商委托拆迁公司来进行的，拆迁时大家不是一户一户单独签协议，都是到开发公司，按照拆迁协议签署程序，双方谈好后，拆迁公司先盖章，拆迁户签字，然后拿着一式四份的协议到开发公司找财务审核，并且经领导同意才能盖章。

如果是假的，那么也是开发商和拆迁公司联合造假。拆迁户认为，他们手中只有一份协议，这就是他们的身家性命，大家不可能拿这么大的事开玩笑，明知是假的还傻傻地等一年多吧？

不排除拆迁公司为了完成任务欺上瞒下！胡一凡一言惊醒梦

中人。

　　林杰这小子，本来就不是省油的灯呀！这次连带国良村主任也绕不过去了！万家浩心里早就有底，他不觉轻叹了一声。

　　迫于压力，经市住建委、征收办的安排，在征收办会议室，北京洪大房地产开发公司法定代表人吴祝伟和股东李刚雄召集合同有争议的拆迁户和购房者开了次见面会。不出所料，首次协商毫无结果。

　　会议上，当被问起此次安置房被卖事件的起因，及受影响的房号究竟有多少，达海公司没有做出正面答复，只是推说资料混乱，无法给出确切信息。征收办责成杰鑫公司三月一日前必须给出准确统计信息。但是有一点可以肯定，受影响的房号绝对不止目前的十九套。

　　当有人提出，是否存在网络上传言的同一套房被安置给两个拆迁户，又被卖给第三人这种一房三卖的情况，北京洪大房地产公司李总不禁失笑，还有这种事情？简直是笑话！

　　有拆迁户听了当场反驳，我们几户都是安置在位置最好的五号楼上的，据我们了解，其中甲单元的301和201分别被卖出了三次，乙单元的301更离谱，已经四家人和你们开发商签订了购房合同。

　　菊子娘说，真是稀奇事情，本来属于我的安置房还是被你们卖给别人了，前些天我发现已经有人开始装修准备入住了。我的要求不高，希望你们按照原来的拆迁协议把原来的安置房归还给我。

　　对的，对于我们这些一房多卖的受害者，我们希望早日把我们的购房款退还，另外必须支付必要的利息！有人附和。

　　吴祝伟回答得很干脆，做这个项目一直在赔钱，公司没钱！至于所涉及的房产纠纷，确实存在，我们公司除了表示同情之外无能为力。欢迎大家走司法途径，我们奉陪到底！

接着媒体快报也直接介入了这起事件。面对媒体，可开发商声称，自己也是受害者。因为拆迁户手中的拆迁安置协议是假协议，他们协议书上写好的房号也被开发商出售是合情合理的事情。

由于当初这些拆迁户全部是就地换房安置，没有拿现金，大家面临一无所有的局面。

听到开发商这么一说，菊子娘当场晕倒在地。

胡一凡见了，连忙掏出手机拨打120急救。

面对来势汹汹的舆情，北京洪大房地产公司不得不出面喊冤，他们召集媒体，进行通报，通报指出南山温泉目前主要存在已安置房屋被销售，未审计合同，阴阳合同等几方面问题。

目前，由于公安机关已针对该涉众涉稳事件中涉嫌合同诈骗的部分刑事立案，林杰已被刑事拘留，洪大公司将全力配合公安机关搜集证据，查清事实。此外，对于杰鑫公司在自查中发现的私刻公章罪、向非国家工作人员行贿罪、非国家工作人员受贿罪等案件线索将及时向公安机关反映并移交相关证据，由公安机关依法处理。

吴祝伟出示了那份公安出具的权威鉴定书后，接着又出示了两张图片。为了自证清白，洪大公司负责人董总当着所有媒体的面，通过视频摆出了这两张书面证据。一张是评估报告，另一张是未审计合同。

吴祝伟接着出示了两份合同，同一栋房屋却签了两份报价不同的合同。他表示这样的阴阳合同一共有十多份，他们开发商对此也无可奈何。这部分被拆迁人，已经与开发商达成拆迁补偿安置协议，房子已经被拆掉了，后来估计受了某些人的诱惑，居然自己再和林杰签订了一份补偿协议。

胡一凡取过合同细看，发现这份评估报告上明确被拆迁房屋安置协议中，认定面积一共83平方米，产权置换101平方米。其对该份补偿安置协议签字予以认可。但另一份合同中房子要安置158.7平方米。

存在阴阳合同现象的主要有十三户,造成这一现象的原因,经查系实际拆迁人林杰在拆迁过程中,罔顾已经由洪大公司审核备案的拆迁安置协议内容,自行与被拆迁人形成的远超评估价格的合同。

舆情持续发酵。

过了一天,村民们终于看到了官方的公告:近日,市检察院依法对利用征地拆迁实施诈骗行为,涉案金额达三百余万元的犯罪嫌疑人林某予以批准逮捕。

经初步查明,二〇二一年至二〇二二年间,犯罪嫌疑人林某以某房屋拆迁有限公司名义,帮助某房地产开发有限公司在本市某小区负责地块拆迁。犯罪嫌疑人林某在没有该房地产开发有限公司的授权和许可,也没有得到拆迁户让其销售店面委托的情况下,虚构了能帮助非拆迁户购买拆迁户店面的事实,利用其私刻的某房地产开发有限公司印章,与被害人彭某某、杜某某等七人(均系非拆迁户)分别签订了《拆迁安置补偿协议》,收取了被害人陈某某等人的购房款,共计一千余万元,以上资金被林某用于赌博、购买轿车等个人开支消费。今年十二月份,被害人到某小区销售处询问店面的情况,销售人员告知其拆迁名单上没有他的名字,协议上的店面标号也为虚假的情况时,被害人才发现被骗,遂至公安机关报案。

市公安局以林某涉嫌以诈骗罪向市检察院提请逮捕。目前,该案正在进一步侦查中。

南山村拆迁安置的舆情得以很快平复,村民们的情绪安定了下来。

这天，胡一凡正在办公室电脑前准备材料，蒋传庭过来对他说，老爷子过辈了！

谁？哪个老爷子？胡一凡很吃惊。

还有谁？三爷呗，他就是被活活气死的！

真的？

真的！就是今天凌晨的事！

胡一凡赶忙和万家浩联系，告诉他三爷仙逝的噩耗。

万家浩那边没接，只有嘟嘟的忙音。不一会儿他的电话过来了。万家浩说，这件事他已经知道了，老爷子命好，知道自己熬不住了，选择这个时间走路，这叫寿终正寝。你先拟一个悼词，我们再成立一个治丧小组，把老爷子的丧礼办得隆重一点。

林杰那小子做缺德事，他知道三爷念旧才把他家留着最后拆，真要是把房拆了，三爷住进了租住房，那就麻烦了。

三爷和四爷一样，生在金山里，死在金山里，老爷子寿终正寝，是喜丧。许承清接着又惋惜地说，我们南山村接着走了两位百岁老人，恐怕要影响到我村长寿之乡的全国排名了。

不会的！何光荣说，村里下月又有两位老人要跨进百岁行列了，到了年底还要新增两位，这一进一出还是多了两位。光这两个月，村子里又有二男一女三个孩子出生了。我们南山村人就是这样一代一代传承下去的。

是的呀！都说生命就像窗下田边菜畦里的韭菜，收割完了一茬没多少天新的一茬又冒出来了。想到三爷生前的样子，还有老人家给他讲的那些故事，胡一凡十分伤感。

你不知道吧？蒋传庭接着又告诉胡一凡，林杰那小子是几代单传的独苗，更是三爷的掌上明珠，打小就被大家宠着溺着，所以才养成了他嚣张跋扈的性格。金山里拆迁风波一传出来，三爷又气又急,一下就病倒了。得知林杰这次又要判刑,他终于没熬得过。

惯子害子!林杰作恶进了看守所等待起诉和法院判决,这下苦了他娘,原来的一点希望的火星就彻底熄灭了,从此见了村上人又得低头走。这还不算,他这下彻底要了三爷的命。

胡一凡感到不解,三爷、四爷还有万书记和国良村长他们之间到底是什么关系呀?三爷对我讲的故事还是把我搞糊涂了。

许承清说,其实三爷讲的就是他自己家族里的故事。三爷、四爷原本不是我们南山村的人,他们和我们家浩书记的父亲是同房兄弟。那年老家城北凤凰墩要拆迁建公园,他们自愿到我们南山村落户的。

是的,蒋传庭接着说,他们这辈有好几个兄弟,是按生字辈排的,分别金生、银生、木生、水生、火生、土生,后来只留下四个兄弟,其中一个在海南当兵,据说还是个大官,在他退役离休前还开着一辆吉普车,随同两个警卫员来溧阳探亲,老兄弟几家就在他住的溧阳宾馆团聚,场景着实热闹感人。

国良村主任的父亲叫银生,也是个老革命了,由于历史原因,被审查批斗过,后来落实了政策,按照大队干部的待遇退休,后来老死在家,他每月只能领到六十元的退休金。

那四奶奶怎么回事?胡一凡依然有些不解,他问蒋传庭。

四奶奶是以为自己丈夫牺牲了才改嫁给四爷的。解放后,四奶奶又去照顾前任因革命受伤有残疾的丈夫,直到他离世后才重回南山村和四爷团聚的。

原来如此,胡一凡终于明白了,原来身材高高大大的四奶奶就是胯婆子!三爷故事里的木生根本没死。只因为其中有隐情,所以三爷才刻意做了隐瞒。

那到底是什么隐情呢?胡一凡越发感到好奇了。

305

蒋传庭说，四奶奶和三爷四爷之间的事确实是有点纠缠的，据说四奶奶年轻的时候中意的是三爷而不是四爷。后来阴差阳错不得不嫁给了四爷。四爷对此耿耿于怀，所以在那个时代写过三爷的大字报，说他是叛徒。为此三爷还停职受到过审查，结果不了了之。

老哥俩对于往事都不能释怀，所以三爷才在故事中编排了水生的死，这下我统统明白了！胡一凡点点头，没想到这些老人还有许多可爱的地方，在他们身上肯定还有更多不为人知的故事。

三爷恨四爷，这一恨就是一辈子……

就在这年的年底，噼噼啪啪的鞭炮声中，南山村美意田园综合体生态有限公司、南山村三清度假村正式奠基。胖哥和水庚脸上漾着层层喜悦，他们身披红绸带，胸戴大红花作为股东代表和市镇领导一起为奠基剪彩。

剪彩仪式完毕，临清把罗盘双手递给了姐夫水庚。临清说，哥，我也算是个外人，这个书和罗盘还是由你拿着吧！水庚白了一眼临清，说，今后大家都进集体公墓呢，还要这个劳什子有什么用！

说罢，他接过罗盘一把摔个稀烂……

尾　声

胡一凡挂职南山村的期限很快就到了。

南山村党总支书记万家浩找到胡一凡,让他交接一下手头的工作,趁机养精蓄锐,提前作好准备去组织安排的新岗位报到。

胡一凡却拒绝了。他说,万书记,谢谢您两年来对我工作上的照顾,让我学到了许多工作经验,可是我决定暂时不走了。

你反正要走的,你是省聘大学生村干部,你们两年的基层挂职锻炼期结束后还是要回省城的,我们这里山村留不住你!况且,这里的乡亲们也太庸常平凡,这里的生活不适合你!

万书记,其实这一阶段我也想了很多,一年多的生活,我发现这里青山如黛,乡村秀丽,我感觉这里的乡亲们虽然平凡但很淳朴,我感觉到已经和南山村的山山水水和淳朴善良的乡亲们分不开了,这里才是值得我一辈子努力奋斗的地方!

你是组织的人,必须服从组织的安排!

是的,我必须服从组织的分配,但我也有对党的工作提出建议和倡议的权利,我已经向组织部门递交了决定延长一个周期在南山村委挂职学习的报告。我想在这里再待上两年,拆迁小区完工,租住房的人都住进了小区,我们南山村加应子花海景区、金山里温泉度假村和5A级田园综合体评定下来后再走。

林月盈听说胡一凡挂职的期限快到了,也特意从学校赶回来看望他。她手里拿着一副傩神面具告诉胡一凡,菊子听说你要回省城了,特意让我把她亲手做的这份特殊的礼物转交给你来表达一下我俩的心意。没有你,我们南山村傩文化博物馆就不会有全国第一家乡村级国家博物馆，菊子也不会有这样一个她喜欢的工作。

胡一凡接过礼物，笑着说，这片我曾经用脚丈量过的土地我还想用心再去丈量一次，我觉得我已经离不开这里的乡亲们了——我已经申请延期两年了，那时你正好大学毕业来接我的班。

这是一个阳光灿烂的日子。胡一凡说这样话的时候语气很轻松。远处青山如黛，胡一凡年轻的面孔纯净如天空，散发着初春暖阳的味道。

2022年12月11日初稿于凤凰花园
2023年2月20日二稿于凤凰花园
2023年8月5日三稿于凤凰花园
2024年4月20日终稿于凤凰花园

后　记

　　溧阳山水秀丽，历史文化底蕴深厚。作为一名本土作家，笔者一直以挖掘本土文化、讲好家乡故事为己任。此前完成宣传推介溧阳梅岭玉的长篇小说《玉雕师》和《梅岭玉的传说》，引起各界广泛关注。此后，全国考古界的精英和权威齐聚溧阳，共同探讨梅岭玉与良渚文明的关系。目前，溧阳梅岭玉的研究已经被纳入了中华文明探源工程。

　　一次和溧阳籍作家赵志明闲聊，谈及家乡事，分外怀念儿时的故土乡村。志明说，家乡的独特的自然景观比如三江合流、二十世纪九十年代才消失的码头古街等，值得书写的地方还有很多。如果通过写作和其他努力，让政府更重视，重点规划一下，部分成为旅游景点，则既是幸事又是美事。志明还开玩笑地用激将法鼓励我，你要不写，我就来写了。为此，我决定结合溧阳的山水人文，写点和别的作家不一样的作品。

　　近年，由于年龄的原因，老母亲腰椎出现了问题。这使得一位原本爱生活，喜欢各类文娱活动的老太太不得不减少了外出活动的时间。除了行动略有不便，老母亲依然耳聪目明、思路清晰。为了排遣老人家的寂寞，我时不时地回家去陪伴。老母亲做了一辈子的妇女工作，曾经有过自己的光荣和梦想。因而，我有更充裕的时间聆听老母亲讲述往事，感受父辈们经历过的苦乐年华。

　　机缘巧合。二〇二〇年夏，受市委党史办委托，我去戴埠镇参与《吾村吾民·李家园》的图书编写工作。《吾村吾民》图书编撰缘起二〇一七年六月，江苏省委、省政府在南京召开全省特色田园乡村建设启动大会,溧阳市被确定为全省首批特色田园乡村建设试点地区之一。溧阳市委、市政府提出了"让溧阳有个精神焕发的农村"的愿景。以吾民讲吾村,汇集乡民口中的"原味",梳理乡村肌理文化,记录山乡变迁的"风云",见证时代发展的"足迹"。

溧阳市戴埠镇地处溧阳最南端,是苏浙皖三省交界处,有"鸡鸣三省地"之称。北宋元丰八年(一〇八五年)即有江南东路,次府江宁府,次畿溧阳县举善镇记载。南宋景定三年(一二六二年)《建康志》称举善镇,俗名戴步(埠)。域内有南山竹海和御水温泉两个国家5A级旅游景区,是全国环境优美乡镇、国家级生态旅游示范区、世界长寿之乡……优秀的历史人文,优美的地理风貌,丰富的物产,构成了戴埠这样一座诗画一般的江南小镇。《吾村吾民·李家园》采写完毕的同时,一部反映新时期乡村变迁的小说在我心中已经大致有了个雏形。

地方叙事、精神故乡与时代变迁。阎晶明主席在总结近年的长篇小说创作趋向时指出,从某一地域上普通人的奋斗展现历史变迁,特别是反映新时代发生的历史性变革,成为作家们的自觉追求。诚然,在长篇小说《青山如黛》的创作过程中,我尝试打破时空的限制,通过故事中的故事展开小说文本。就具体内容而言,长篇小说《青山如黛》应该属于家族叙事。尽管小说中所有人物和故事均属于虚构,但在万长银、三爷、胯婆子、林国良等这些人物身上,其实他们都有我祖辈和父辈们的影子。

当年,我太爷挑着一担箩筐和太奶从苏北逃难到溧阳。为了生存,祖辈们在此开荒种地营商。我同族的爷爷就曾贩过牛、牵过猪,更有早年就参加革命的父辈……在陪伴母亲的日子里,我有更多的机会了解我的家族往事。我的父母都是中共党员,都曾担任过农村基层干部。我女儿在南京大学本硕连读毕业之后，毅然选择在农村乡镇基层一线工作。小说中的大学生"村官"胡一凡原型就有我女儿的影子。如此说来，《青山如黛》也应该属于一部"非虚构"的长篇小说。

为了能在小说中更多地展现美丽山乡、千年古镇戴埠优美的山水历史人文，增加该镇部分特色乡村的辨识度，我在创作过程中虚构了戴埠镇南部的一座美丽乡村——小说中的南山村即是戴埠众多美丽田园乡村的一个浓缩或糅合。就在这样一个戴埠大背景之下的南山村，一代代追求美好幸福生活的南山村人不屈服命运的安排，在这片土地上努力奋斗、拼命抗争……《青山如黛》是献给我的祖辈和父辈以及所有在这片土地上抗争和为之奋斗过的人们一曲赞歌。

作家熊焱说："相对于写诗，写长篇小说，不光是脑力劳动，也是体力劳动。要交代一个人物的命运，要构想、要谋划。在一般意义上的技术上来说，是要更麻烦一些。"诚然，于我个人来说，我确实是对这部长篇倾注了一定的感情，因而写作的过程有痛苦，有愉悦，其中又夹杂着一种隐秘的忧伤。特别是一旦进入了写作状态，人就会沉浸其中，变得痴迷。

《青山如黛》是我完成出版的第五部长篇小说。不得不说，这一路走来 我还是非常幸运的。我遇得良师，也有幸得到益友们的帮助，使我得以安心创作。怀中主席和老领导沈福新部长又在百忙中为我写序并提出了宝贵的修改意见。加上我的老东家，江苏凤凰文艺出版社对这部长篇用心设计、精心打造。利用这个机会，再次向所有关心爱护我的领导、师友们表示衷心感谢。此外，在写作的过程中有文友提供和引用了部分史料，在此一并致谢。

这里是我们深爱的故土乡村，所有的只争朝夕，都为了这里的日新月异，全新的希望在这里，才华的舞台在这里，乡愁的味道在这里，绿水青山的画卷在这里，使命的力量在这里！

民族要复兴，乡村必振兴。

此为记。

徐云峰

2024年2月20日于凤凰花园